# 長安

一路』唐诗艺术赏析集

Arts Appreciation of Tang Poetry Related to One Belt One Roat

◎ 主编　于孟晨

陕西新华出版传媒集团
三　秦　出　版　社

图书在版编目（CIP）数据

望长安：“一带一路”唐诗艺术赏析集：全3册 / 于孟晨主编. — 西安：三秦出版社，2016.11
ISBN 978-7-5518-1352-5

Ⅰ. ①望… Ⅱ. ①于… Ⅲ. ①唐诗－诗歌欣赏 Ⅳ. ① I207.22

中国版本图书馆 CIP 数据核字（2016）第 259614 号

# 望长安

## “一带一路”唐诗艺术赏析集

于孟晨　主编

出版发行　陕西新华出版传媒集团　三秦出版社
社　　址　西安市北大街 147 号
电　　话　（029）87205121
邮政编码　710003
印　　刷　陕西龙山海天艺术印务有限公司
开　　本　889mm×1194mm　1/16
印　　张　16.5
字　　数　120 千字
版　　次　2016 年 12 月第 1 版
　　　　　2016 年 12 月第 1 次印刷
标准书号　ISBN　978-7-5518-1352-5
定　　价　507.00 元

网　　址　http://www.sqcbs.cn

# 丝路唐韵最风雅

## ——序于孟晨《望长安——“一带一路”唐诗艺术赏析集》

霍松林

我华夏向以诗国著称于世，自《诗》三百以降，唐人更开创了诗歌盛世。唐诗不仅在中华传统文化中独领风骚，在中外文化交流中也独树高纛。唐代著名诗人王右丞《渭城曲》诗云：“渭城朝雨浥轻尘，客舍青青柳色新，劝君更尽一杯酒，西出阳关无故人。”如果说唐诗的文化传播，我们可以说：“劝君再吟诗一首，丝路处处识唐音。”宋人严羽《沧浪诗话》云：“唐人好诗，多是征戍、迁谪、行旅、离别之作，往往能感到激动人意。”无论是征戍迁谪，还是行旅离别，皆与道路密不可分。有唐一带路网密集，逵衢纵横，将长安、洛阳、太原、成都、江陵等五京联结起来，形成一个诗意郁勃的文人行旅圈。文人在道路上把酒言欢，挥泪送别，触景生情，抒怀言志，无不形诸文咏，正如刘禹锡所言：“两京大道多游客，每遇词人战一场。”除内陆道路诗篇络绎外，通过边关和域外的道路也不乏诗意。唐时陆上丝路最为繁盛，除汉代的南、北、中三道外，又开辟了由龟兹、吉木萨尔至怛逻斯、西海、波斯和大食两条道路。唐人或游幕边塞，或漫游绝域，在境内丝路上留下了无数的动人诗章，丝绸之路堪称是诗歌之路。

进入21世纪，古老的丝路又焕发青春。为顺应世界多极化、经济全球化、文化多样化、社会信息化的潮流，中国提出“一带一路”战略。以古丝路为依托，借助丝绸之路悠久丰厚的文化内涵，致力于沿线国家的共同繁荣。这一国家级顶层战略具有浓厚的文化气息和诗性气质，似乎是对千载以前诗歌丝路的召唤。

文化学者于孟晨先生别具只眼，觑定丝路唐诗这一宝藏，偕有志于中国诗书文化传承与创新的有识之士、同道好友，洒笔酣歌，和墨谈笑，将诗、书、文巧妙结合，可谓匠心独运。他裒集唐丝绸之路上的唐诗，涵咏细读后择其优者分类，请省内书法名家挥毫作书，并附以短小的赏析性小文。书法之笔走龙蛇、墨香细细，诗歌之名章迥句、绣口锦心，文章之抽蕉剥笋、兴会标举，三者化合，钟毓新质，耐人寻味。

尤值一提的是于先生对诗歌的分类颇见苦心，他将诗歌依其内容和“滋味”分为“天”“地”“人”三部。古者“天”“地”“人”为“三才”，《易经·说卦》云：“立天之道曰阴与阳，立地之道曰柔与刚，立人之道曰仁与义，兼三才而两之，故易六画而成卦。”此三才虽然各自分立，然在中国古代哲学的精髓中，又互相沟通融合。儒家的“尽心知性”“事天”，道家的“坐忘”“适志”“逍遥”，禅宗的“天地与我同根，万物与我一体”，莫不是将三者绾合钩连。而文学与艺术的最高境界，乃是天人合一，心天合一，正如清人王夫之所言，诗的最终目的在于“以追光蹑影之笔，写通天尽人之怀”。故在唐诗中，天、地、人相融相通，很难截然分开，然若仔细涵咏，又各有侧重，其中有诗旨之微妙区别，有韵致之精妙差异，潜心体味，乃得其中三昧。细品其分类原则，则天者，则自然之伟观奇迹、人工建筑之宏大壮美、人类活动之壮观恢弘及诗中洋溢的浪漫英雄主义精神， 皆可归于此列，突出“大美”；地者，则山川花鸟，霁晴雨雪，城池乡曲，亭榭苑囿，皆属此列，突出“景美”；人者，则人在天地间的行动，或坐或卧，或行或藏，或喜或忧，或高扬或沉郁，怨而不怒，哀而不伤，皆归入此，突出“情美”。柳子厚云：“夫美不自美，因人而彰。兰亭也，不遭右军，则清湍修竹，芜没于空山矣。”其先生之谓乎？唐诗因书而彰，因文而显，亦为“一带一路”鼓吹，弘阐古代文化，陶冶民众气质，善莫大矣，德亦盛矣！

“好风凭借力，送我上青云。”孟晨先生我并不熟悉，有感于他们在做一件于中华优秀文化传承功德为量的善事，我虽不能以老迈之躯参与其中，仅以寥寥数语表示支持，共襄盛举，祝贺此作问世。算作为他们作序吧！

丙申霜降后于唐音阁

# 陈建贡

中国书法家协会理事，陕西省书法家协会常务副主席，陕西省政协委员，陕西师范大学美术学院客座教授，弘文馆馆长。

著作有《简牍帛书字典》《中国砖瓦陶文大字典》《中国章草大字典》《简庵集汉简千字文》《简庵集汉简唐诗》《简庵集汉简宋词》《简庵墨宴集》。与人合作，完成了《八体书常用五千字字帖》《六体书常用字字典》中简帛书体的书写工作。

2002 年荣获首届中国书法“兰亭奖”编辑出版提名奖。

2007 年被陕西省授予城市经济文化贡献奖“杰出人物”称号。

目录／天部

## 长安



## 洛阳



## 陕州

## 华山



## 临潼



## 咸阳



## 武威



## 吉木萨尔（北庭都护府首府庭州）



## 天山

君士坦丁堡
萨克尔
萨莱
安条克
开罗
大马士革
巴尔米拉
巴格达
哈马丹
番兜
马什哈德
马里
赫拉特

怛罗斯
碎叶
阿拉木图
乌鲁木齐
吉木萨尔
天山
哈密
玉门关
撒马尔罕
塔什干
疏勒
姑墨
轮台
龟兹
焉耆
交河
高昌
敦煌
阳关
酒泉
张掖
武威
固原
咸阳
长安
蓝士城
喀布尔
白沙瓦
悬度
塔什库尔干
莎车
皮山
于阗
且末
若羌
索尔库里
伏俟城
兰州
临洮
天水
泾川
临潼
华山
潼关
陕州
洛阳
登封
印度

◎ 李世民

# 帝京篇十首

## 其一

秦川雄帝宅，函谷壮皇居。

绮殿千寻起，离宫百雉馀。

连甍遥接汉，飞观迥凌虚。

云日隐层阙，风烟出绮疏。

太宗雅好艺文，擅丽藻遒文，发端即显手眼：“秦川”“函谷”经纬区宇，勾画长安城的地理空间，善于“经营位置”；“雄”“壮”二字可谓“诗眼”，点出长安城的恢弘气象。明人钟惺评为“好起手”（《唐诗归》）。中四句绮殿千寻、飞观迥空从垂直空间向度观照；离宫百雉、连甍迢递则从水平空间向度观察，洵为空间圣手。末二句“隐”“出”二字化静为动，奇趣盎然。

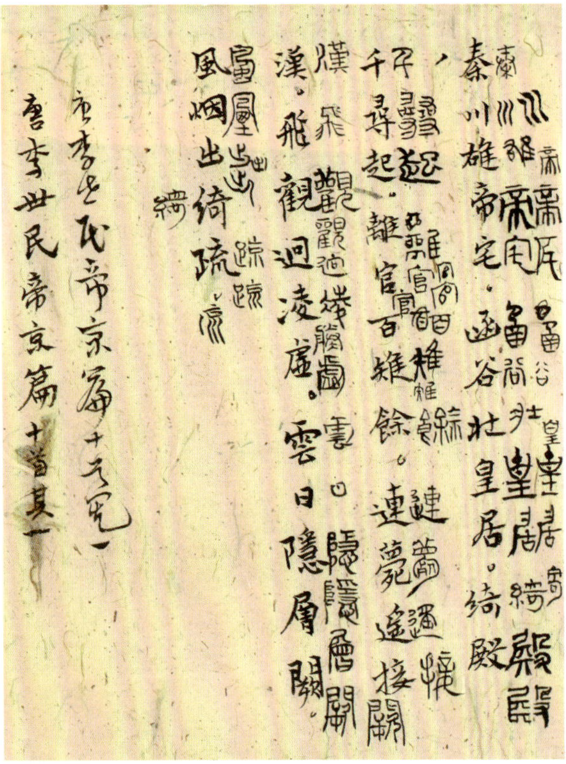


在空间轴，诗人飞翔高空俯瞰秦川；在时间轴，太宗站在贞观眺望大唐。如高明巧匠，在终南和渭水之间，凿出一个盛世王朝的都市群雕！

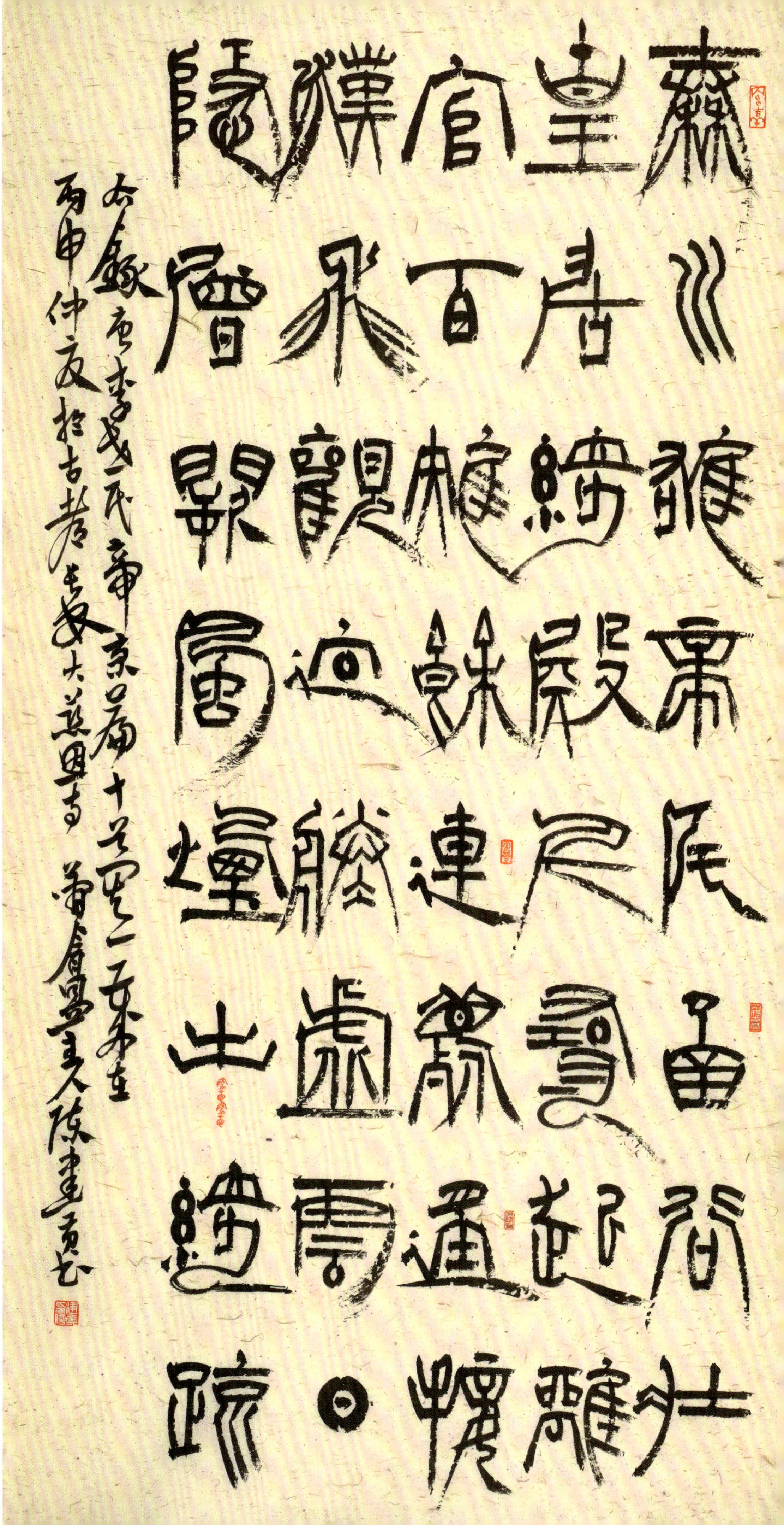


【款识】右录唐李世民帝京篇十首其一岁在丙申仲夏于古都长安大慈恩寺　简庵主人陈建贡书

【钤印】建贡印信（白）

◎ 骆宾王

# 帝京篇

节选

山河千里国，城阙九重门。

不睹皇居壮，安知天子尊。

皇居帝里崤函谷，鹑野龙山侯甸服。

五纬连影集星躔，八水分流横地轴。

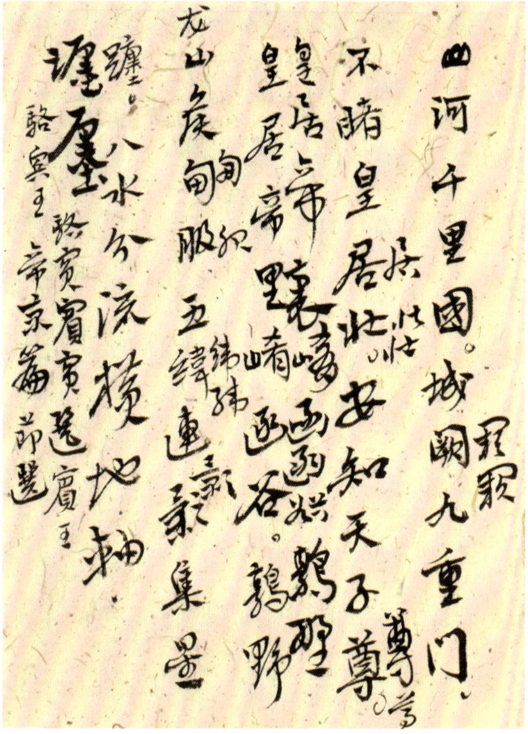

骆宾王工于发端。如摄像高手，先航拍千里河山，接着镜头缓缓推近长安城的巍峨城门。又忽然插入“闲笔”，按住设问：不睹都城壮丽，怎能体会到万国来朝的气象？进而宕开，视接千里，飞到关中东缘的崤山和函谷关；仰望天空，井宿和鬼宿正对着秦地（鹑野），俯瞰大地，王城五百里一片大气浑涵（甸服）。金、木、水、火、土五星星轨烨熠，辉映都城；潏滈泾渭灞浐沣涝八水横流，萦绕长安。境界闳阔，气度宏肆，走向盛世的泱泱大国风度跃然纸上。

此诗为骆宾王56岁时为逞才延誉炫博而作，故缛彩黼黻，然能以气贯之，从而“铺叙串合，俱有大力”（《增定评注唐诗正声》），为初唐长篇歌行的佳作。

【款识】骆宾王帝京篇节选丙申孟夏于古长安简庵建贡书

【钤印】建贡长寿（白）简庵老陈（朱）

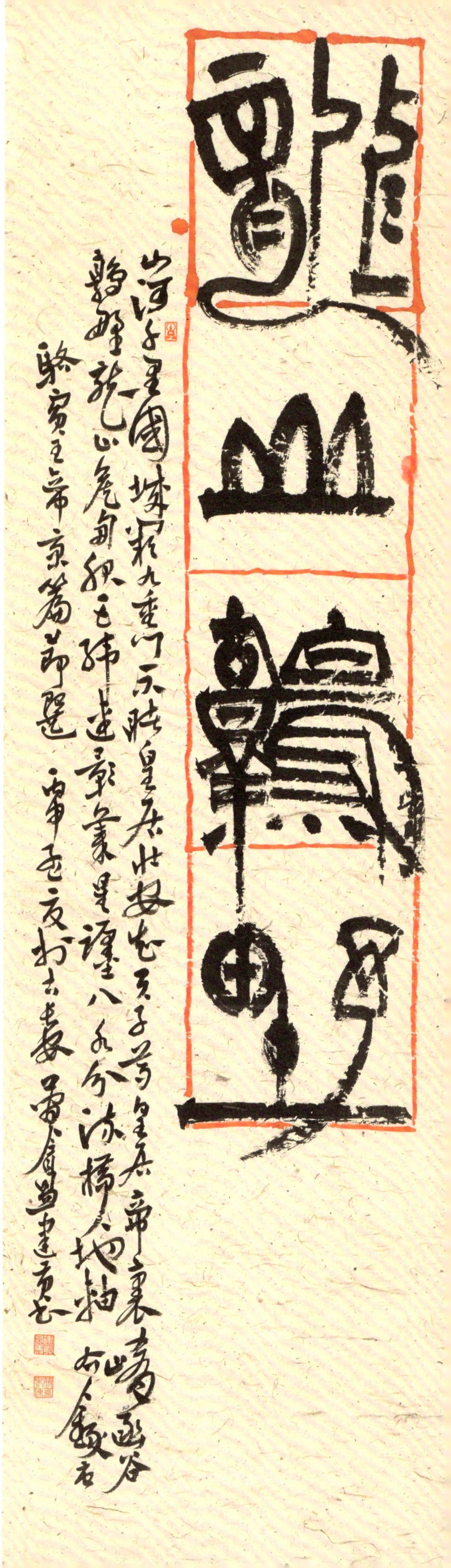

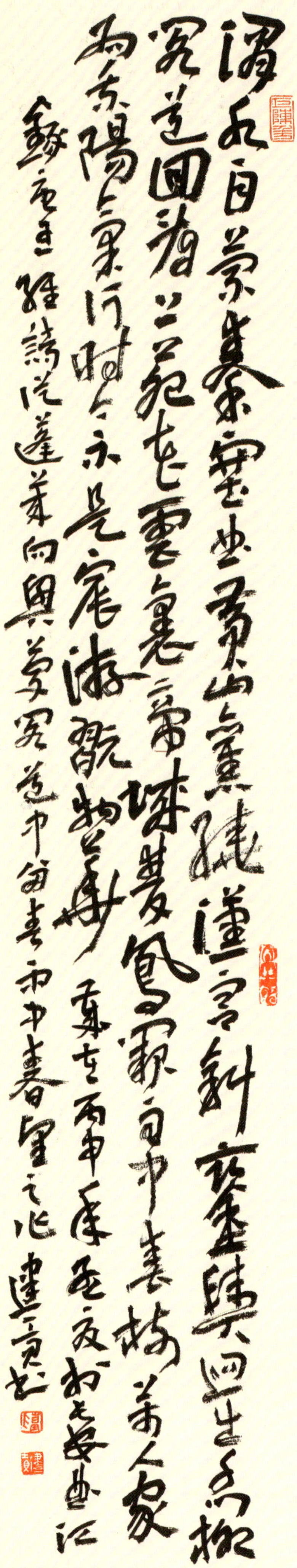

◎ 王维

# 从蓬莱向兴庆阁道中留春雨中春望之作

渭水自萦秦塞曲，黄山旧绕汉宫斜。

銮舆迥出千门柳，阁道回看上苑花。

云里帝城双凤阙，雨中春树万人家。

为乘阳气行时令，不是宸游玩物华。

首联破空而来，为长安城及大明宫定位：秦川横亘，渭水萦回，黄麓诸峰迤逦，汉时宫殿迢递，正是“谢赫六法”中的“经营位置”，“譬如画大轴画，先界轮廓；又如奕棋，先布势子”（《昭昧詹言》）。中两联画雨中长安：宫柳依依，上苑花发，宫城飞檐丽甍参差，城中春树蓊郁婆娑，迷濛春雨中，万千人家鳞次栉比，美不胜收。

【款识】录唐王维诗从蓬莱向兴庆阁道中留春雨中春望之作　建贡书

【钤印】陈（朱）建贡（白）

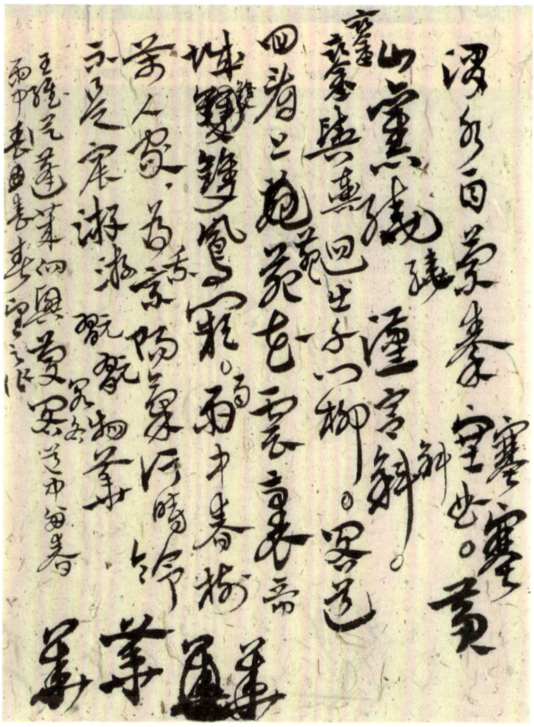

诗人视角由龙首原向南，依宫城、皇城、外郭城漫衍开去，长安城设计的精严工巧随画轴徐徐呈现。

诗人多喜听雨，如陆放翁“小楼一夜听春雨”，吴文英“听风听雨过清明”，然少有“看”雨者，盖因看雨难写工也。作为丹青圣手，王维洇染出一轴绝妙的长安烟雨图，真可谓“诗中有画”。

来，跟着王维去看长安雨！

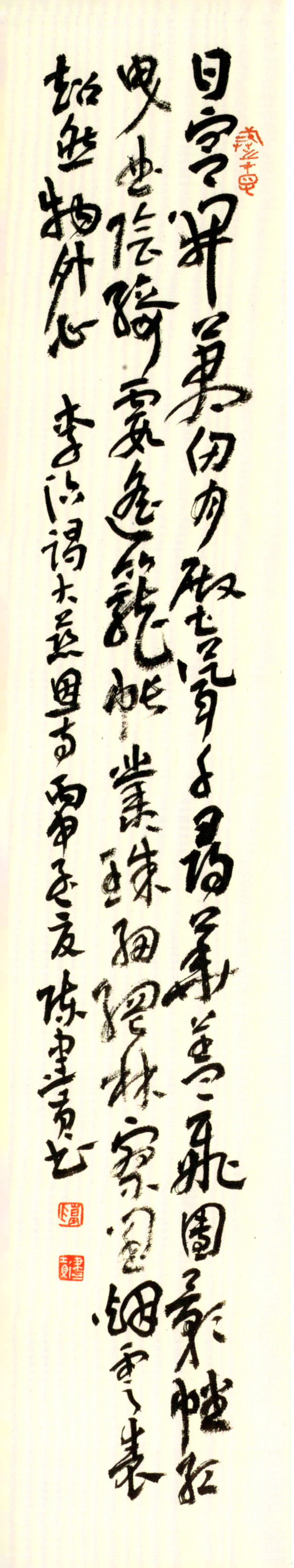

◎ 李治

# 谒大慈恩寺

节选

日宫开万仞，月殿耸千寻。

华盖飞团影，幡红曳曲阴。

绮霞遥笼帐，丛珠细网林。

寥阔烟云表，超然物外心。

首联以日月当空起兴，辉光自万仞高空照彻，曜煜古刹。既为谒寺营造了祥和庄严的氛围，又借指慈恩寺塔高耸千寻，与日月争辉。《立世阿毘昙论·日月行品》云日天子居于太阳中，则“日宫”又切诗题。中两联写访寺所见，宝盖翻飞，绛幡衍漾，烟霞氤氲笼幔帐，湛露细密耀平林。“飞”“曳”化静为动，“团”“曲”以圆形和曲折迤逦义修饰抽象的“影”和“阴”，可谓精妙。末句言百虑尽销，心无挂碍，超然游于天外，陶然忘机。

【款识】李治谒大慈恩寺丙申孟夏　陈建贡书

【钤印】陈（朱）建贡（白）

慈恩寺为古今长安名胜，今日其北有亚洲最大的喷泉广场，南有集音乐厅、美术馆及其他艺术区于一体的“大唐不夜城”。徜徉其间，古今交汇，唐风依依，让人物我两忘，不知今夕何夕。

◎ 王维

# 终南山

太乙近天都，连山接海隅。

白云回望合，青霭入看无。

分野中峰变，阴晴众壑殊。

欲投人处宿，隔水问樵夫。

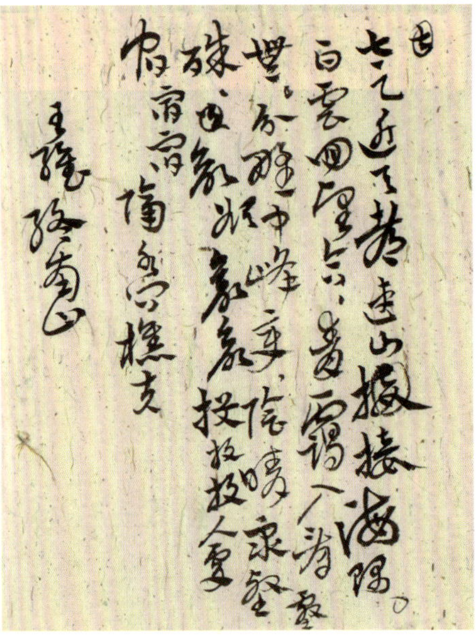

王维深爱终南，为此山作了许多诗，而以此诗冠绝。诗人如同一个进山“驴友”，首联远眺终南山，出句从垂直向度言终南之高峻，对句从水平向度道终南之旷远。颔联进山，用“互文”修辞，原意为“白云入看无，回望合；青霭入看无，回望合”，则终南烟霞回环之胜，非亲历不能道此佳语。颈联在山脊驻足临眺，山两侧竟横跨不同的分野，林壑阴晴各异，足见其横亘之广。尾联为点睛之笔，在烟雾苍茫、重峦叠嶂中，用工笔点出一带白水，隔水各有一“点”，正是“驴友”遥问樵夫：夜色将至，可否在你家借宿？王维深谙中国哲学“有”“无”“虚”“实”相生之理，尾联以小见大，造渊涵渟滀之“神境”，此诗“勿但作诗中画观也，此正是画中有诗”（《唐诗评选》）。

终南连绵于长安之南，有七十二峪，奇花异卉，流泉飞瀑，四时景物殊胜，堪称西安的“后花园”，亦为西安国际大都市的生态名片。

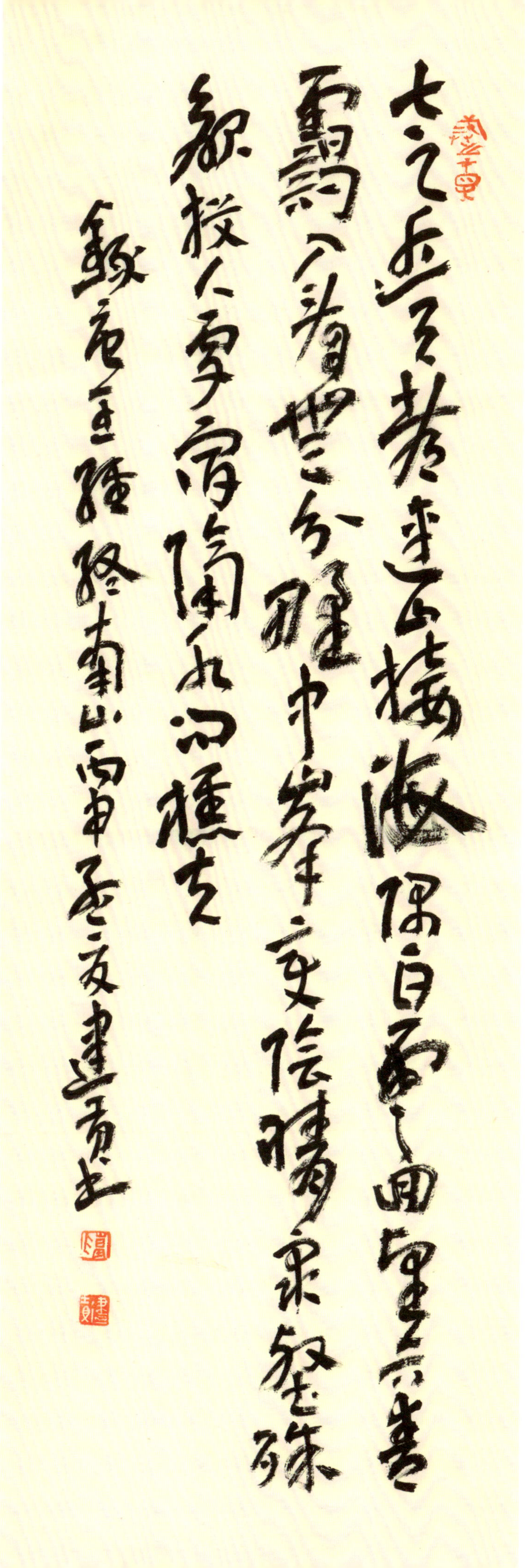
太乙近天都
连山接海隅
白云回望合
青霭入看无
分野中峰变
阴晴众壑殊
欲投人处宿
隔水问樵夫
录唐王维终南山丙申孟夏建贡书

【款识】录唐王维终南山丙申孟夏　建贡书

【钤印】陈（朱）　建贡（白）

◎ 章八元

## 题慈恩寺塔

十层突兀在虚空，四十门开面面风。

却怪鸟飞平地上，自惊人语半天中。

回梯暗踏如穿洞，绝顶初攀似出笼。

落日凤城佳气合，满城春树雨蒙蒙。

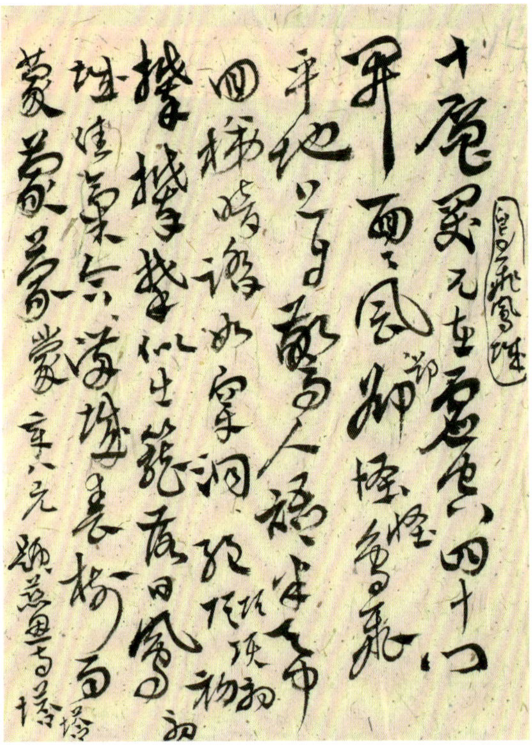

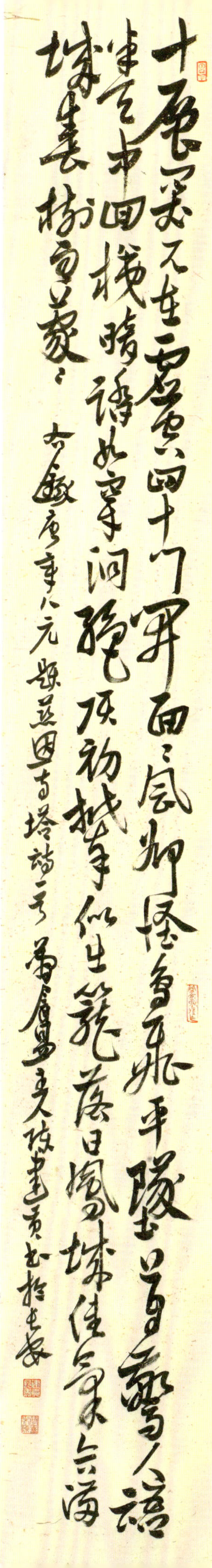

慈恩寺塔建于高宗永徽三年，仿天竺迦叶佛伽蓝建，此伽蓝最下层作雁形，故云雁塔。或云陁罗势罗窭诃山东峰伽蓝诸僧习小乘，食三净肉，过午食，一比丘经行，为度诸人，曰：“今日众僧中食不充，摩诃萨埵宜知是时。”言毕，空中有雁坠陨，诸僧乃悟，皈依大乘，并建塔，瘗雁于塔下，名雁塔。（《大唐西域记》）塔初五层，后塔心有佳木钻出，武后长安间再建，增为十层，故诗首联云“十层”“四十门”。中两联有意颠倒次序，先言登塔眺望所见所感，“怪”“惊”将视角由外及内深入精神世界；再写登塔所历所感，“穿洞”“出笼”道出楼梯的回环险峻。打破逻辑顺序的写法有助于出“奇”，营造“陌生化”效果，增加阅读兴味。尾联重回塔顶，看长安城濛濛残雨笼晴，漠漠嘉树弄晚，王气蒸蔚，气韵天成。“合”字佳，王气所钟，尽在此字，可谓“诗眼”。

慈恩寺塔为唐长安的“摩天大楼”，登高可俯瞰全城及关中平原。今为明塔，七层 64 米，2014 年 6 月成功入选《世界遗产名录》，是西安最著名的地标建筑。

【款识】右录唐章八元题慈恩寺塔诗一首
简庵主人陈建贡书于长安
【钤印】建贡长寿（白）简庵老陈（朱）

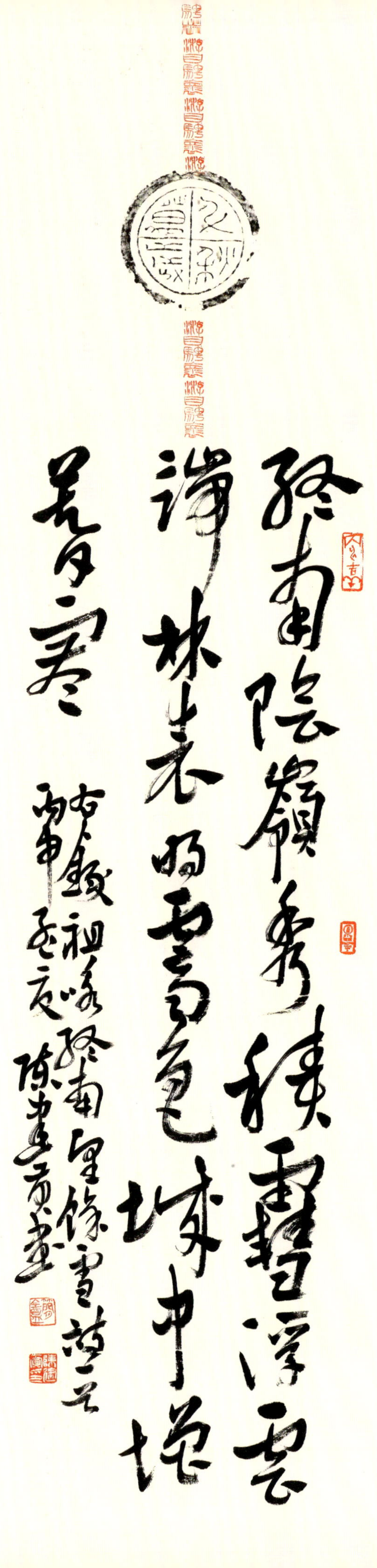

【款识】右录祖咏终南望余雪诗一首丙申孟夏　陈建贡书

【钤印】简庵（朱）陈建贡印（白）

◎ 祖咏

## 终南望余雪

终南阴岭秀，积雪浮云端。

林表明霁色，城中增暮寒。

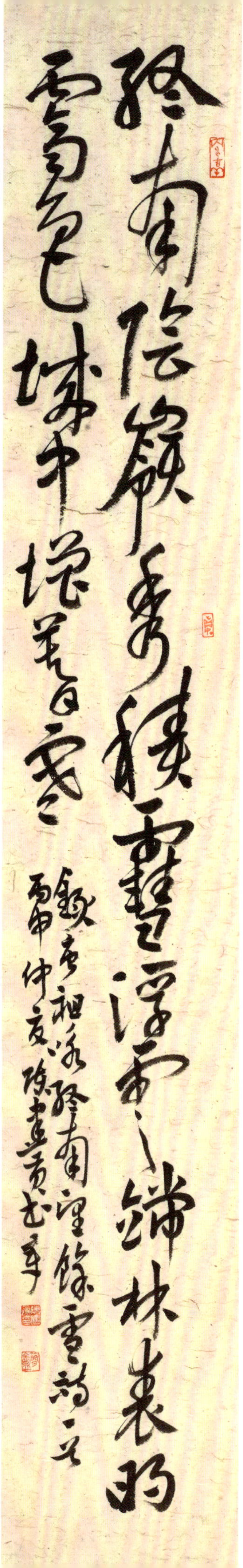

首句破题，言明站在长安眺望终南北麓，一个“秀”字既点出太乙诸峰的灵秀，又透露出些许春将度山而至的信息。次句承首句，再度点题，“浮”字佳，终南山巅云卷云舒，聚散离合，山顶积雪亦在云气遮挡下时隐时现，“浮”字化静为动，点铁成金。后二句言斜晖照余雪，雪光凛然反射，半山的漠漠平林一时明朗起来，而在长安城里远眺也能感受到凛冽雪光，不由寒气倍增。山与人通，心物相接。不直写终南高峻，而以长安万户倍觉生寒侧面点染，婉曲有致。

此诗为应试诗，即唐时“高考作文”，依例当写六韵十二句，祖咏写了四句便搁笔，自然不会得“高分”。然止于所当止，“针线细密”“真更不能添一语也”（《而庵说唐诗》）。

【款识】录唐祖咏终南望余雪诗一首丙申仲夏　陈建贡书章

【钤印】陈建贡印（白）简庵（朱）

◎ 王维

## 和贾至舍人早朝大明宫之作

绛帻鸡人报晓筹，尚衣方进翠云裘。

九天阊阖开宫殿，万国衣冠拜冕旒。

日色才临仙掌动，香烟欲傍衮龙浮。

朝罢须裁五色诏，佩声归到凤池头。

首联点明“早朝”，头戴红巾的卫士于朱雀门外呼喊报晓，尚衣局官员向帝王献上衮服。颔联气格宏大，庄严盛丽，雄踞于三层高台上的含元殿重门洞开，万国使臣望着帝王冕旒行跪拜礼。“九天”之高与“拜”之低的对比，“万国”之众与“冕旒”之寡的对比，将盛唐气象妙笔点出。颈联为帝王特写，初日照着华美的障扇，香烟氤氲中龙袍上的龙也跃然欲飞，化静为动，则帝王之尊贵威重可见。尾联言朝后中书文官奋笔草诏。前人言此诗“衣服”过多，然“翠云裘”“冕旒”“衮龙”等大唐衣冠，又何尝不是盛唐国势强盛、睥睨天下的文化符号？王维在大明宫这个阔大的“T”台上向全世界“炫”了一场盛大的“大唐服装秀”。

“九天阊阖开宫殿，万国衣冠拜冕旒”，一个国家的辉煌记忆，一个民族复兴的豪迈召唤！

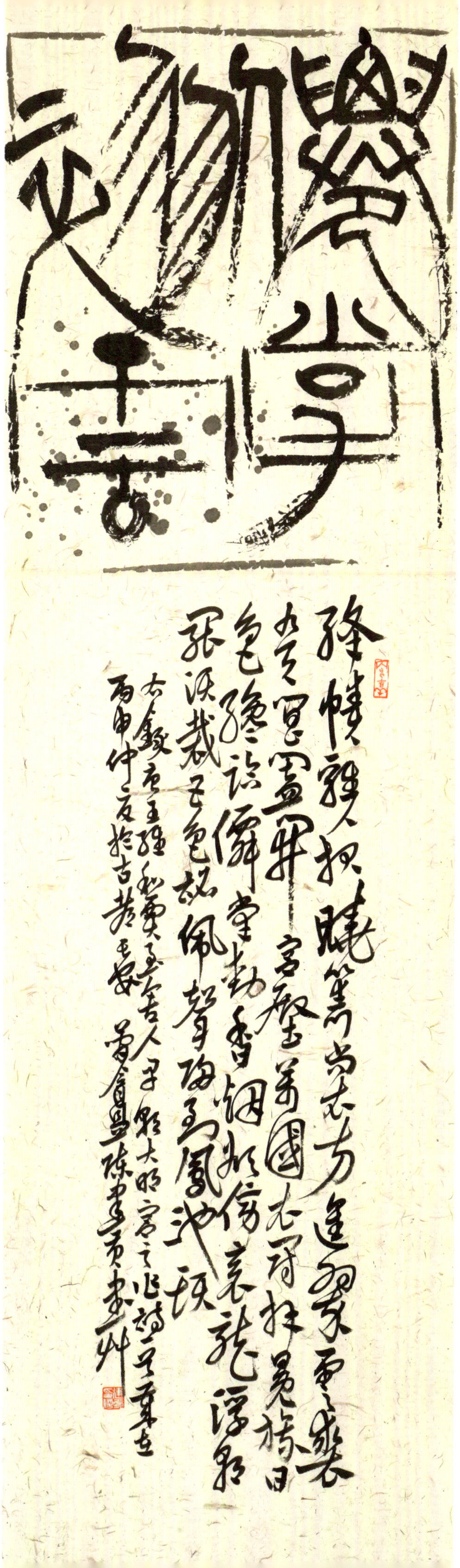

【款识】右录唐王维和贾至舍人早朝大明宫之作诗一首岁在丙申仲夏于古都长安　简庵陈建贡书草

【钤印】建贡印信（白）

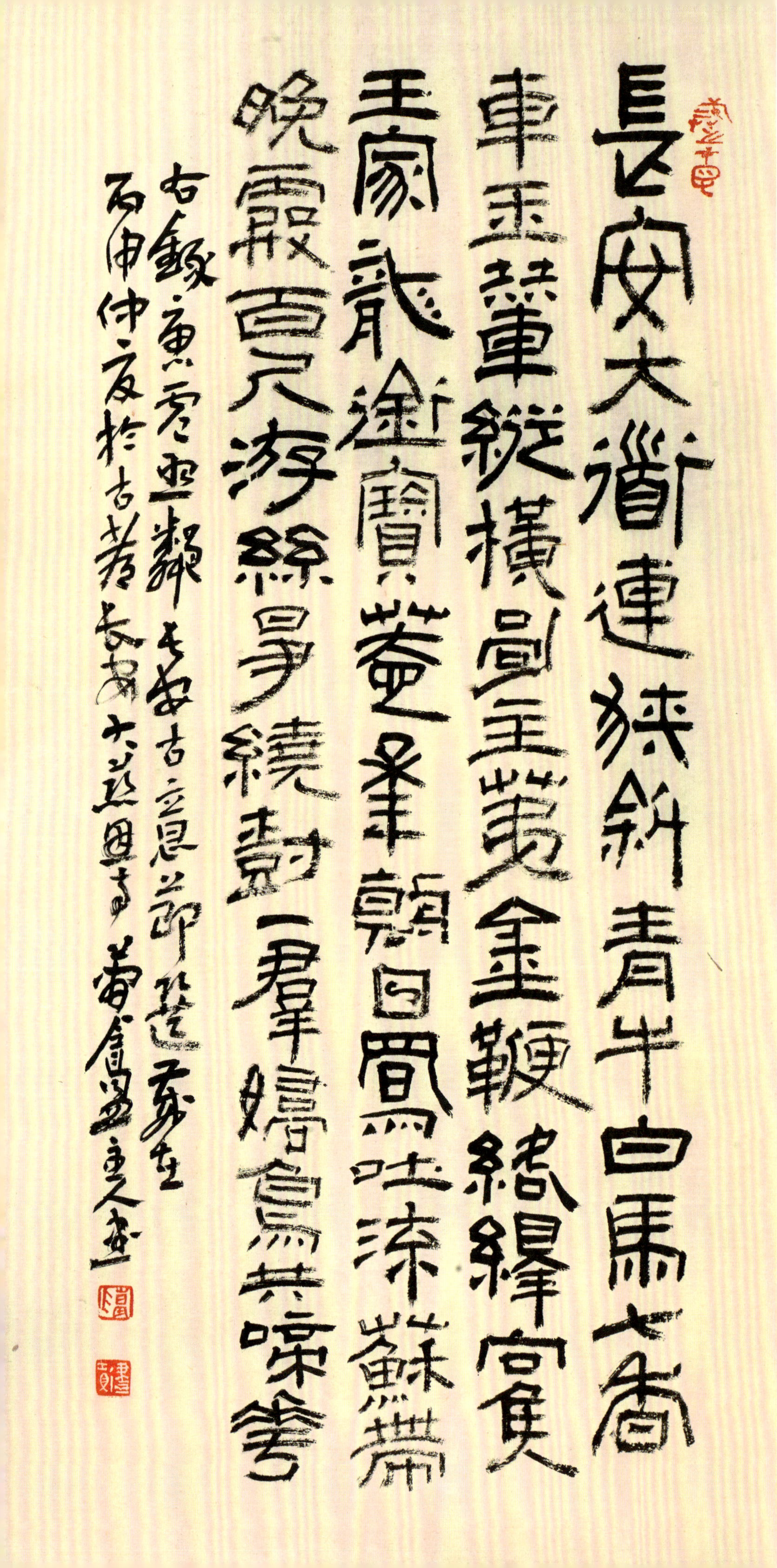

【款识】右录唐卢照邻长安古意节选岁在丙申仲夏于古都长安大慈恩寺　简庵主人书

【钤印】陈（朱）　建贡（白）

◎ 卢照邻

# 长安古意

节选

长安大道连狭斜，青牛白马七香车。

玉辇纵横过主第，金鞭络绎向侯家。

龙衔宝盖承朝日，凤吐流苏带晚霞。

百尺游丝争绕树，一群娇鸟共啼花。

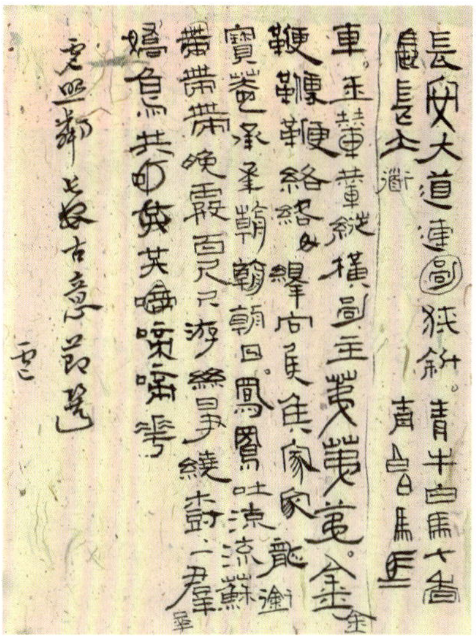

卢照邻堪比工笔画师！在这首体制宏大的长篇歌行的发端，他就首先“经营位置”，借用长安城棋盘般交织的大街小巷展示这座城市的壮伟，可谓格局雄远。在如蛛网般纵横的道路上，宝马香车川流不息，一动一静，生气全出。紧接着镜头推进，玉辇宝舆络绎不绝，在王侯府第鱼贯进出，车上的宝盖饰有龙形曲柄，在晨光中熠熠生辉，凤形饰物嘴衔流苏摇曳于嫣红的斜晖。虽未写人，然人的志高气扬、踌躇满志想而可见；虽未摹声，然城市的喧嚣热闹、杂沓熙攘如在耳畔。路边春树碧色照眼，游丝婀娜，树下秾花正稠，好鸟巧啭。这是一个精力弥满、活力蓬勃的都市！如果说宇文恺是长安城的“实物”建筑师，那卢照邻就是长安的“诗意”设计师，或者说是“长安魂”的雕塑者，他写出了长安城健美的筋肉、奔涌的血液、逼人的热量、诱人的磁场和雍容的气度！“七言长体，极于此矣”（《诗薮》）。

◎ 贾至

# 早朝大明宫呈两省僚友

银烛熏天紫陌长，禁城春色晓苍苍。

千条弱柳垂青琐，百啭流莺绕建章。

剑佩声随玉墀步，衣冠身惹御炉香。

共沐恩波凤池上，朝朝染翰侍君王。

首联写“早”：银烛闪烁，紫陌隐约，大明宫曙色苍苍；颔联承首联而来，写“早春”：弱柳纷披，鹅黄嫩绿，楼台间莺啼婉转，唤醒了尚在沉睡的宏伟都市；颈联写春色中的“人”：百官沿含元殿两侧龙尾道拾级缓行，佩声丁丁，在丹凤门和含元殿间空阔的空间清脆萦回；大殿前香烟袅袅，熏染着官员的朝服；尾联写“赞”，诸臣应黾勉执事，颂美君王。全诗用“背面敷粉”法，极言国祚之盛。无怪前人誉为“禁体气象轩冕，无一字不佳”（《批点唐诗正声》）。

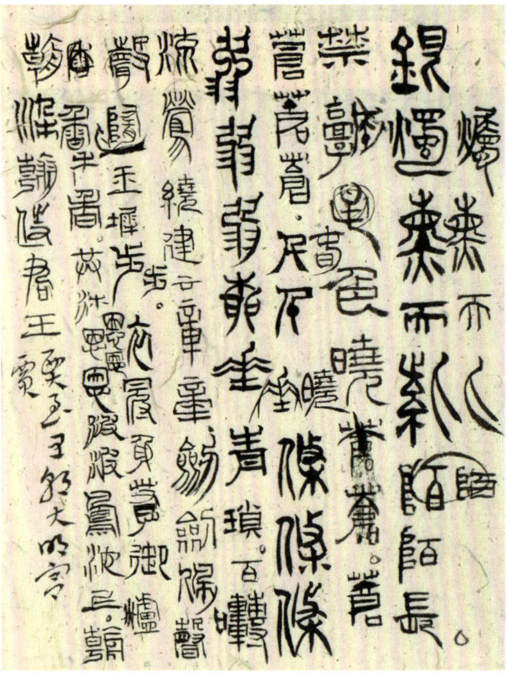

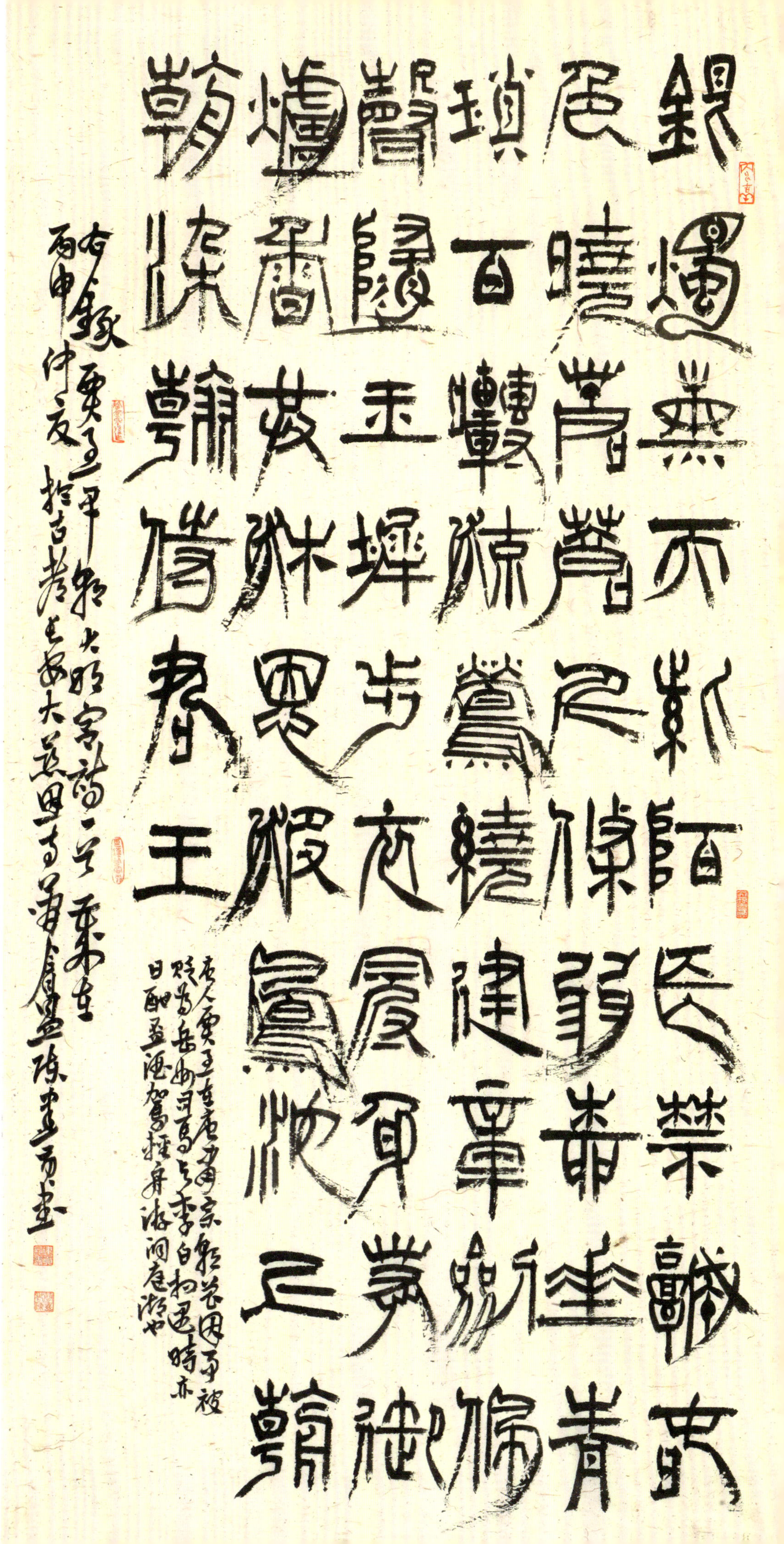

【款识】右录贾至早朝大明宫诗一首岁在丙申仲夏于古都长安大慈恩寺　简庵陈建贡书

【款识】唐人贾至在唐肃宗朝曾因事被贬为岳州司马与李白相遇时亦日酣杯酒驾轻舟游洞庭湖也

【钤印】建贡长寿（白）简庵老陈（朱）

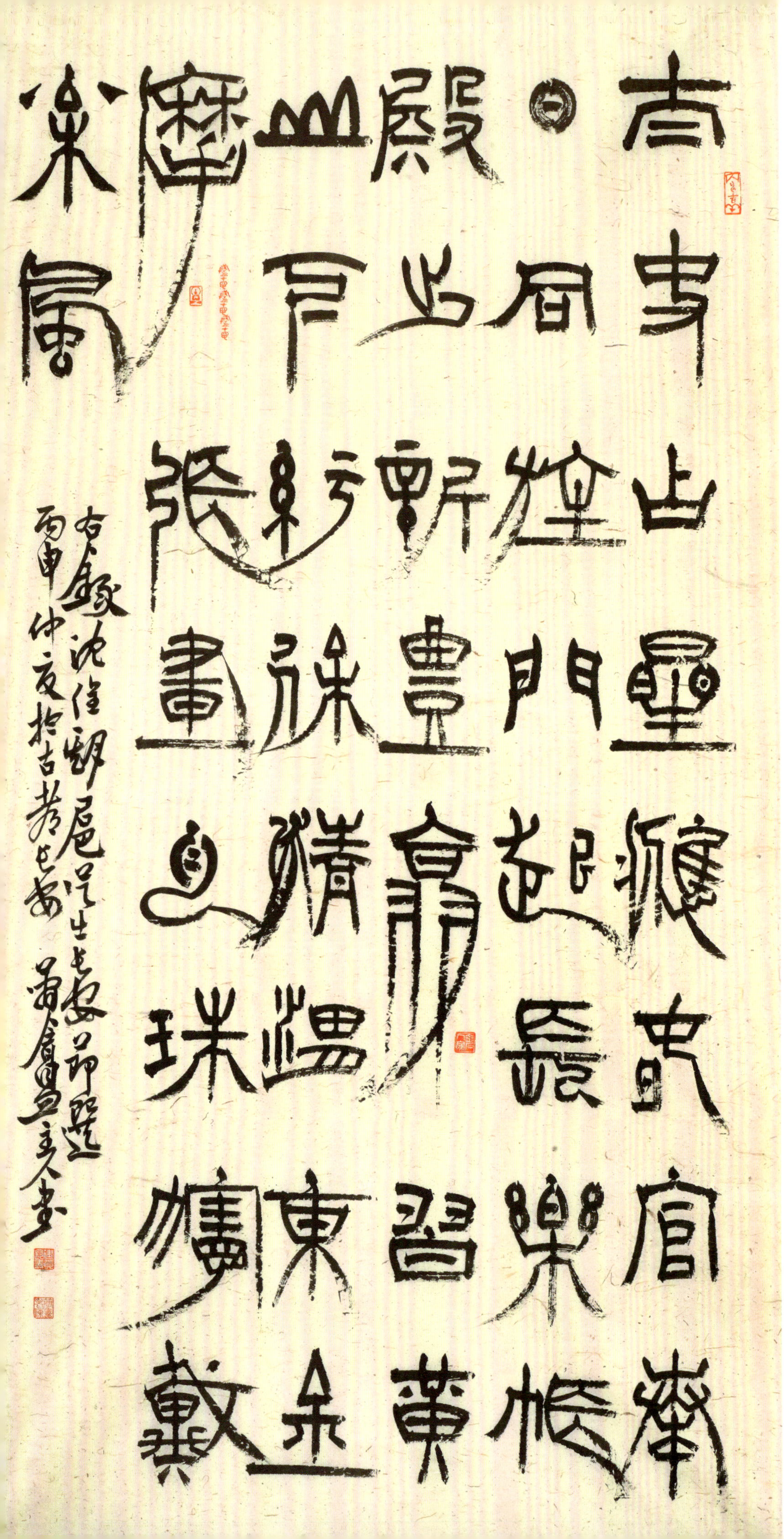

【款识】右录沈佺期扈从出长安节选丙申仲夏于古都长安　简庵主人书

【钤印】建贡长寿（白）简庵老陈（朱）

◎ 沈佺期

# 扈从出长安

节选

太史占星应，春官奏日同。

旌门起长乐，帐殿出新丰。

翕习黄山下，纡徐清渭东。

金麾张画月，珠幰戴松风。

此诗妙在为长安城"经营位置"。长安城是天才设计师宇文恺象天法地而建，他以弘阔的视野俯瞰关中，在河山襟带的"天府之国"巧妙运思，河水、渭水、华山、终南拱卫环绕，潼关、大散关、蓝关、蒲津关等关隘雄峙，长安城就矗立在关河险要、水土丰美的关中腹地。诗人并未正面描写长安城形胜，而是跳脱出长安城，通过"背面敷粉"的衬托法写长安周边山河之胜：东面是长乐坡，东临浐水，西瞰都城，水光潋滟，茂林修竹；再往东去是汉故县新丰，南依骊山，北依渭水，风物宜人，美酒流芳。而往西则是黄麓山，在今天陕西省兴平北，山势嵯峨，汉宫栉比；北向则是清渭迤逦，旖旎绕城。唐长安城巧夺天工、侔天象地的天成之美，跃然纸上。

◎ 王维

# 少年行

## 其四

汉家君臣欢宴终，高议云台论战功。

天子临轩赐侯印，将军佩出明光宫。

唐人喜欢以汉喻唐，王维也不例外。首句言君臣在凯旋后痛饮，一个“欢”字渲染出获胜后的狂欢热烈气氛；次句承前句，宴饮结束后论功，“云台”指云台阁，位于洛阳，汉明帝刘庄曾将邓禹等二十八位开国功臣画像置于彼处，史称“云台二十八将”。第三句言行赏，平淡道出，精彩结穴处在第四句：将军佩出明光宫！恍然看到一位剽悍威武的将军佩着帝王新赐的绶印，昂首挺胸，大踏步走出明光宫。其身形伟岸，目光睥睨一切，步履坚实，大地亦为之震颤，声如洪钟，天地亦与之唱和！这正是盛世王朝的气象，亦是华夏民族的人格范型。

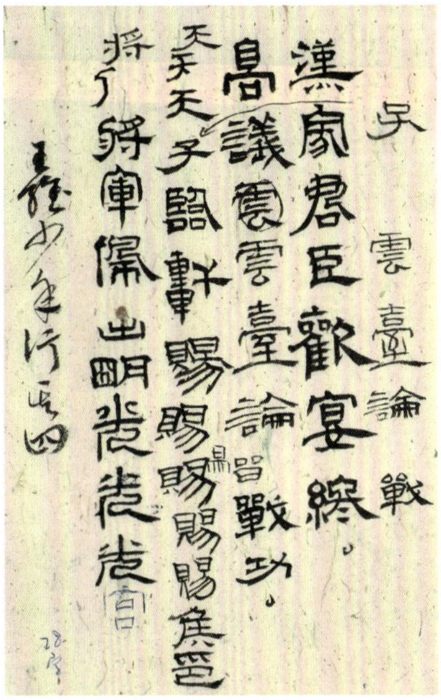

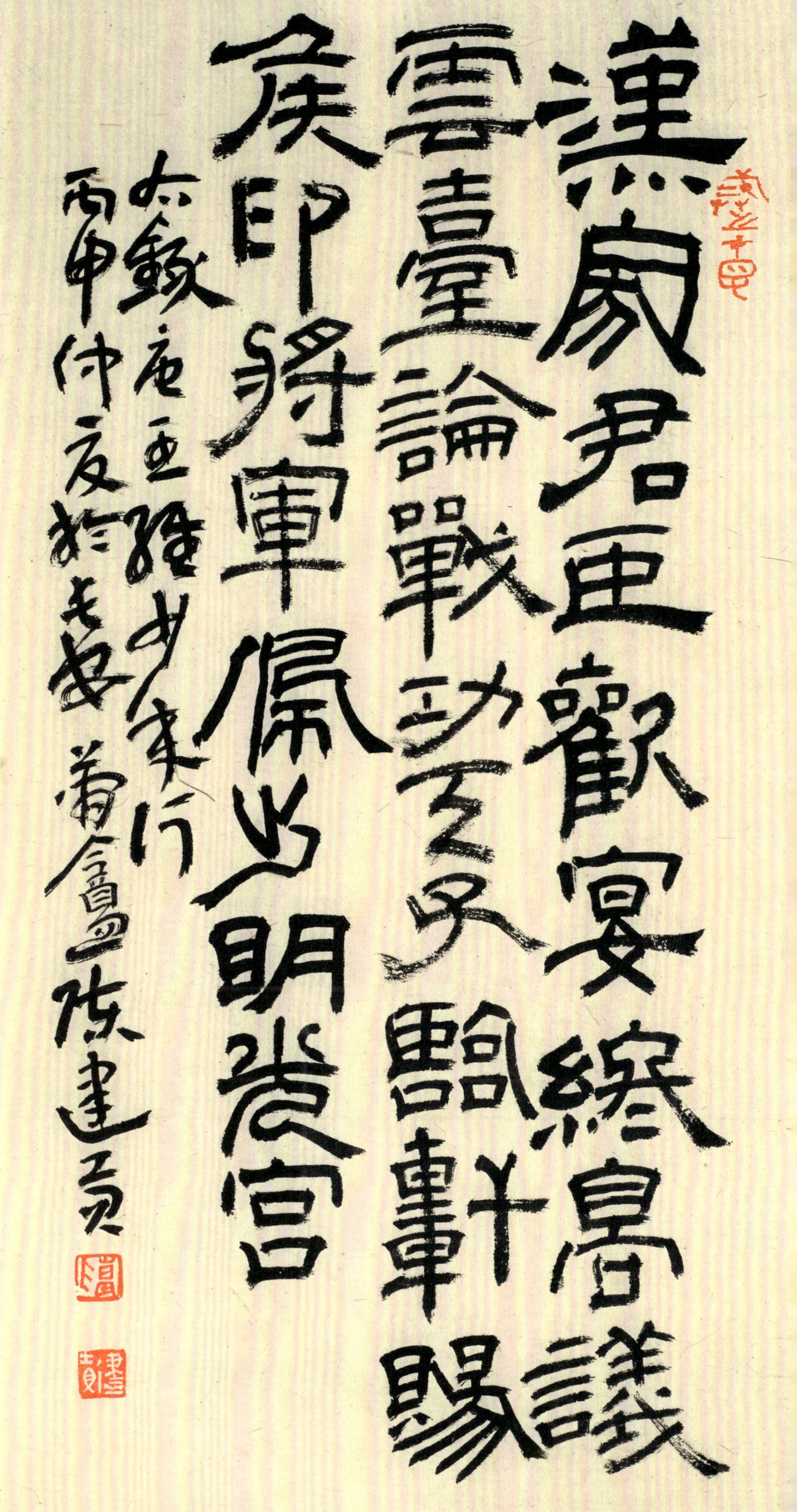
漢家君臣歡宴終高議
雲臺論戰功天子臨軒賜
侯印將軍佩出明光宫
右錄唐王維少年行
丙申仲夏於長安 簡庵陳建貢

【款识】右录唐王维少年行丙申仲夏于长安　简庵陈建贡

【钤印】陈（朱）　建贡（白）

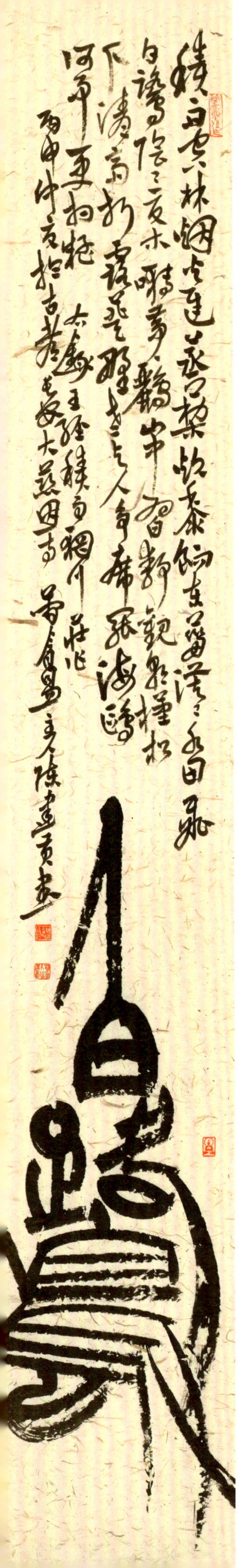

◎ 王维

## 积雨辋川庄作

积雨空林烟火迟，蒸藜炊黍饷东菑。

漠漠水田飞白鹭，阴阴夏木啭黄鹂。

山中习静观朝槿，松下清斋折露葵。

野老与人争席罢，海鸥何事更相疑。

终南辋川。连日积雨，林薄烟湿，一个“迟”字点明雨濡炊烟、爨火奄奄之状，农妇做好饭蔬后，给在东边田畴里劳作的家人送饭。空中零雨其濛，水田如鉴，浮着淡淡雾霭，几点洁白的鹭鸟时而缓缓飞行，时而驻足照影。正是夏日，嘉木葳蕤，绿荫苍翠，几只黄鹂在深荫里婉啭啼鸣。见此情景，诗人心静如水，或观赏深山开得正好的木槿，或攀折露水清泠的葵菜。终南爽气朝来，三五秀峰无语伫立，似与诗人微笑对视，万物同根，天地一气，逍遥无我，不知今夕何夕。

【款识】右录王维积雨辋川庄作丙申仲夏于古都长安大慈恩寺简庵主人陈建贡书

【钤印】韬舟（白）简庵主人陈建贡（朱）

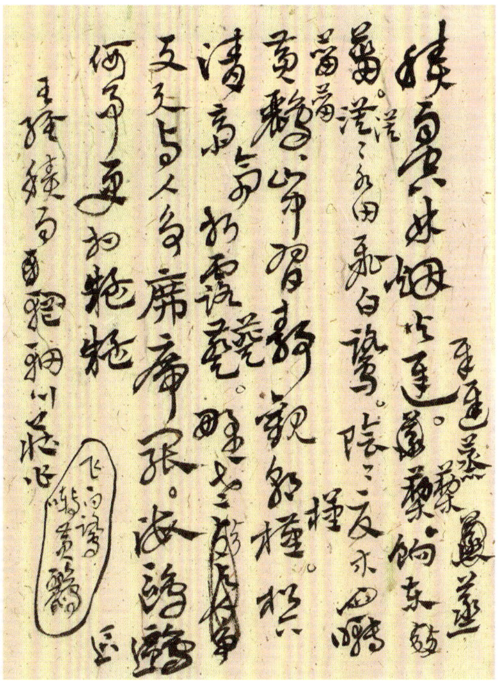

诗的颔联是千古佳句。“漠漠”“阴阴”二叠字极妙，李嘉祐有“水田飞白鹭，夏木啭黄鹂”句，王维以“漠漠”状连雨后水田烟岚浮动、淡霭氤氲，读之觉湿润清冽的水气扑面而来；复以“阴阴”写夏日树木的苍碧茂盛、生机勃发，读之觉清荫如水，贮满心胸。水田的淡青色背景上洇几点水鸟的白色，树木的浓绿色块中缀几笔鲜亮的黄色，辅以清脆啼鸣，可谓绘声绘色，宛如青绿山水，引人入胜。无怪乎宋人叶梦得云此二组叠字“如李光弼将郭子仪军，一号令之，精彩数倍”（《石林诗话》）。

[illegible]收[illegible]飯去留[illegible]

中[illegible]習靜觀[illegible]

[illegible]之人爭席罷海

維積雨輞川莊作

[illegible]大[illegible]過寺 [illegible]

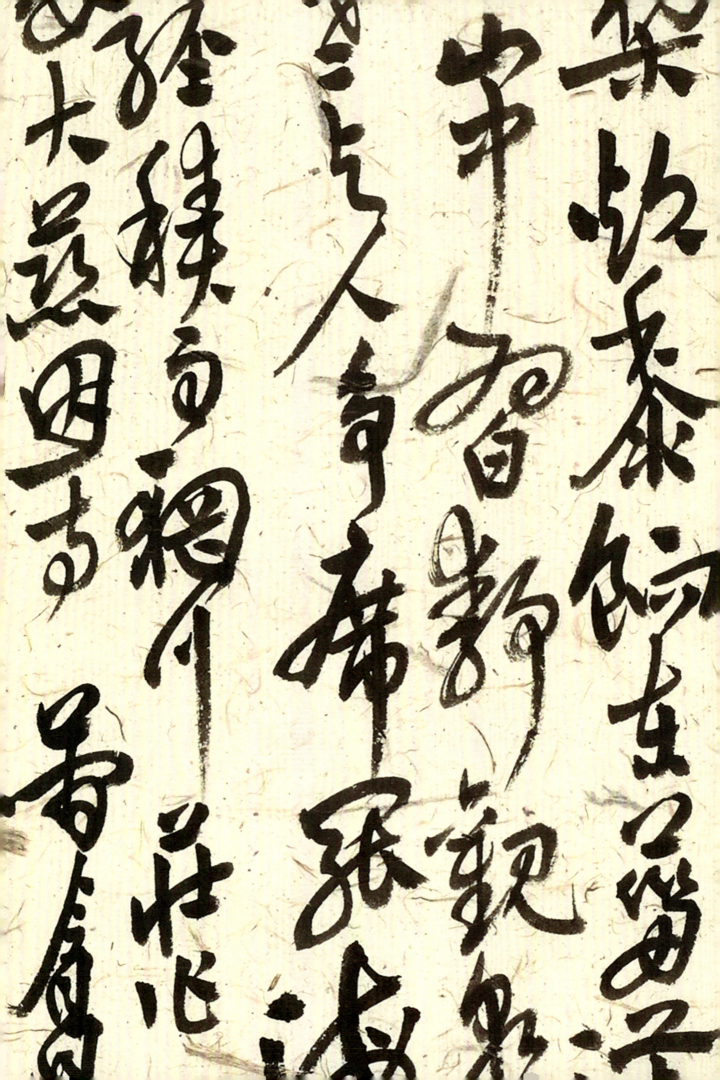

君士坦丁堡
萨克尔
萨莱
安条克
大马士革
开罗
巴尔米拉
巴格达
哈马丹
番兜
马什哈德
马里
赫拉特

恒罗斯
阿拉木图
乌鲁木齐
吉木萨尔
天山
哈密
玉门关
碎叶
撒马尔罕
塔什干
疏勒
姑墨
轮台
龟兹
焉耆
交河
高昌
敦煌
阳关
酒泉
张掖
武威
固原
咸阳
长安
潼关
洛阳
陕州
登封
华山
临潼
泾川
天水
临洮
兰州
伏俟城
索尔库里
若羌
且末
于阗
皮山
莎车
塔什库尔干
悬度
白沙瓦
喀布尔
蓝士城
印度

◎ 苏味道

## 正月十五夜

火树银花合，星桥铁锁开。

暗尘随马去，明月逐人来。

游伎皆秾李，行歌尽落梅。

金吾不禁夜，玉漏莫相催。

诗写东都洛阳端门元宵夜盛况。首联点明时间与地点，“火树银花”暗指时间为上元夜，“合”字佳，写出四处花灯弥漫、匝地合围的盛况，可与孟浩然“绿树村边合”对读。“星桥”是洛水上的星津桥，位于洛阳城“七天建筑”之一的天津桥之南。颔联紧扣“十五夜”：夜色四合，故曰“暗尘”，适逢上元，故有“明月”。“去”与“来”一推一拉，镜头语言可谓生动。颈联写赏灯之人，游伎艳若桃李，联手踏歌。“落梅”本指笛曲“梅花落”，此处借其植物义与“秾李”相对，为精彩的借对，可谓巧妙。尾联言游兴正浓，不必催促，因此夜取消宵禁，都城禁军不会禁人夜行。整首诗纤浓恰中，针线绵密，洵为佳作，无怪乎前人云：“古今元宵诗少，五言好者殆无出此篇矣。”（《瀛奎律髓》）

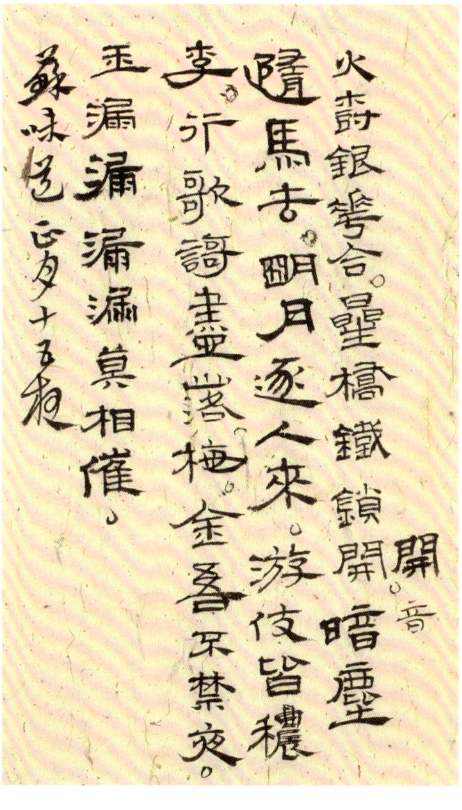

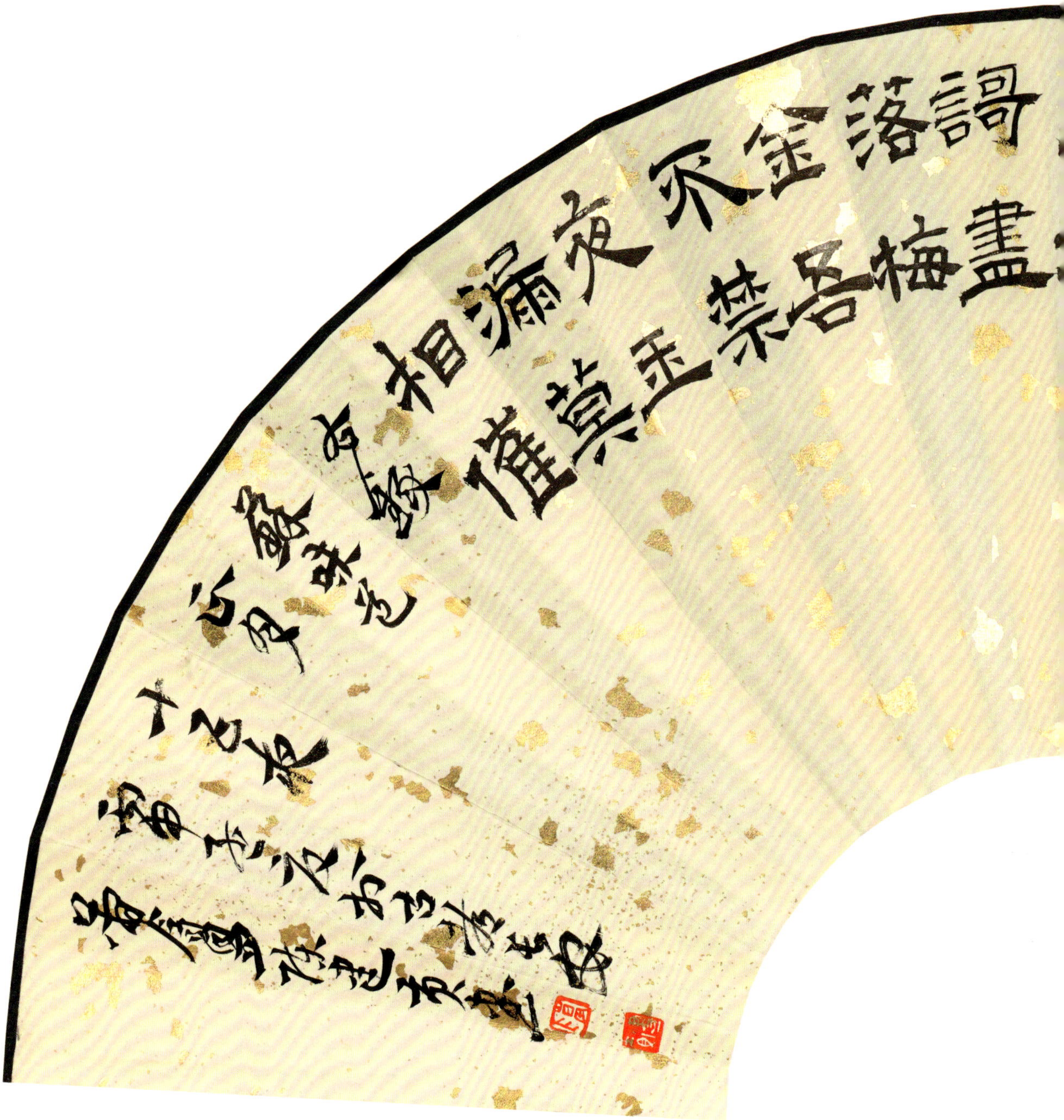

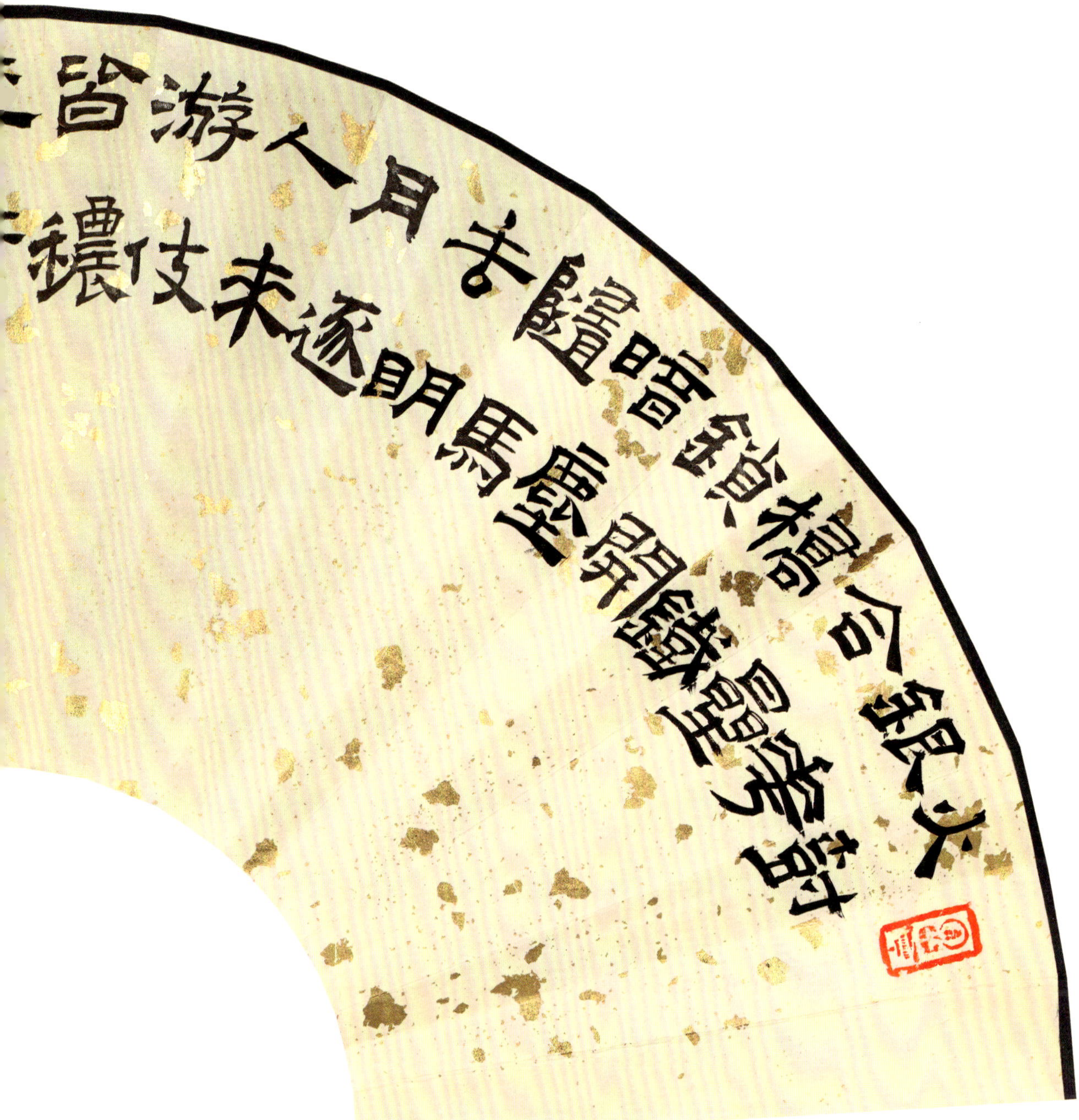

【款识】丙申孟夏于古都长安　简庵陈建贡书　【钤印】陈（朱）建贡（白）

◎ 孙逖

## 正月十五日夜

洛城三五夜，天子万年春。

彩仗移双阙，琼筵会九宾。

舞成苍颉字，灯作法王轮。

不觉东方日，遥垂御藻新。

洛城上元夜。万民同乐，高耸的双阙前搭起彩仗，设筵张乐，上宾云集，一片升平治世的热闹景象。"移"字佳，化静为动，警策之笔。颈联写歌舞及灯会盛况，据传仓颉观察日月星辰、鸟兽虫鱼之迹而造字，此处以仓颉字来形容舞蹈，形象地描绘出元夕盛大的集体舞蹈既杂乱又整齐的样子，类似于今天大型运动会开幕式上的团体操；而高高的法轮上挂满彩灯，火树银花，辉煌耀目。彻夜狂欢，不知今夕何夕，不觉东方已晓。

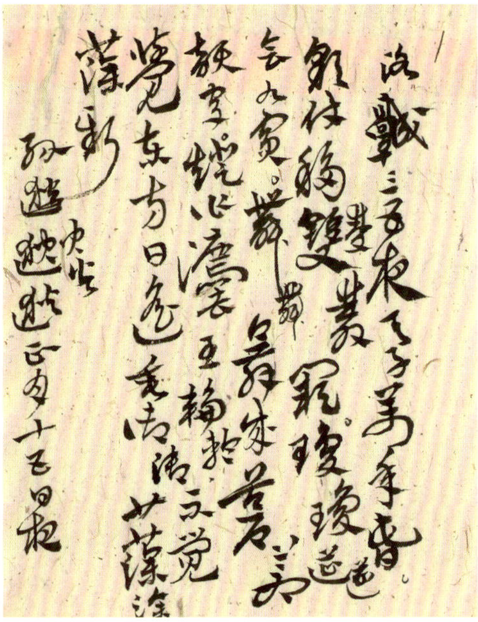

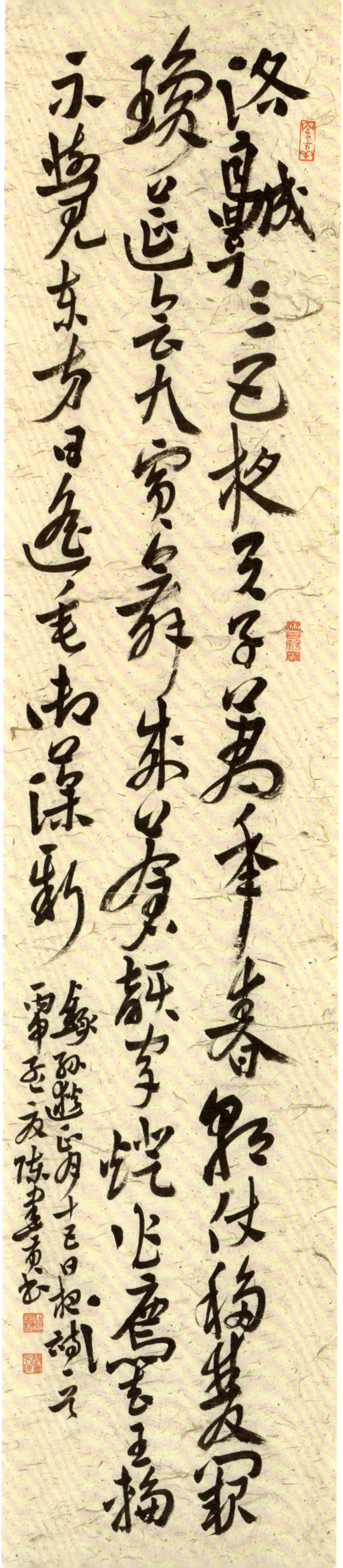

【款识】录孙逖正月十五日夜诗一首丙申孟夏 陈建贡书 【钤印】建贡长寿（白） 简庵老陈（朱）

◎ 陈子昂

# 春夜别友人

银烛吐清烟，金尊对绮筵。

离堂思琴瑟，别路绕山川。

明月悬高树，长河没晓天。

悠悠洛阳去，此会在何年。

春夜别人。江淹《别赋》云："黯然销魂者，唯别而已矣！"诗首二句写灯照离席，"吐"与"对"很精妙：银烛明灭，清烟袅袅，表明更漏匆匆，催人上路，而金樽无语，沉默面对绮筵，恰是将要远行的诗人此时无言销凝的心境。中四句由离席转向前途，哀筝急管，离思缱绻，别路萦回，山重水复。明月朗照，一天清辉，星汉渐黯，曙色微露。在这一瞬间，去乡之忧思，前路之迷茫，行旅之艰苦，百感俱集，共融于一天月色中，诗人物我皆忘，体会到难以名状的"高峰体验"。前人诟病"明月"句"似秋夜，不见春景"（《唐诗选》），实为穿凿之言。全诗精神，只在此二句，王国维《人间词话》所谓"无我之境"，当指此类。末二句言洛阳古道漫漫，此去经年，竟不知何时相见。全诗虽言别情，然情韵悠长，含蓄雍雅，蕴藉从容，并无悲怨之音，反映出一个正处于上升期的王朝的气度。

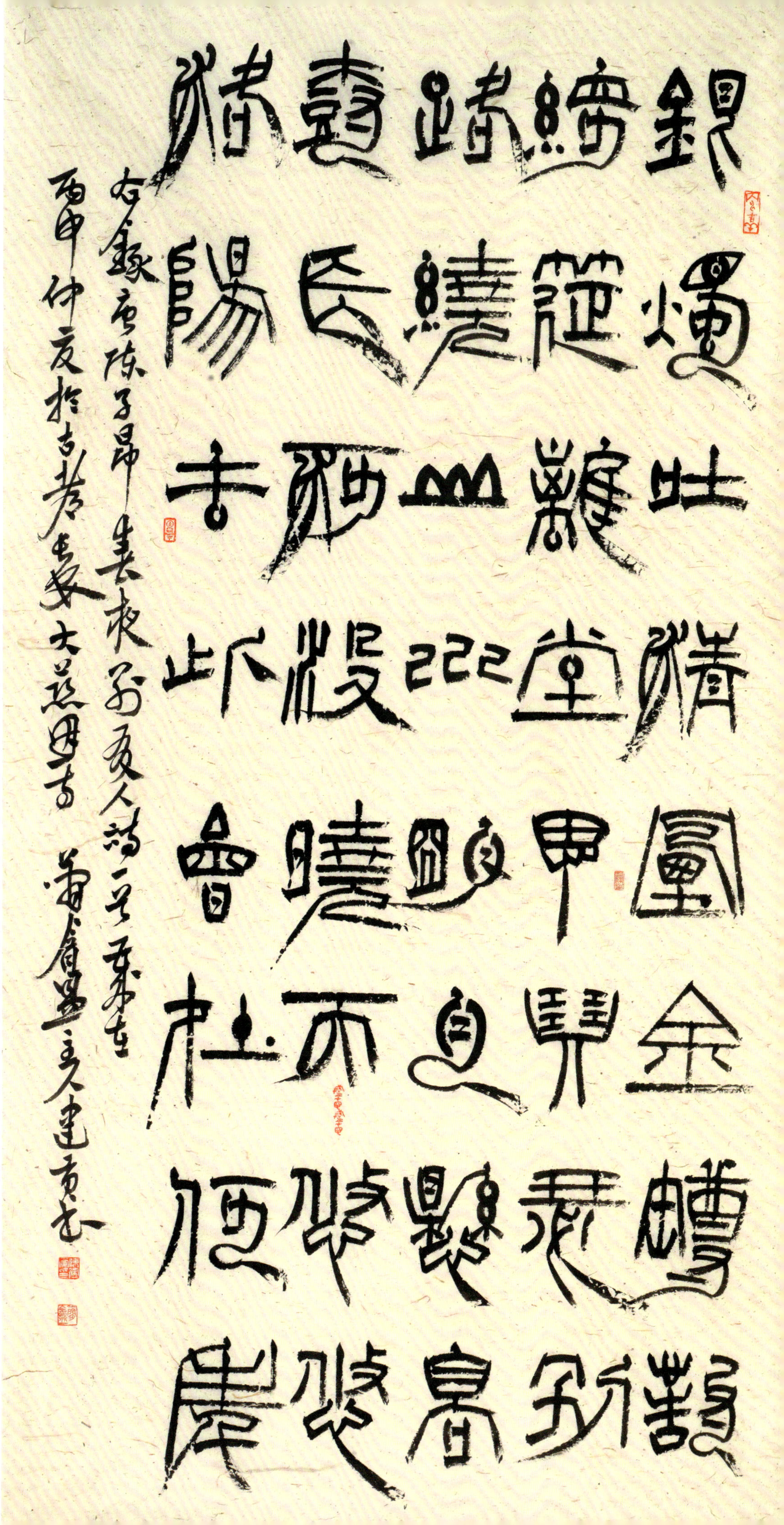

【款识】右录唐陈子昂春夜别友人诗一首岁在丙申仲夏于古都长安大慈恩寺　简庵主人建贡书

【钤印】陈建贡印（白）简庵（朱）

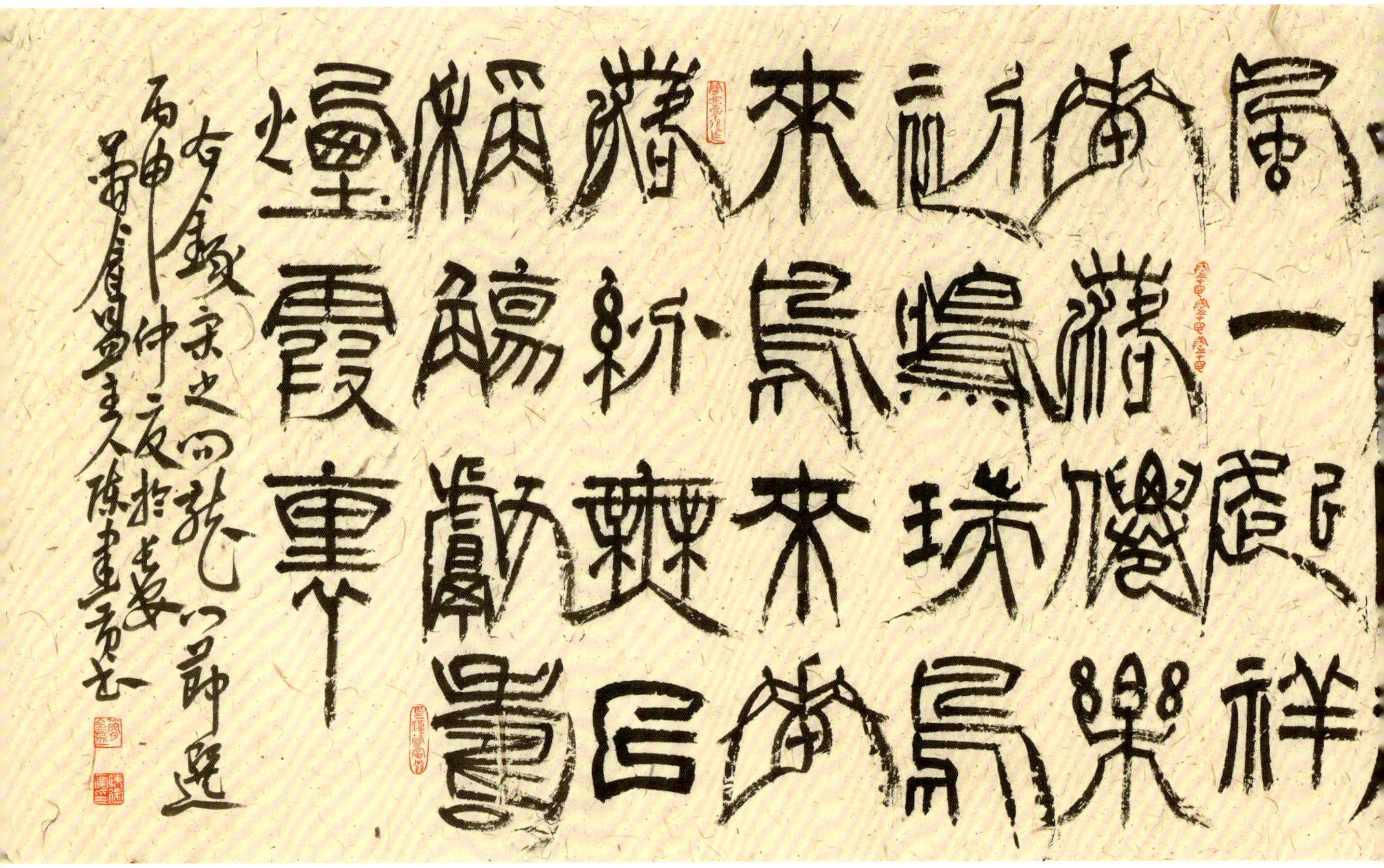

◎ 宋之问

## 龙门应制

节选

彩仗蜺旌绕香阁，下辇登高望河洛。

东城宫阙拟昭回，南阳沟塍殊绮错。

林下天香七宝台，山中春酒万年杯。

微风一起祥花落，仙乐初鸣瑞鸟来。

鸟来花落纷无已，称觞献寿烟霞里。

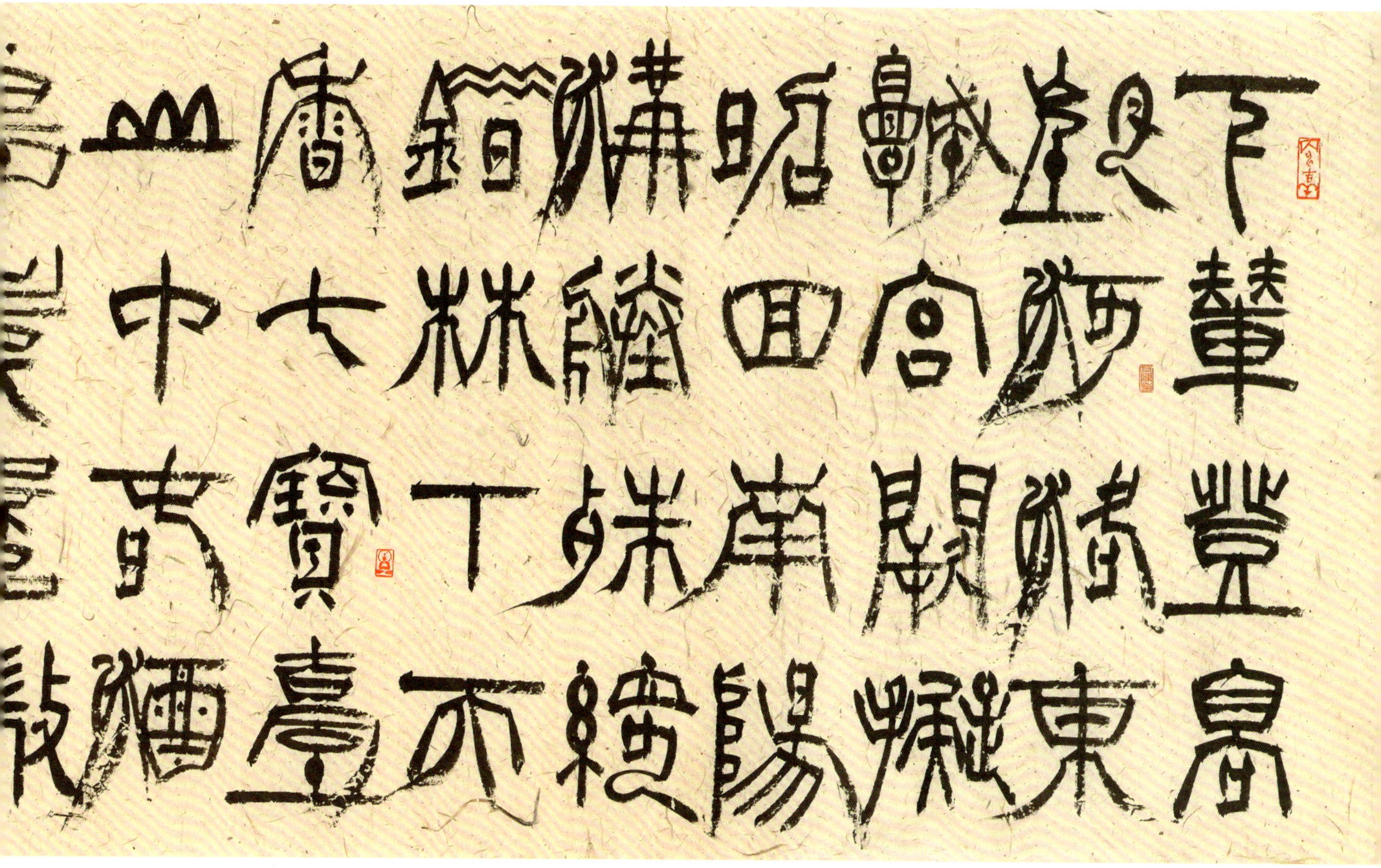

【款识】右录宋之问龙门节选丙申仲夏于长安　简庵主人陈建贡书　【钤印】简庵（朱）陈建贡印（白）

武后与群臣游洛阳龙门，兴起举办了一次盛大的诗歌竞赛，夺魁者有赏。左史东方虬诗先成，武后赐以锦袍。宋之问的长篇歌行草就后，武后击节叹赏。此诗如一轴徐徐展开的龙门山水图，将龙门两山对峙、佛龛星罗、浮屠林立的胜景绘入诗中。节选的部分写站在高处望去，伊水从龙门山与香山阙处穿流而出，碧波荡漾，雁塔倒影蘸入清波，山间岚气缥缈，北魏以来始凿的洞窟遥遥可见。山间千寻高树，繁茂葳蕤，远处山谷重泉百丈，飞珠溅玉。“旧”与“初”佳，两个时间副词写出虽桑田沧海，新旧鼎革，然龙门佳气常新。据载武后读完后，立即从东方虬身上剥下锦袍，亲手披在宋之问身上，“夺锦袍”遂成为流传多年的诗坛佳话，足见此诗艺术成就之高。

◎ 白居易

# 杨柳枝八首

## 其二

陶令门前四五树，亚夫营里百千条。

何似东都正二月，黄金枝映洛阳桥。

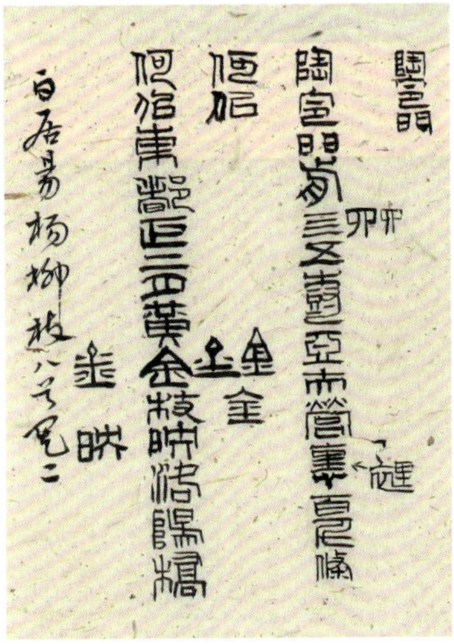

绝句最难写，因其要在短小的篇制里表情达意，而要通过绝句来写一座城市之春，更是难上加难。白居易是此中圣手，举重若轻，拈出“杨柳”意象，妆点洛阳二月早春。首二句用陶渊明的婆娑五柳和周亚夫的细柳营作铺垫，起句虽平淡，但为后面留下空间。第三句以反诘出之，语势忽然一转，言此前著名的柳意象皆不及东都洛阳城的柳树，看吧，在春意渐至的二月，宏伟壮美的洛阳桥边，鹅黄嫩绿，弱柳扶风，映掩着如虹的桥身，桥下洛水冰销，流声溅溅，柳枝旖旎，蘸水拂波，照影自妍。窥斑见豹，洛阳城的“七天建筑”洛阳桥如此春色，可推知整个城市已是春气蒸蔚，这座象天而造的古代城市建筑的典范，在柳丝披拂中美不胜收，引人入胜。

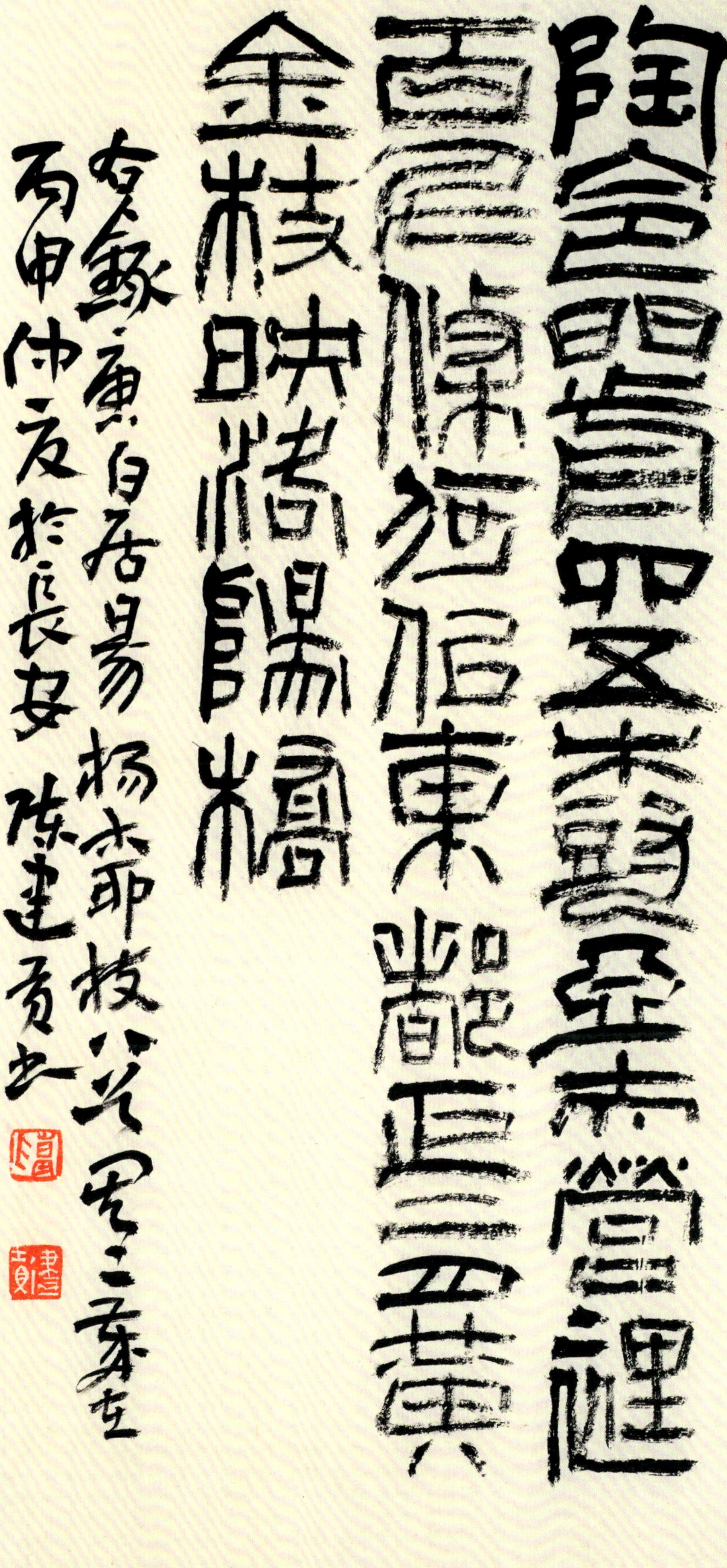


【款识】右录唐白居易杨柳枝八首其二岁在丙申仲夏于长安　陈建贡书

【钤印】陈（朱）建贡（白）

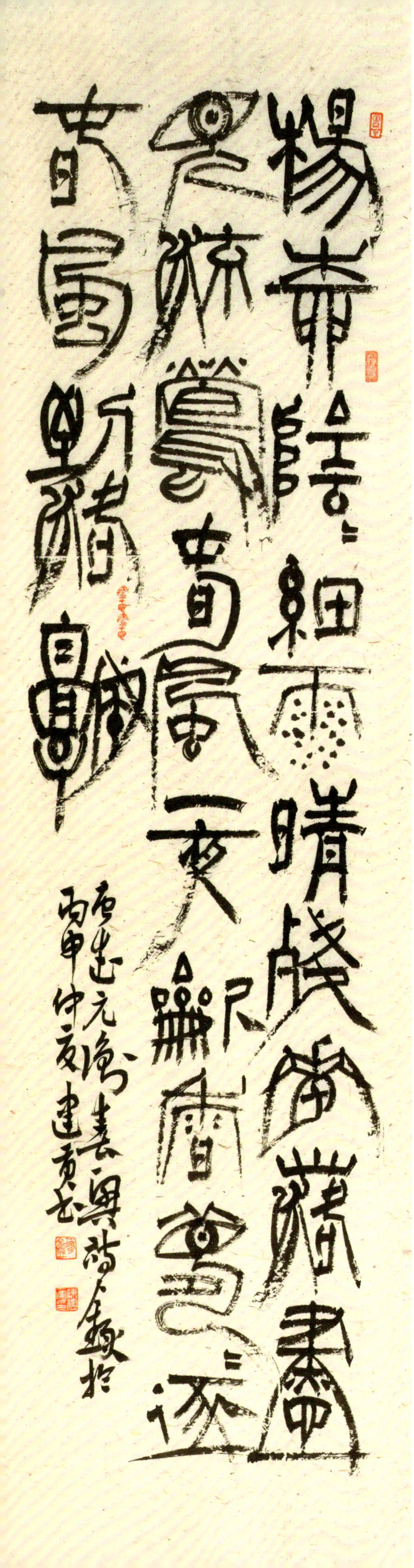

◎ 武元衡

## 春兴

杨柳阴阴细雨晴，残花落尽见流莺。

春风一夜吹香梦，梦逐春风到洛城。

春去也！此诗写晚春景象。首二句点明春将去，“阴阴”形容柳荫深浓，已不是疏柳吐翠，柔条曼舞的时节。绵绵春雨已停歇，落红满地，绿肥红瘦，流莺啼啭，大谢《登池上楼》“园柳变鸣禽”当指此景。虽未言时间，然晷运星移，逝者如斯，尽在其中矣。见此情景，诗人不由动伤春之兴，夜风吹梦，逐春而去，虽化自南朝民歌《西洲曲》“南风知我意，吹梦到西洲”，然句中一夜春风骀荡，香梦沈酣，又是民歌中所无，亦可谓“点铁成金”。末句又巧妙与第三句“连珠”“顶针”，形成“春风—梦—春风”的有趣嵌套，回环往复中颇见杼柚。洛城春满，心驰神往，寥寥四句，蕴藉缠雅。

【款识】唐武元衡春兴诗录于丙申仲夏　建贡书

【钤印】简庵（朱）陈建贡印（白）

◎ 许敬宗

# 奉和登陕州城楼

抱河澄绿宇，御沟映朱宫。

辰旂翻丽景，星盖曳雕虹。

学嚬齐柳嫩，妍笑发春丛。

锦鳞文碧浪，绣羽绚青空。

眷念三阶静，遥想二南风。

陕州形胜，据崤山、函谷、雁岭三关而扼秦、晋、豫三地要冲，为通向关中道、京畿道的锁钥。诗首联点明“登楼”，陟而远眺，黄河如带，御沟蜿蜒，宫室掩映，绿畴千里。中三联集中写登楼所见，旌旗翻飞，宝盖摇曳，丽日虹霓，美不胜收。楼边弱柳纷披，繁花照眼，游春女子浅笑嫣然，以春柳之“嫩”和春花之“妍”比拟笑，连类譬喻，通感生神，可谓妙笔。河中锦鲤腾跃，晴空翠鸟飞鸣，好一幅醉人的陕州春游图。尾联冀望国家如周公时期清晏乂安，寄托着诗人的美政理想。

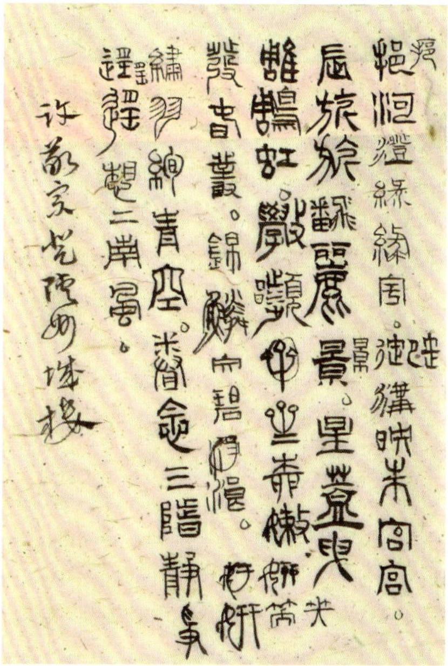

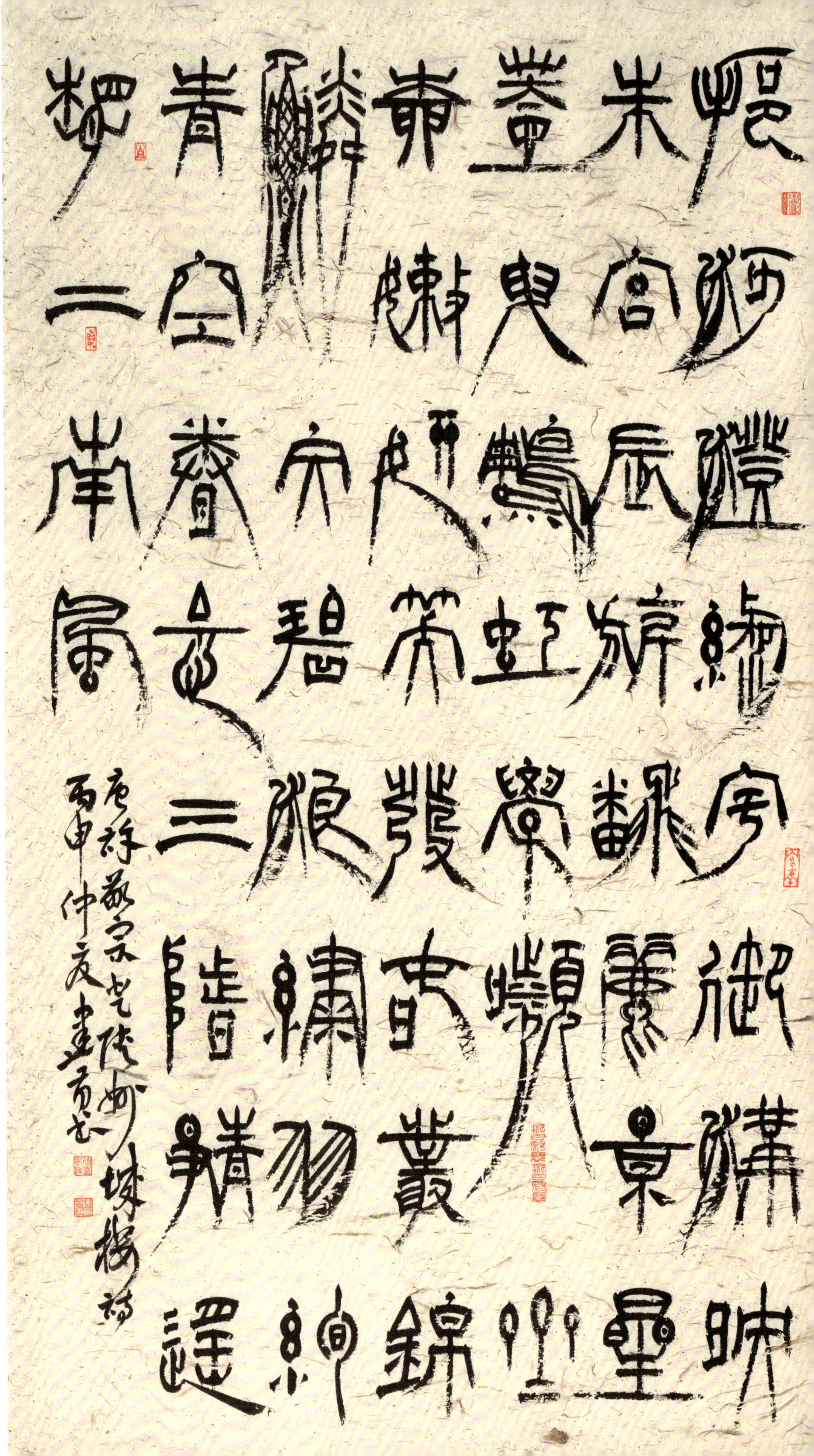

【款识】唐许敬宗登陕州城楼诗丙申仲夏　建贡书

【钤印】简庵老陈（朱）建贡长寿（白）

固原
咸阳
长安
华山
临潼
潼关
洛阳
陕州
登封
泾川
天水
临洮

◎ 李洞

# 华山

碧山长冻地长秋，日夕泉源聒华州。

万户烟侵关令宅，四时云在使君楼。

风驱雷电临河震，鹤引神仙出月游。

峰顶高眠灵药熟，自无霜雪上人头。

首联“冻”“聒”可谓奇语。华山高峻，峰入层云，白石嶙峋，视之生寒，故诗人以冷色调词“碧”与诉诸触觉的“冻”来形容其高拔生寒；山顶有泉，泻流而下，鸣声溅溅，声彻华州，“聒”下得大胆，又极夸张。颔联写华州万户栉比，华山岚气云卷云舒。华山自古多仙道传说，故颈联言山川形胜，俯瞰黄河，大风吹送，雷电交加，河水亦为之震撼，而山巅神仙并无惧意，在仙鹤引导下乘月闲游。尾联言道人采食灵药，汲天地之精，自然长生驻颜，鬓发如云。李洞深慕贾岛，多仿其风作诗，故奇峭僻涩，别有一番风味。此诗用语奇拔，颇有形式主义美学家主张的“陌生化”效果，塑造出华山冷幽神秘、充满奇幻色彩的一面。

【款识】录唐李洞华山诗一首丙申孟夏　简庵建贡书

【钤印】陈建贡印（白）简庵（朱）

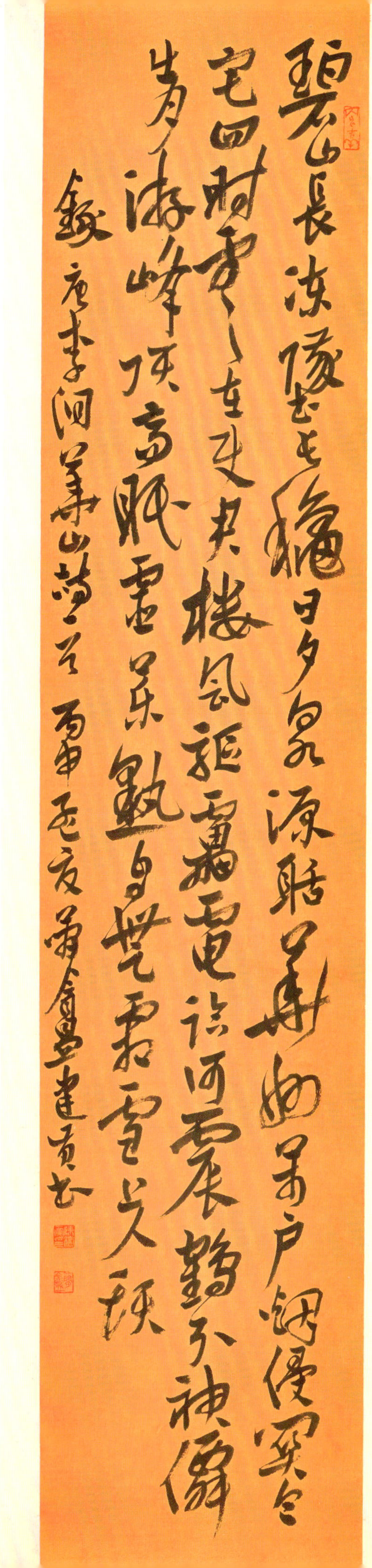

壮哉黄河如丝天
毂转秦地雷荣
圣人在巨灵咆哮
右录唐李白西岳云台
丙申年冬夜於长安[illegible][illegible]

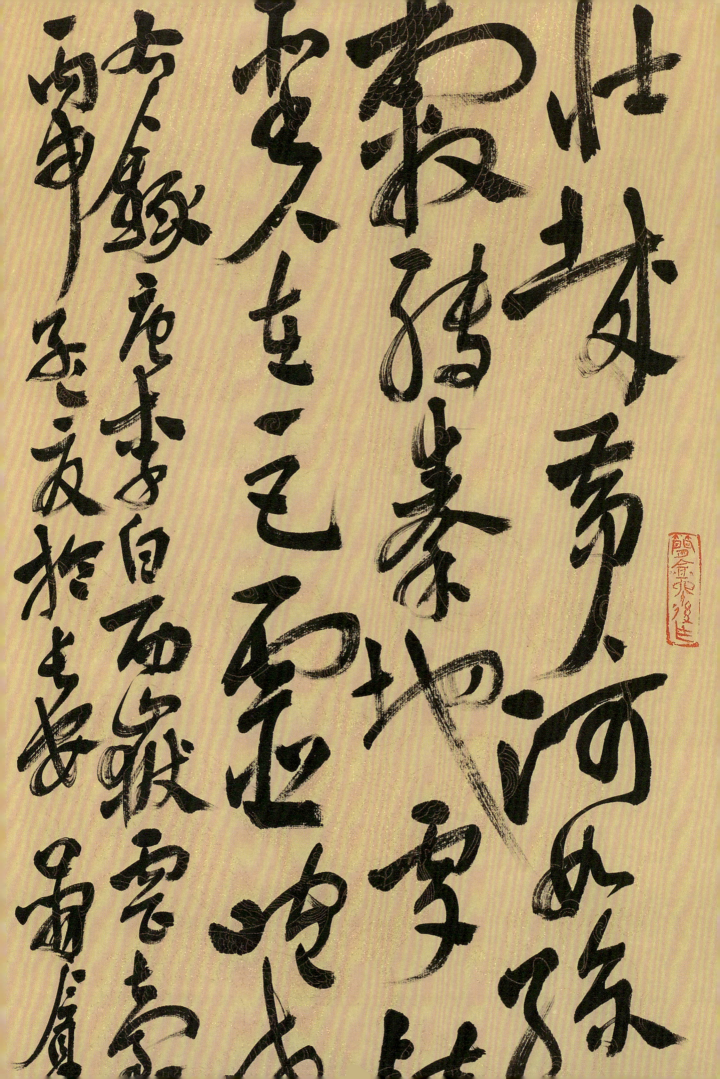

◎ 李白

# 西岳云台歌送丹丘子

节选

西岳峥嵘何壮哉！黄河如丝天际来。

黄河万里触山动，盘涡毂转秦地雷。

荣光休气纷五彩，千年一清圣人在。

巨灵咆哮擘两山，洪波喷箭射东海。

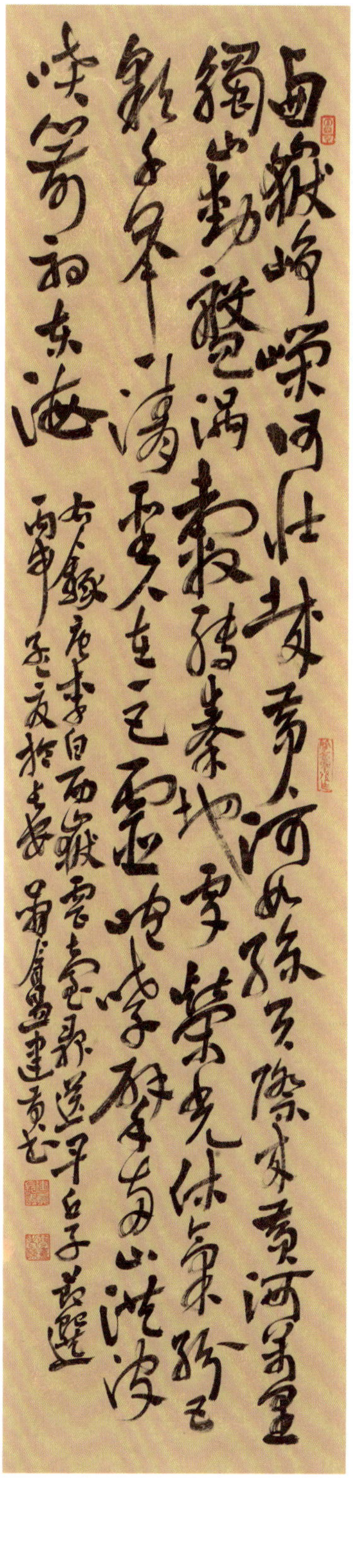

天宝三载李白别道友元丹丘时于华山作。首句破空而来，如高山坠石，悚动人心，以“何壮哉”的感叹句式夺人心魄，吸引读者读下去的兴趣。此为李白“家数”，《蜀道难》发端“噫吁嚱，危乎高哉”异曲同工。伫立华山远眺，黄河如游丝般滑过关中平原东缘，则华山之高峻想而可见。接着诗人飞临黄河上空，想象河水触动华山，天地震颤，巨浪滔天，漩涡如车轮轰鸣旋转，声震秦川。激浪飞珠，阳光照射下瑞彩祥光，黼黻生辉。巨灵神手推华山，脚蹬首阳，将二山移开，黄河从两山阙处如箭激射，驰骛东海。诗人的想象奇幻大胆，升天入地，了无挂碍，正所谓“疾雷破山、颠风簸海”（《四溟诗话》），让人称奇，令闻者长歌起舞，为河山壮美所倾倒。

【款识】右录唐李白西岳云台歌送丹丘子节选丙申孟夏于长安　简庵建贡书

【钤印】建贡长寿（白）简庵老陈（朱）

◎ 崔颢

## 行经华阴

岧峣太华俯咸京，天外三峰削不成。

武帝祠前云欲散，仙人掌上雨初晴。

河山北枕秦关险，驿路西连汉畤平。

借问路旁名利客，何如此处学长生？

此为崔颢《黄鹤楼》外的又一首写景七律佳制。首联远眺华山，言其高峻伟岸，俯瞰长安，芙蓉、玉女、明星三峰高出天外，如斧辟石削。“削不成”即“削不成而成也”（《唐诗评选》），言三峰之峻拔乃自然造化之鬼斧神工，绝非人力可为。颔联将视点聚焦华山，武帝当年所建的巨灵祠前闲云卷舒，仙掌崖宿雨初霁，群峰如洗。颈联又将目光从华山宕开，东望崤函险峻，关河襟带，西看汉帝祭天地之祠遥遥可辨，真可谓金城千里，天府之国。见此美景，诗人不由流连忘返。尾联言莫如放弃追名逐利，在此地栖迟逍遥。全诗写景工切，意境高超，可谓是华山绝佳的“宣传文案”之一，前人评为“雄浑沉壮，后人不敢着笔”（《批点唐诗正声》）。

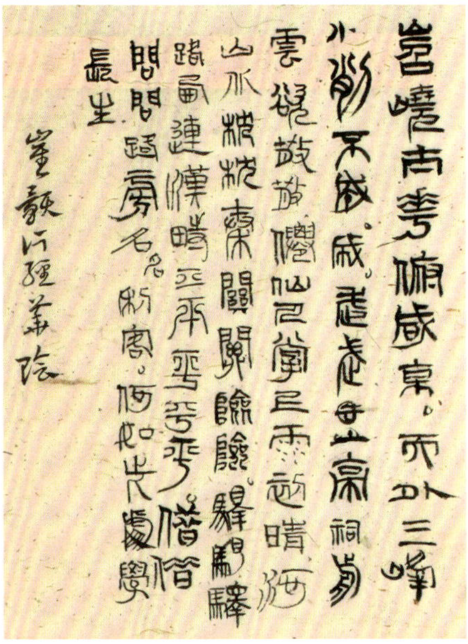

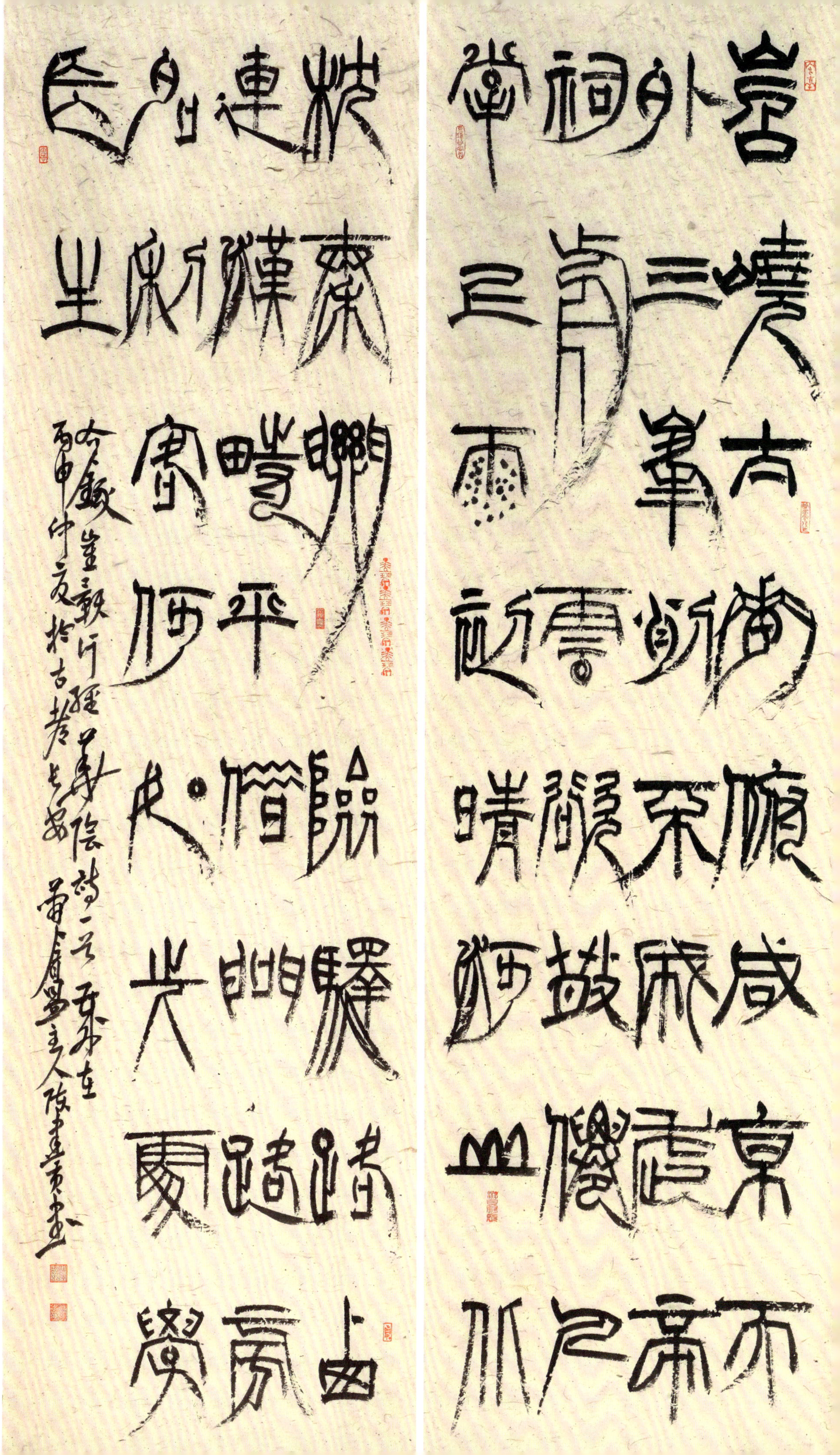

【款识】右录崔颢行经华阴诗一首岁在丙申仲夏于古都长安 简庵主人陈建贡书

【钤印】陈建贡印（白）简庵（朱）

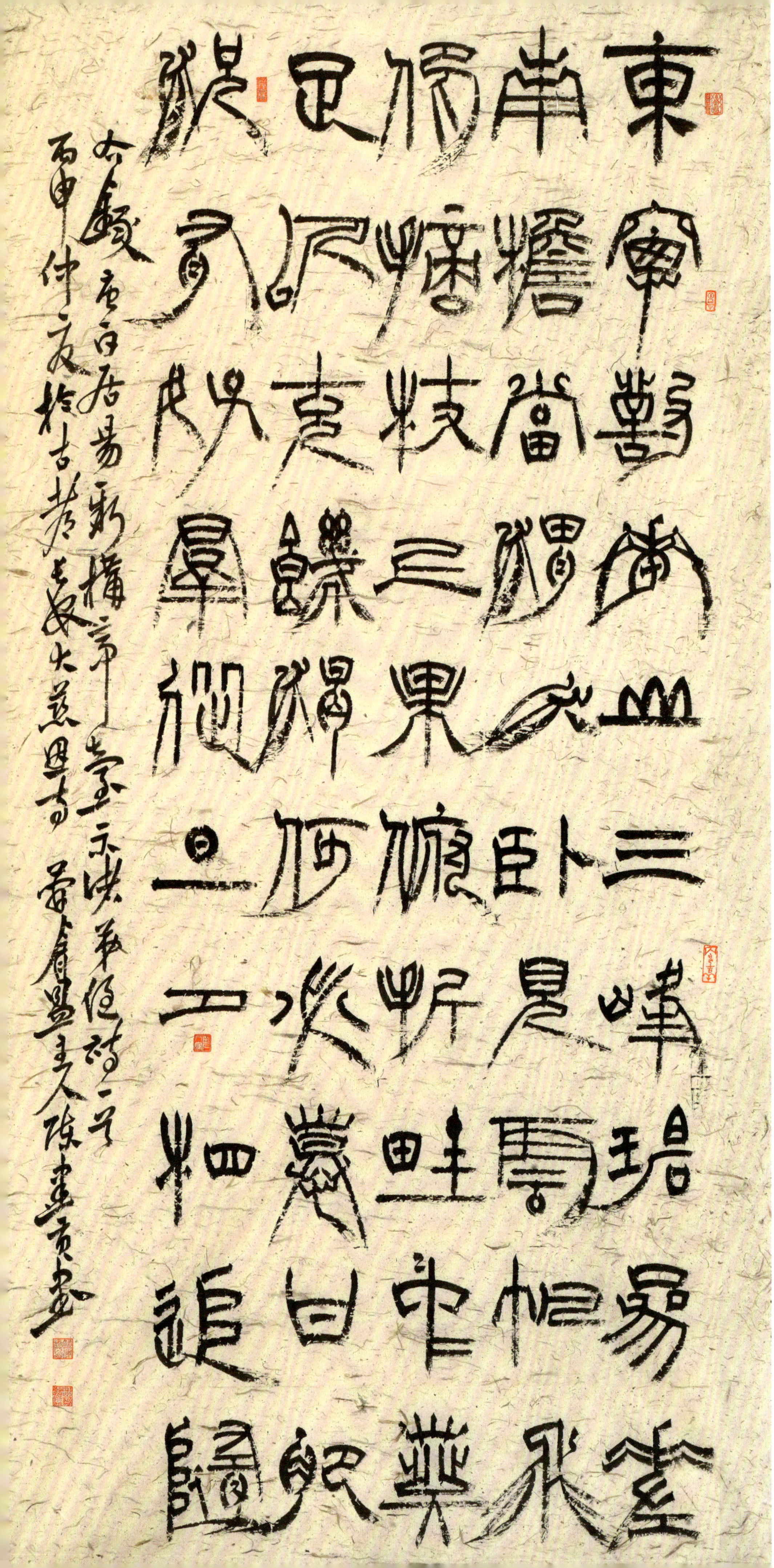


【款识】右录唐白居易新构亭台示诸弟侄诗一首丙申仲夏于古都长安大慈恩寺　简庵主人陈建贡书

【钤印】建贡长寿（白）简庵老陈（朱）

◎ 白居易

# 新构亭台示诸弟侄

东窗对华山，三峰碧参差。

南檐当渭水，卧见云帆飞。

仰摘枝上果，俯折畦中葵。

足以充饥渴，何必慕甘肥。

况有好群从，旦夕相追随。

白居易乐天知命，达观自适，此诗即是此心境的写照。新构亭台，欣欣然提笔作诗志之，以东窗和南檐作为“取景框”，将参差华岳三峰和迤逦渭水摄入图中，坐看诸峰爽气，卧观渭水归舟，轩豁胸次，想而可见。进而写村居生活，或仰首采摘枝上鲜果，或俯身掇取园中青葵，虽粗粝简陋，然亦可充饥解渴，何必羡慕美酒佳馔？更何况还有志趣相投者相从遨游，吟诗作赋，朝夕切磋，斯乐足矣，夫复何求？全诗古质拙朴，浅切平易，饶有陶令风味。

◎ 白居易

# 旅次华州赠袁右丞

节选

渭水绿溶溶，华山青崇崇。

山水一何丽，君子在其中。

才与世会合，物随诚感通。

德星降人福，时雨助岁功。

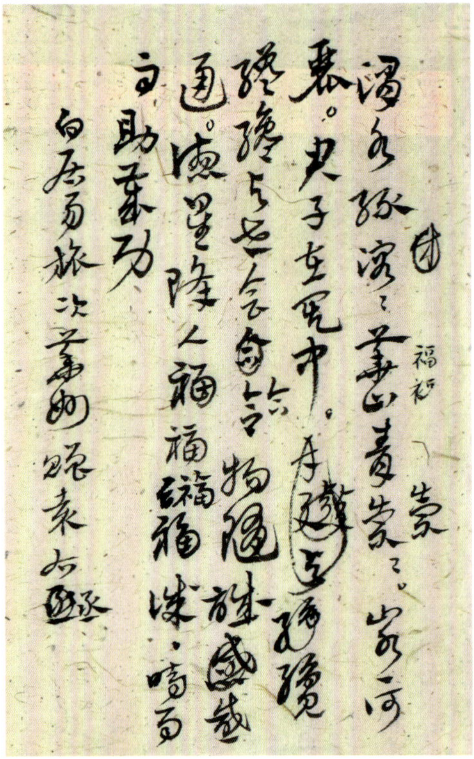

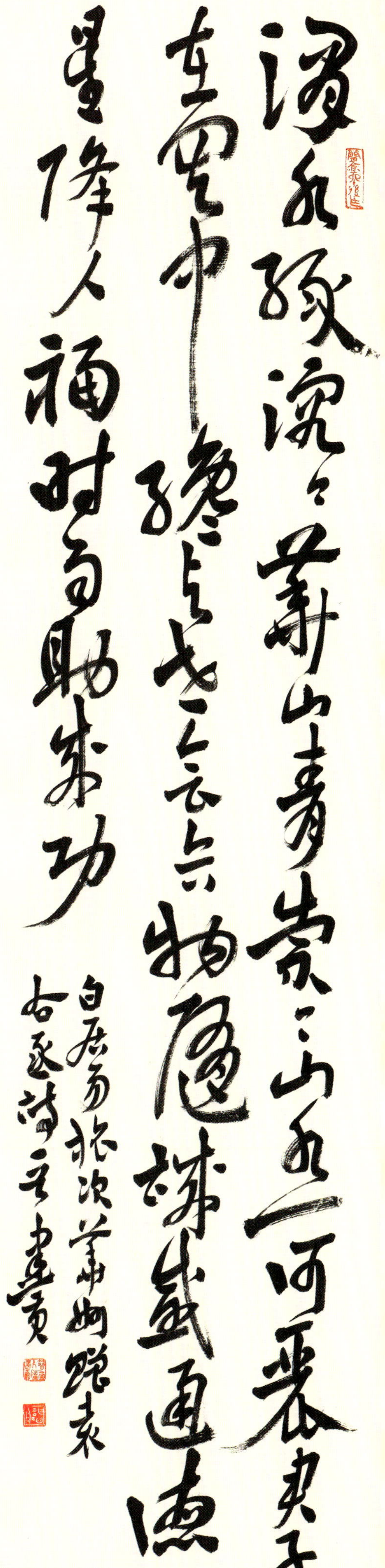

此诗为诗人行旅至华州赠友之作。古人有“比德”传统，以自然物之特征比拟人的德行品质，故诗发端即以渭水的碧波澄鲜和华山的碧峰千仞比喻袁右丞的高洁和耿直，进而指出人的品德与自然山水间的暗合关系：山水为何如此壮丽？因为有德行的君子行走于其间啊！则自然与人、天与心实现沟通。接着言友人才与世合，辅时及物，恰如德星赐福，久旱逢甘。诗虽平淡，然细读可窥其中“天—地（物）—人”相通相感的观念，尽心知性，修身养德，万物相感，达天通天，中国古诗属于“人生修养论”的范畴，明矣。

【款识】白居易旅次华州赠袁右丞诗一首　建贡

【钤印】简庵主人陈建贡（朱）韬舟（白）

◎ 杜甫

## 望岳

西岳崚嶒竦处尊，诸峰罗立似儿孙。

安得仙人九节杖，拄到玉女洗头盆。

车箱入谷无归路，箭栝通天有一门。

稍待秋风凉冷后，高寻白帝问真源。

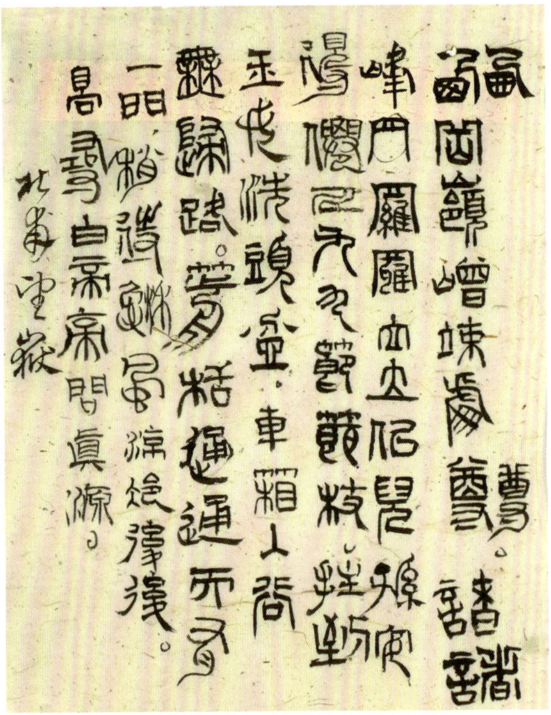

此诗为杜甫为华州司功参军时作。首联写华岳高峻，“崚嶒”道出华山诸峰奇险峭拔之美，“尊”言其险峻独尊天下，而华山周围诸峰相形之下矮小如儿孙环伺。颔联借华山神异传说写山中名胜，《集仙录》载山中有玉女祠，祠前有五个石臼，有玉泉盛于其中，常年不枯，玉女于此中洗头，称洗头盆。诗人言自己如何才能得到赤城老人的九节神杖，可以迅疾而轻易地登上山顶造访玉女祠？二句虽粗，然能“化俗为妍，而句法更觉森挺”（《杜诗说》）。颈联言车厢谷和箭栝峰狭窄陡峭，奇险异常。尾联言愿待秋风起时，造访华山之神白帝，聆听成仙得道之真谛。全诗紧扣“望”字而来，想象奇特，造语奇幻，古拙拗峭，老成浑朴，“真雄、真浑、真朴，不得不说他好”（《唐诗归》）。

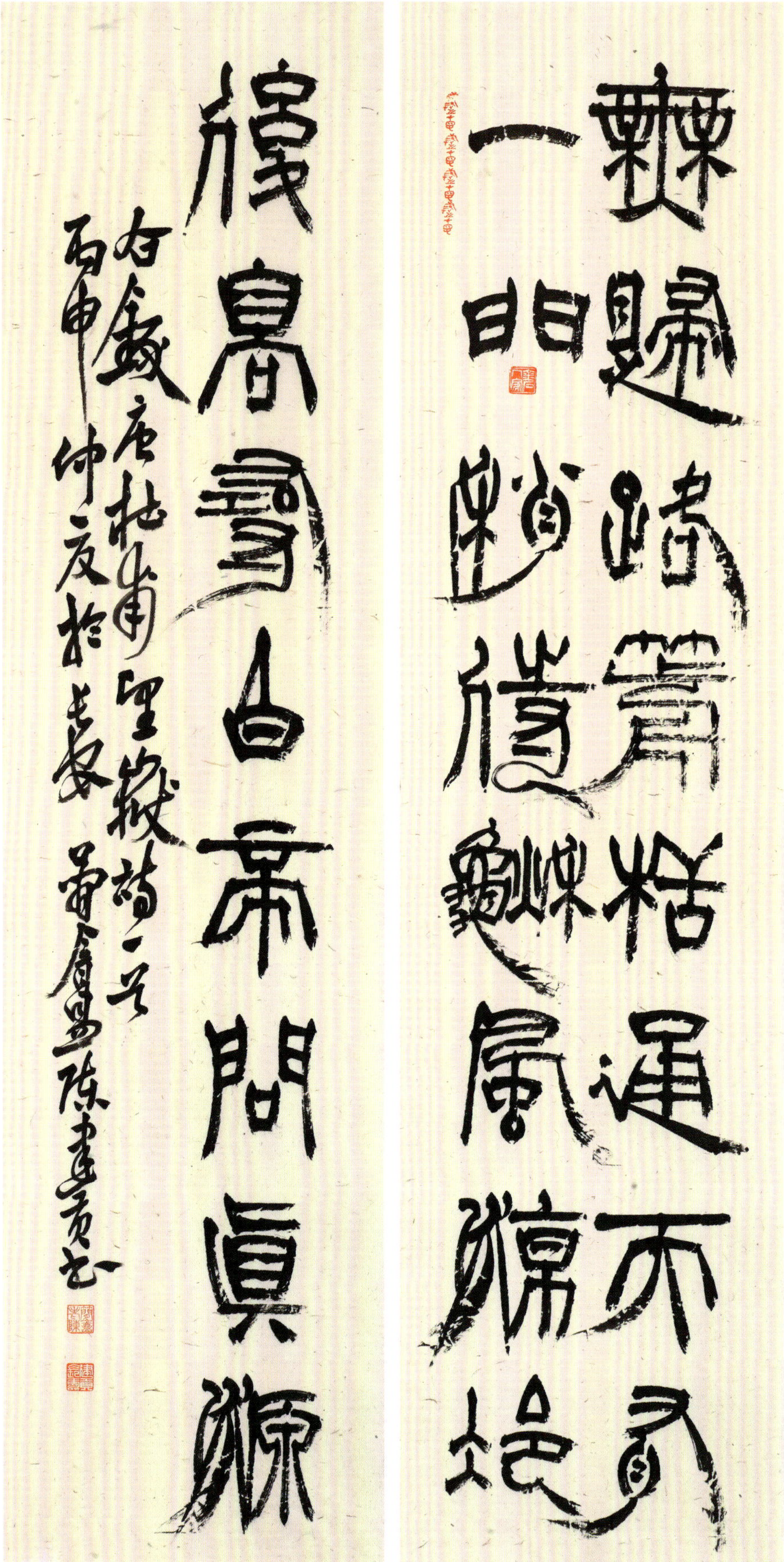

【款识】右录唐杜甫望岳诗一首丙申仲夏于长安　简庵陈建贡书

【钤印】简庵老陈（朱）建贡长寿（白）

◎ 张说

## 登骊山瞩眺

寒山上半空，临眺尽寰中。

是日巡游处，晴光远近同。

川明分渭水，树暗辨新丰。

岩壑清音暮，天歌起大风。

首联紧扣诗题中“瞩眺”，可谓骊龙之珠，抱而不脱。颔联写“高”，写“天”，似乎上天亦知帝子巡游，故满天晴光，一派祥和光明。颈联写“低”，写“地”，在骊山上远眺，碧空下渭水如带，蜿蜒迤逦；关中平原绿树成荫，葳蕤匝地，但依稀也能看到远处的新丰。尾联写游赏至日暮时分，万壑有声，晚籁清扬，如同吟唱汉高祖的《大风歌》。张说主张“天然壮丽”的审美取向，“川明分渭水，树暗辨新丰”可谓绝唱，“明”指晴光无限，平畴千里，“暗”写禾稼丰茂，平林苍翠，贴切传神，对照生趣。

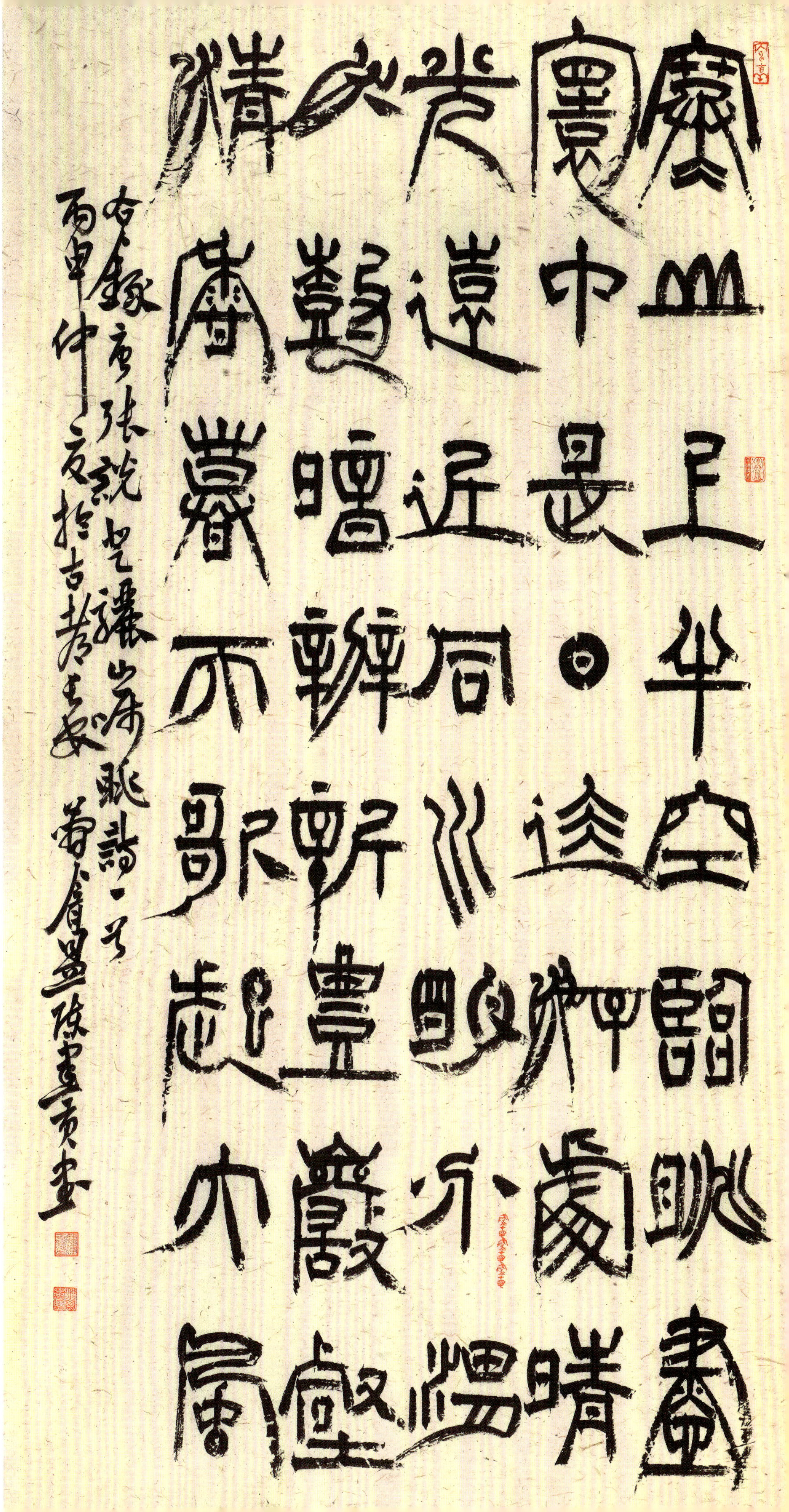

【款识】右录唐张说登骊山矚眺诗一首丙申仲夏于古都长安　简庵陈建贡书

【钤印】陈建贡印（白）简庵（朱）

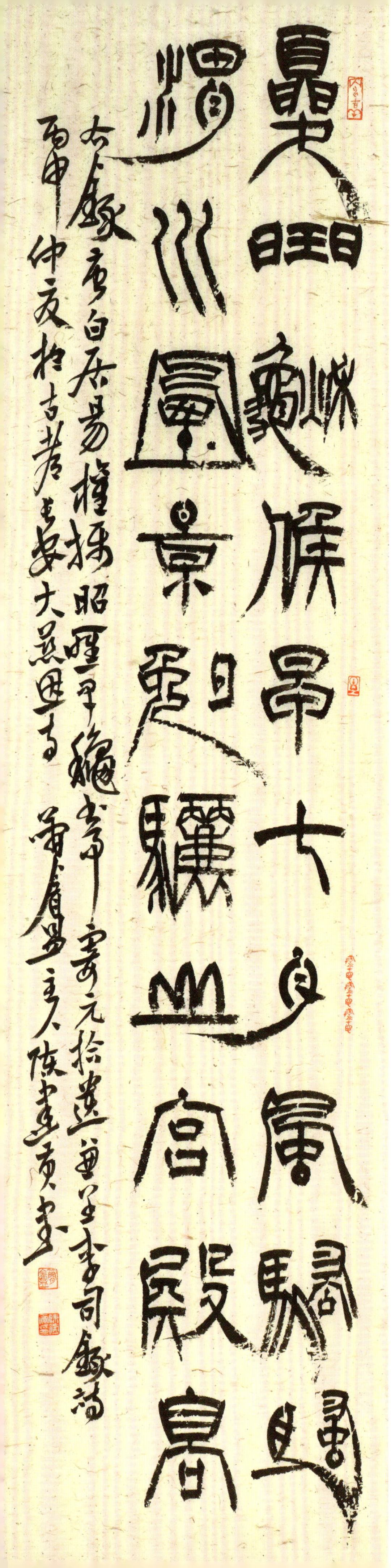

◎ 白居易

## 权摄昭应早秋书事寄元拾遗兼呈李司录

节选

夏闰秋候早，七月风骚骚。

渭川烟景晚，骊山宫殿高。

此诗为白居易于昭应（今临潼）为官时作。首二句言秋节早至，七月时凉风萧瑟。此“七月”指夏历七月，大火西行，天气渐凉。“骚骚”为拟声词，形容风声，张衡《思玄赋》有“寒风凄其永至兮，拂穹岫之骚骚”句。虽逢早秋，但并不低沉，天地肃清，登高望去，烟笼关中，川明如带，骊山秀丽耸立，山上宫室参差，飞甍挑檐，尽在断肠秋光中。寥寥数字，将骊山附近的秋色描绘得生动传神，如在目前。

【款识】右录唐白居易权摄昭应早秋书事寄元拾遗兼呈李司录诗丙申仲夏于古都长安大慈恩寺简庵主人陈建贡书

【钤印】简庵（朱）陈建贡印（白）

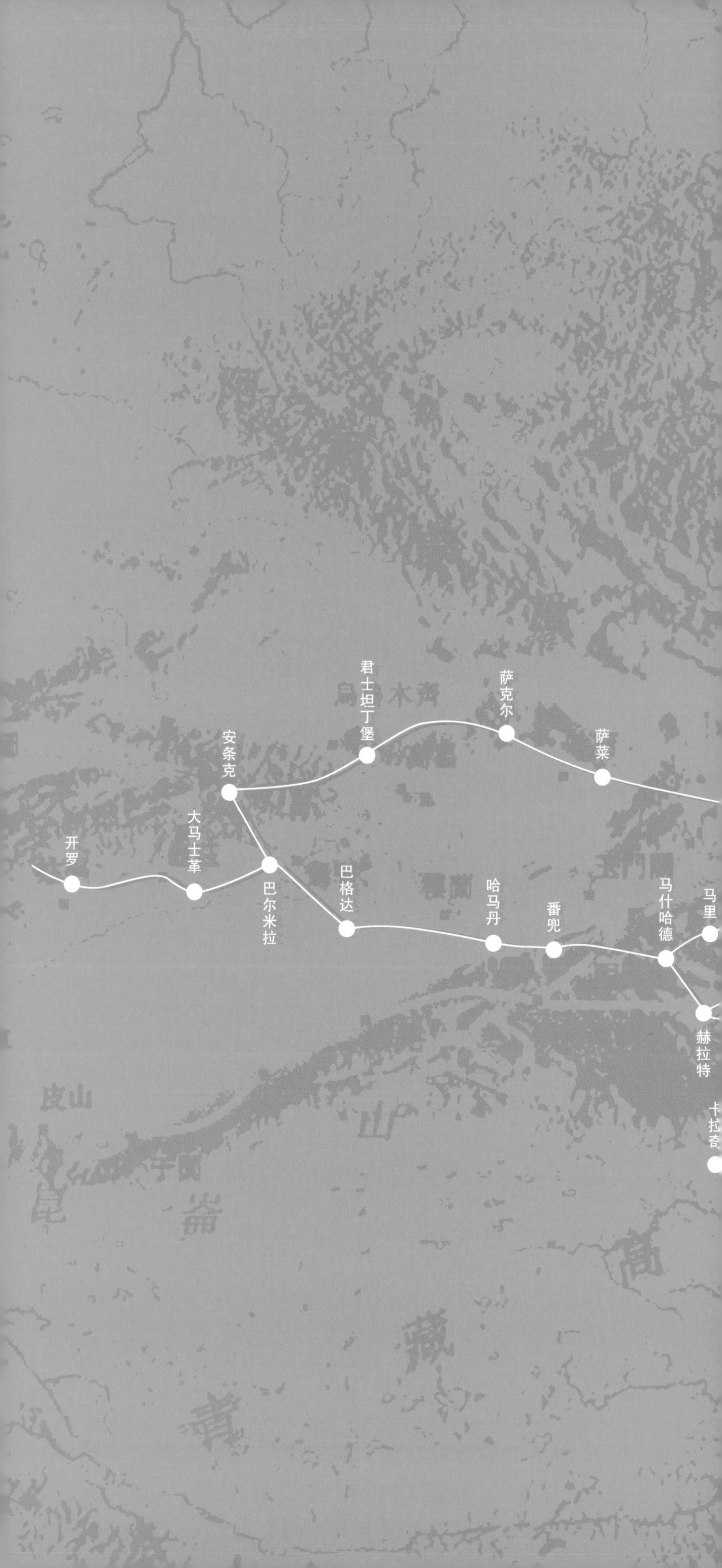
君士坦丁堡
萨克尔
萨莱
安条克
开罗
大马士革
巴尔米拉
巴格达
哈马丹
番兜
马什哈德
马里
赫拉特

恒罗斯
阿拉木图
碎叶
乌鲁木齐
吉木萨尔
天山
哈密
玉门关
撒马尔罕
塔什干
疏勒
姑墨
轮台
龟兹
焉耆
交河
高昌
阳关
敦煌
酒泉
张掖
武威
固原
咸阳
长安
蓝士城
喀布尔
悬度
白沙瓦
印度
塔什库尔干
莎车
皮山
于阗
且末
若羌
索尔库里
伏俟城
兰州
临洮
天水
泾川
临潼
华山
潼关
陕州
洛阳
登封

◎ 王维

# 少年行

## 其一

新丰美酒斗十千，咸阳游侠多少年。

相逢意气为君饮，系马高楼垂柳边。

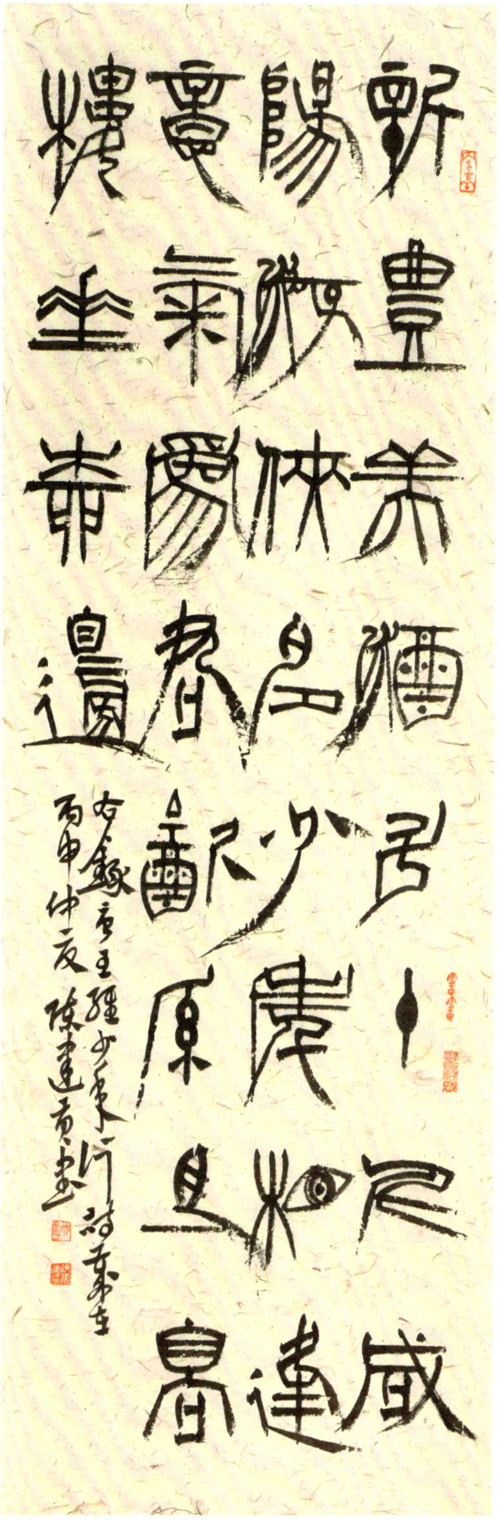

王维是高明的画师，同时也是一位技艺精湛的“蒙太奇”大师。此诗本写一群咸阳少年相会痛饮，但却先将镜头定格在价值万贯、清洌甘美的新丰美酒上，在酒香四溢中叠现出意气风发的少年脸庞。进而写少年们的神态和气度，捋袖飞盏，了无忸怩，全是豪爽！最后镜头一摇，来到高楼边的垂柳下，少年的座骑随意系在树干上。全诗看似毫无逻辑，但画面组合起来充满张力和生命力。少年豪气干云，刚健磊落，不拘细行，绝无懦弱委琐，此为盛唐人性美；道中相逢，意气相投，披肝沥胆，毫无猜忌腹诽，此为盛唐人情美。全诗洋溢着弥满的生命强力和勃发生意，是青春赞歌，也是盛唐气象最贴切的注脚。

【款识】右录唐王维少年行诗岁在丙申仲夏
陈建贡书

【钤印】简庵（朱）陈建贡印（白）

◎ 王维

## 使至塞上

单车欲问边，属国过居延。

征蓬出汉塞，归雁入胡天。

大漠孤烟直，长河落日圆。

萧关逢候骑，都护在燕然。

开元二十五年，王维以监察御史的身份奉使凉州，途中作此诗。首联写轻车简从赴边，颔联喻己为“征蓬”“孤雁”，略显消沉，然这种消沉很快在“大漠孤烟直，长河落日圆”的雄浑壮美风光中被消解，尾联言路逢侦察兵，得知主帅破敌后尚在前线。颈联为千古绝唱，“直”“圆”拙朴直白至极，但细品又精妙贴切至极。作为画师的王维，窥得自然景观之精髓，以速写和大写意的手法将之还原，笔力矫健，意境浑融，是惨淡经营后复归于平淡自然，正如前人所言：“‘直’‘圆’二字极锤炼，亦极自然。后人全讲炼字之法，非也；不讲炼字之法，亦非也。”（《唐贤三昧集笺注》）在“无理”和“有情”中寻找最佳平衡点，将中国诗的“至味”表现得淋漓尽致。

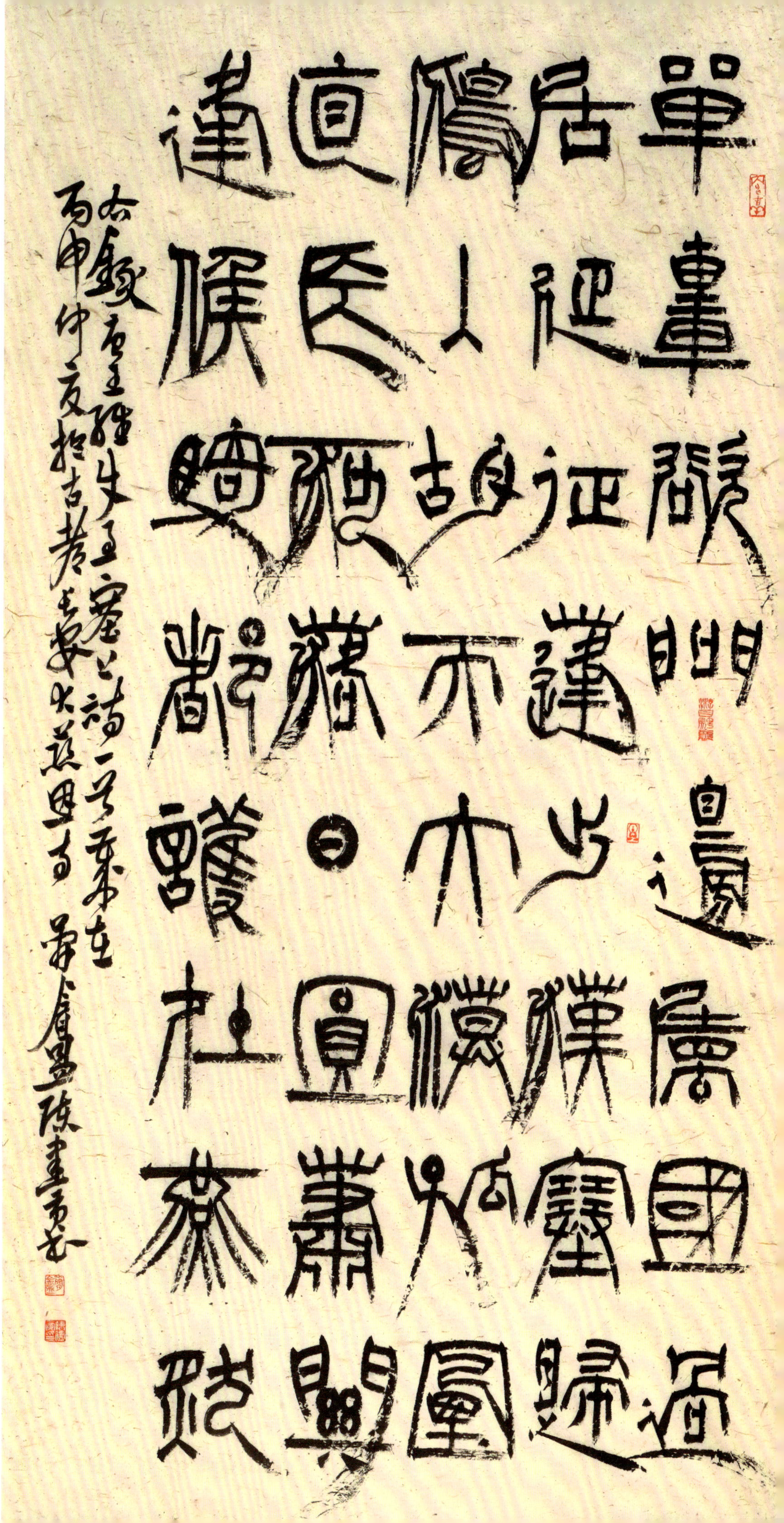

【款识】右录唐王维使至塞上诗一首岁在丙申仲夏于古都长安大慈恩寺　简庵陈建贡书

【钤印】简庵（朱）陈建贡印（白）

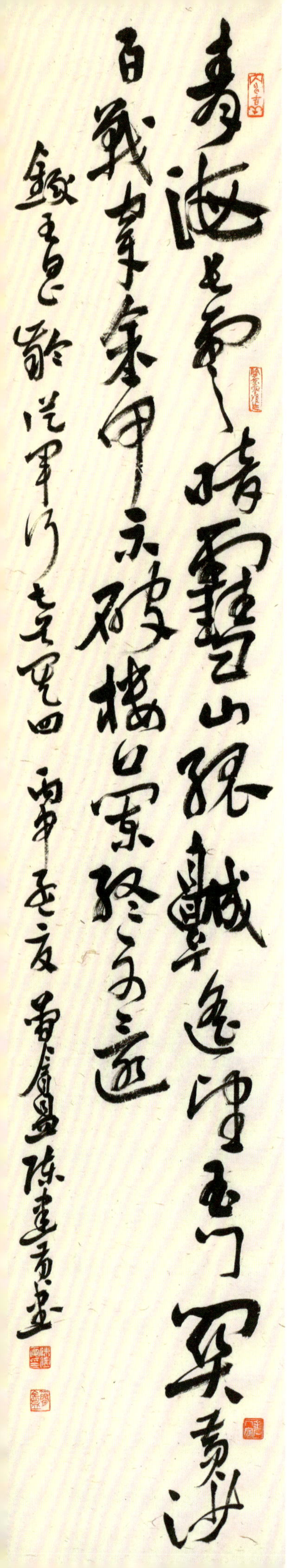

◎ 王昌龄

## 从军行七首

其四

青海长云暗雪山，孤城遥望玉门关。

黄沙百战穿金甲，不破楼兰终不还。

王昌龄善用镜头语言，青海湖浩淼无边，湖畔雪山连绵，横亘千里，这里是与吐蕃交战的地方；敻远大漠中一座边塞孤城，丁零独立；镜头移向西，玉门关遥遥望见，关外就是突厥人常进犯的地带。看似不相干的几组镜头缀联，展开了一轴边塞大漠全图，而唐时边境大势亦包括其中。后两句转向内心，戍边将士身经百战，不惜金甲穿破，也要消灭进犯敌军。盛唐人写诗最无避讳，能直面疆场艰苦和战争残酷，但又能在沉郁中发出沉雄坚定、豪迈果决的昂扬之音！这正是盛世王朝的气度，也是华夏民族自强不息、不屈不挠的精神内核！

【款识】录王昌龄从军行七首其四丙申孟夏　简庵陈建贡书

【钤印】陈建贡印（白）简庵（朱）

◎ 岑参

# 走马川行奉送封大夫出师西征

节选

君不见走马川行雪海边，平沙莽莽黄入天。

轮台九月风夜吼，一川碎石大如斗，

随风满地石乱走。匈奴草黄马正肥，

金山西见烟尘飞，汉家大将西出师。

天宝十三载，岑参任安西北庭节度使判官，奉送北庭都护封常清出征时作此诗。诗以倾诉式发问，破空而来，道出北庭一带雪沙交融、冰河奔涌的奇景。才过九月已是狂风怒吼，吹起“大如斗”的石头满川乱滚。斗大的石头却是“碎石”，一则见风大，二则言将士豪迈，如此奇险多艰对他们来说只如等闲。草肥马壮，游牧部族蠢蠢欲动，金山一带烟尘弥漫，正是汉家大军出师讨伐的时候。全诗三句一用韵，密而不促，如军中笳鼓，繁弦急管，催人奋起。边地艰苦，然诗人以浪漫奇幻笔法出之，则英雄主义豪情一寓楮墨，正所谓“险绝怕绝，中夜读之，毛发竖起”（《网师园唐诗笺》），足令懦者闻之拔剑起舞。

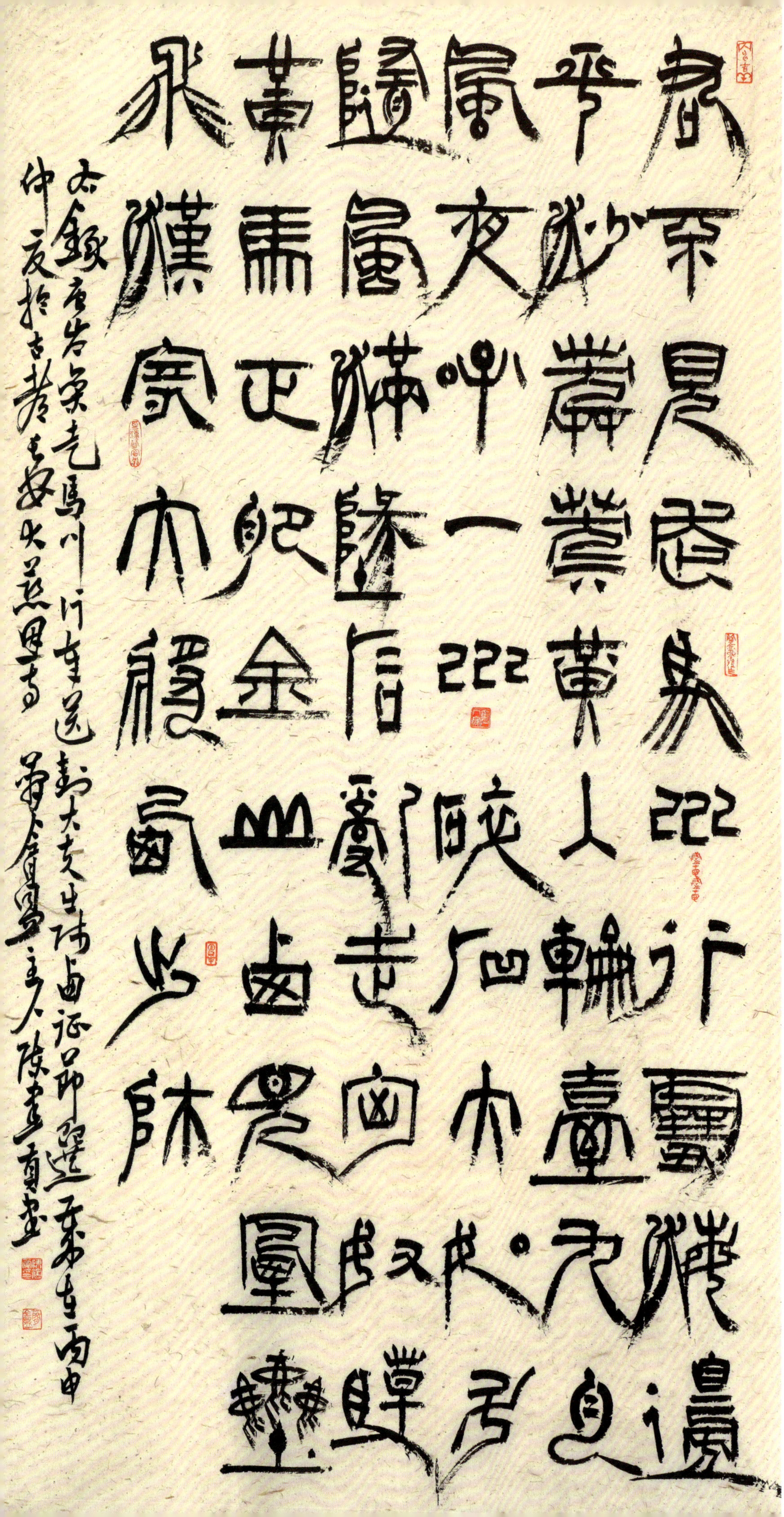

【款识】右录唐岑参走马川行奉送封大夫出师西征节选岁在丙申仲夏于古都长安大慈恩寺　简庵主人陈建贡书

【钤印】陈建贡印（白）简庵（朱）

◎ 岑参

## 北庭贻宗学士道别

孤城倚大碛，海气迎边空。

四月犹自寒，天山雪蒙蒙。

君有贤主将，何谓泣途穷。

时来整六翮，一举凌苍穹。

首联写庭州孤立于大漠之中，无边沙海与寥阔天空相接，在这样的边鄙送别，其情何堪？颔联写景，极言边地苦寒，四月仍雨雪霏霏，此情此景，又逢离别，愁怨倍增。后两联是诗人对离别友人的劝勉，宽慰他不必途穷而悲，直须修身待时，必能重整羽翮，啸傲长空。前两联先“抑”，写得极“冷”，为后两联埋伏笔，做铺垫；后两联忽然振起，写得极高扬，极热烈。冷热对比，高下相较，则诗境迭出。古人安土重迁，视别离为畏途，所谓“黯然销魂者，唯别而已矣”（《别赋》）。唐人亦重别离，然能在感伤中透出达观，于消沉中彰显自信，这是一个时代的精神，也是我们民族坚毅不屈精神的写照。

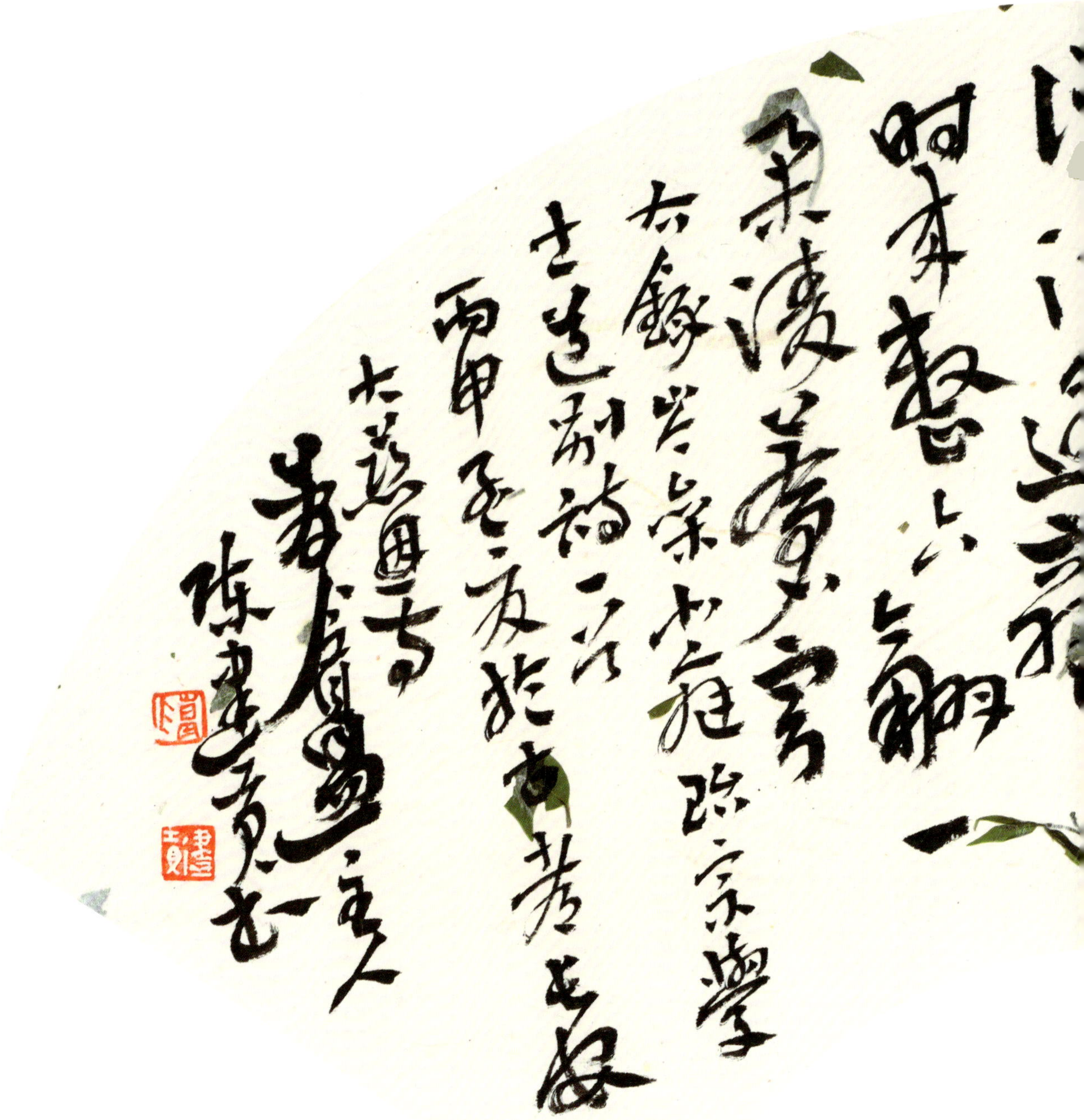

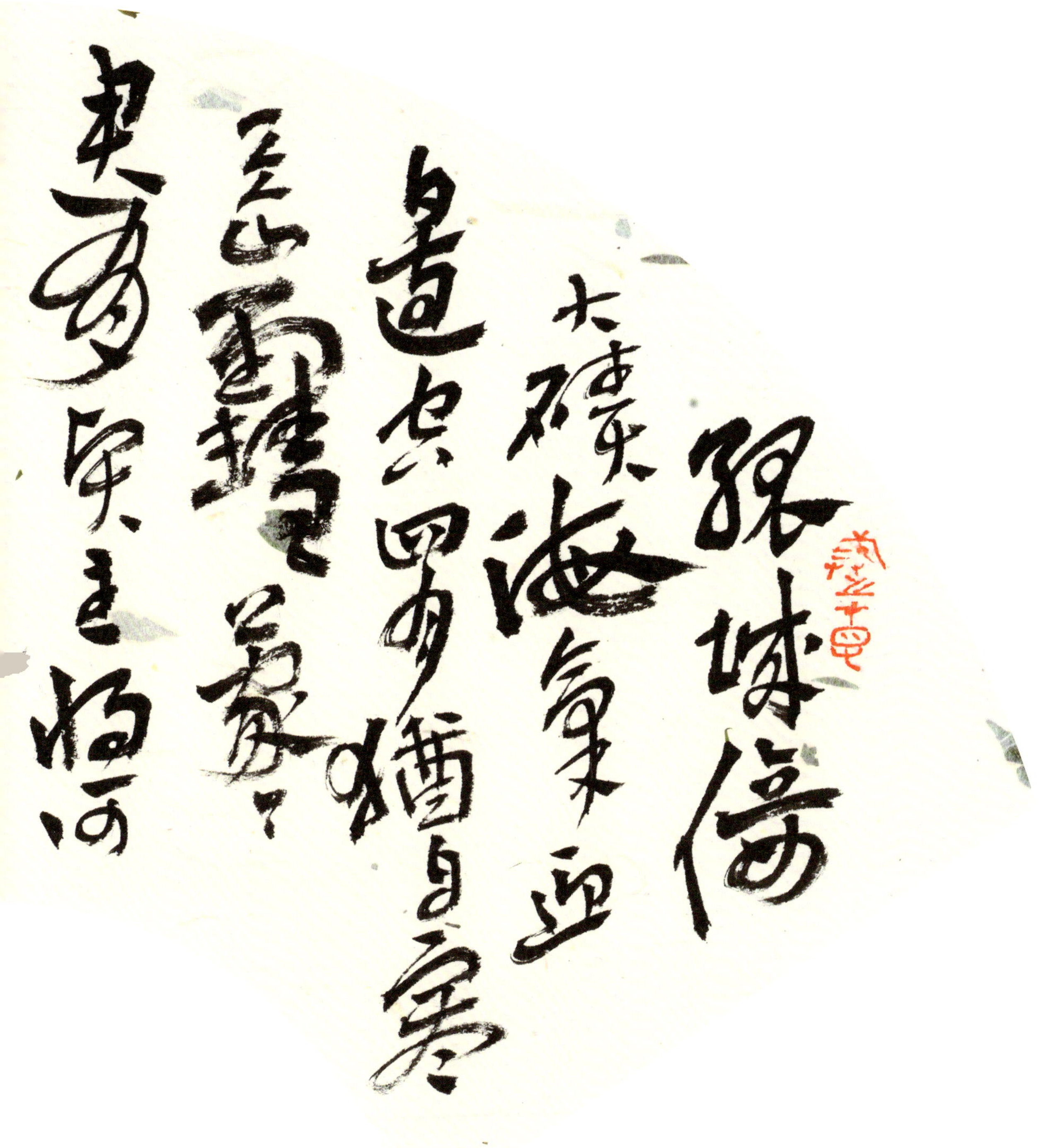

【款识】右录岑参北庭贻宗学士道别诗一首丙申孟夏于古都长安大慈恩寺　简庵主人陈建贡书

【钤印】陈（朱）建贡（白）

◎ 岑参

# 天山雪歌送萧治归京

节选

天山雪云常不开，千峰万岭雪崔嵬。

北风夜卷赤亭口，一夜天山雪更厚。

能兼汉月照银山，复逐胡风过铁关。

天山赞歌！天山雄壮阔大，在中国绵延 1700 余公里，面积占新疆全区约 1/3，如此巨大的山系如何蟠曲于一首小诗中，颇见诗人功力。岑参以善感灵心捕捉到天山之魂——雪！不写山之高峻，却写雪亘古飘飞和帡幪天地，则山之高、山之古、山之大见于言外。首二句写天山上雪云常年积聚弥漫，万岭千峰被雪覆盖。诗人不说山崔嵬，却说雪崔嵬，山为雪身，雪为山魂，传神有趣，妙不可言。三、四句写北风夜吼，一夜雪落，积雪更厚了一层，山也更高了一分。雪霁时分，冷月朗照，万山如银雕砌，狂风呼啸，越岭过关，饶有六朝大谢“明月照积雪，朔风劲且哀”之韵。诗人从雪入手，侧面着墨，为天山作了一幅壮美“写真”。老杜云“岑参兄弟皆好奇”，信矣！

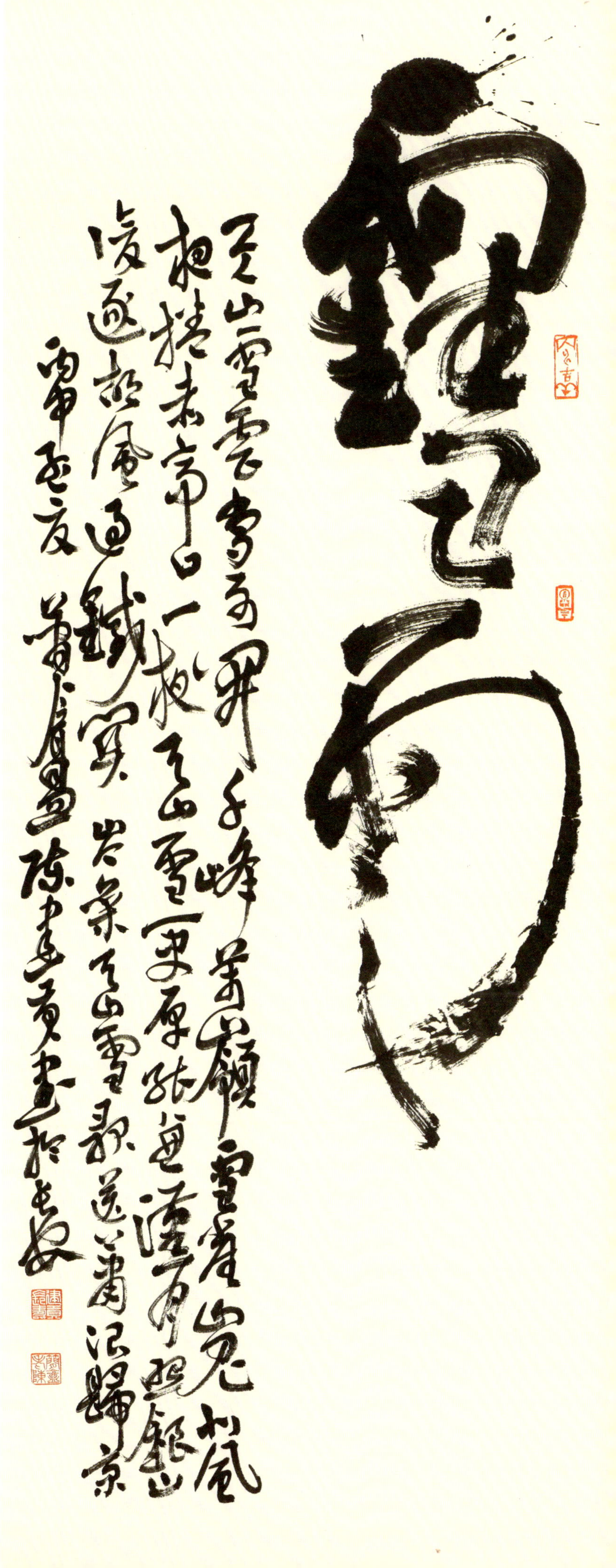

【款识】岑参天山雪歌送萧治归京丙申孟夏　简庵陈建贡书于长安

【钤印】建贡长寿（白）简庵老陈（朱）

# 望長安

## 『一带一路』唐诗艺术赏析集

Arts Appreciation of Tang Poetry Related to One Belt One Roat

◎ 主编　于孟晨

陕西新华出版传媒集团
三　秦　出　版　社

# 史星文

中国书法家协会理事，中国书协新闻出版工作委员会委员，中国散文学会会员，陕西省人民政府参事室（陕西省文史馆）特聘研究员，陕西省书法家协会驻会常务副主席兼秘书长，陕西省慈善书画研究会副会长，陕西作家书画院副院长。

书法作品二十余次入选中国书协举办的全国展览，先后五次获全国书法大赛一等奖。散文作品曾在北京大学获奖。先后被评为“陕西十杰青年书法家”“陕西德艺双馨艺术家”和中国书协表彰的“中国书法进万家活动先进个人”。

出版书法和散文集八种，《砚边记联》系列联语在《书法导报》连载，《故乡漫忆》系列散文在《美文》和《报刊荟萃》连载，《卧雪庐随笔》在《书法》杂志连载。

# 目录／地部

## 长安



## 洛阳



## 临潼



## 咸阳



## 天水

## 兰州



## 武威



## 玉门关



## 敦煌



## 酒泉



## 临洮



## 吉木萨尔



## 交河

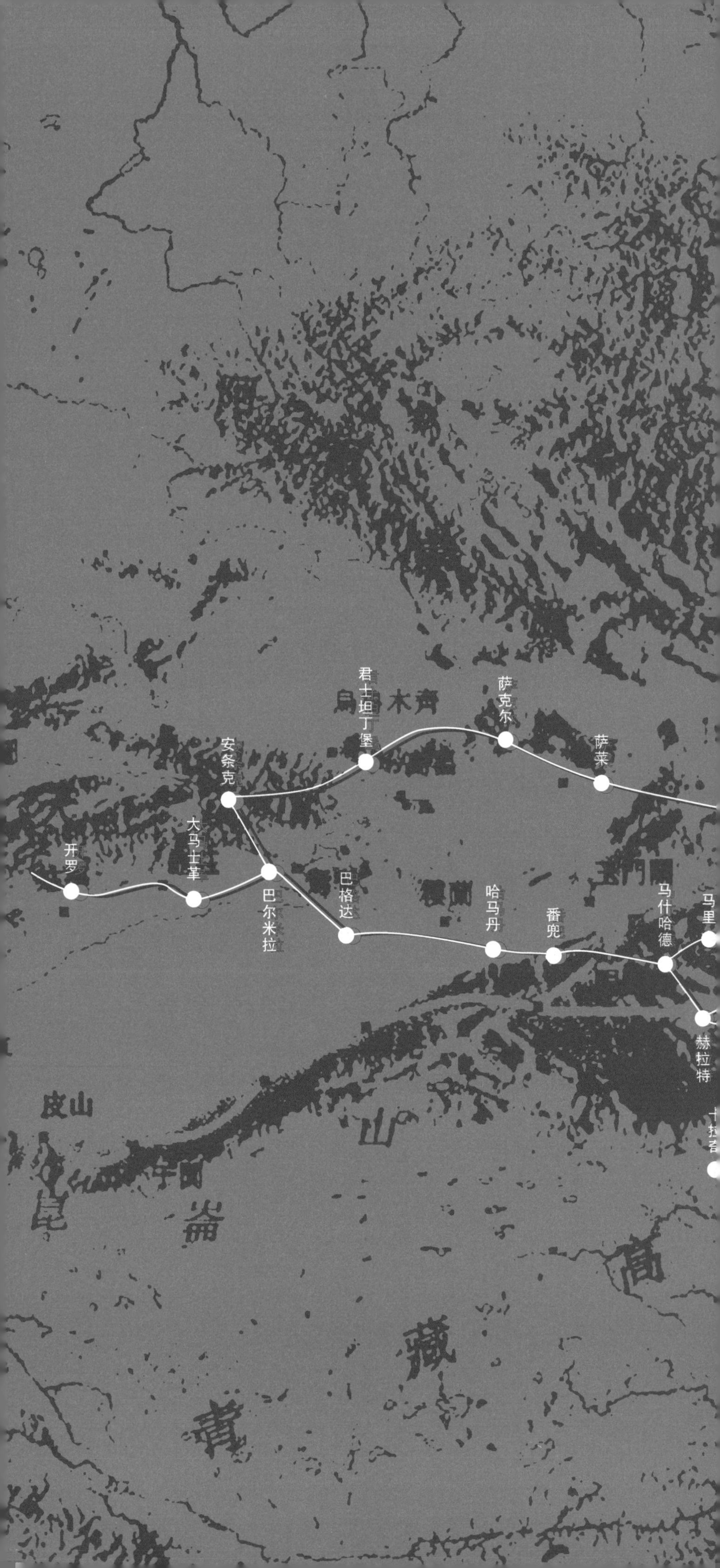
君士坦丁堡
萨克尔
萨莱
安条克
大马士革
开罗
巴尔米拉
巴格达
哈马丹
番兜
马什哈德
赫拉特
皮山

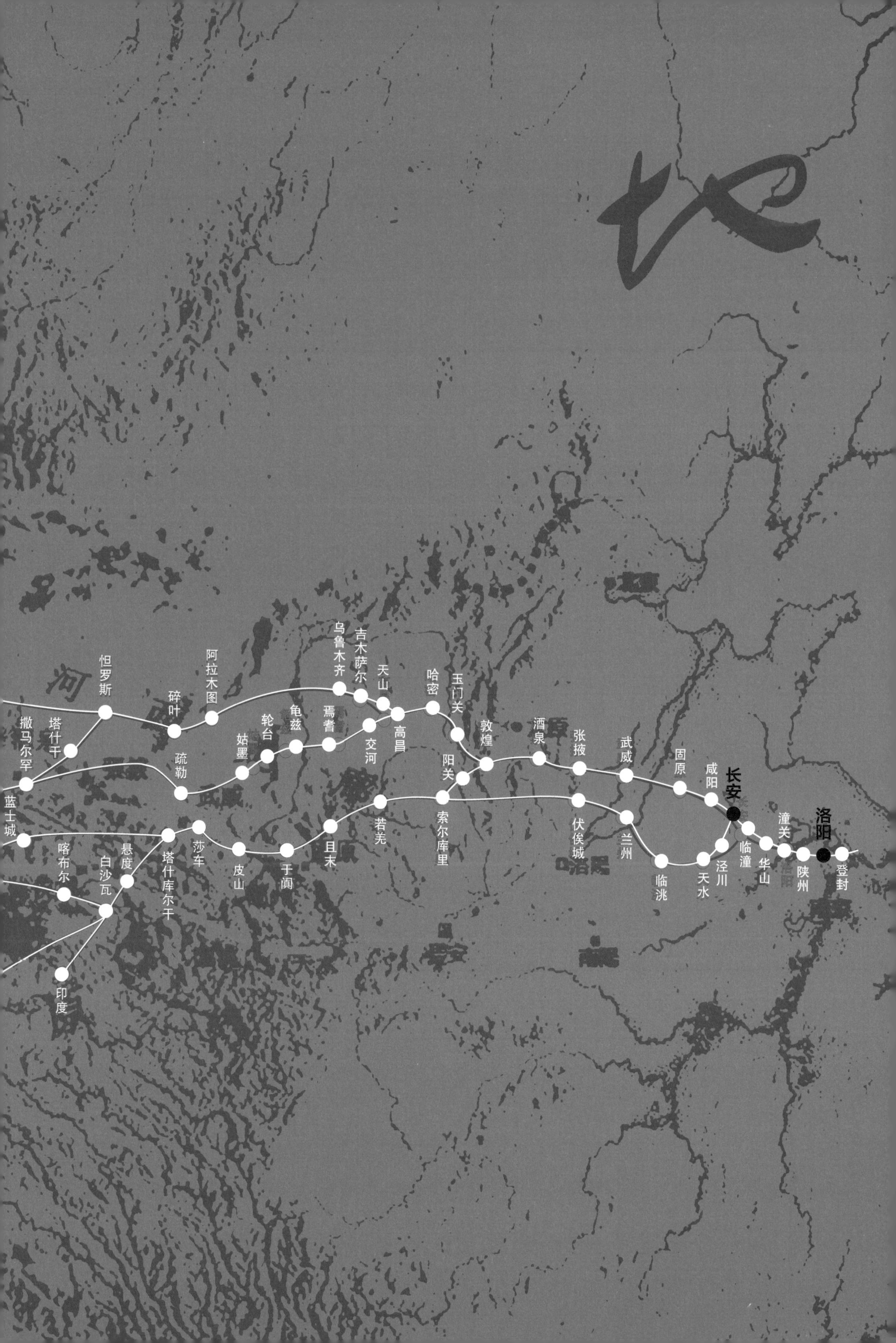
长
恒罗斯
阿拉木图
碎叶
乌鲁木齐
吉木萨尔
天山
哈密
玉门关
撒马尔罕
塔什干
疏勒
姑墨
轮台
龟兹
焉耆
交河
高昌
敦煌
阳关
酒泉
张掖
武威
固原
咸阳
长安
洛阳
蓝士城
喀布尔
白沙瓦
悬度
塔什库尔干
莎车
皮山
于阗
且末
若羌
索尔库里
伏俟城
兰州
临洮
天水
泾川
临潼
华山
潼关
陕州
登封
印度

◎ 韩愈

# 早春呈水部张十八员外二首

其一

天街小雨润如酥，草色遥看近却无。

最是一年春好处，绝胜烟柳满皇都。

诗作于长庆三年早春。长安一夜喜雨，宫城、皇城和外郭城坊里都被春雨濡湿，洁净如洗。诗眼在“润”字，非“润”不能言“小雨”，非“润”不能言“早春”，非“润”不能言“酥”。“酥”指油脂，此处借指春雨的细腻、润滑、温泽、绵软。此二字写出了长安春雨的精魂！韩愈也是一位精通有无虚实辩证法的画工，抓住早春草木刚抽芽的瞬间，似有新绿，近看又无，“如画家设色，在有意无意之间”（《唐诗笺注》），最为传神。后两句一转，言长安城最好的春色并非烟柳染翠，而恰在此时。诗贵立意，立意贵“新”、贵“奇”，道常人所未道，力翻旧案。众人只见繁花似锦的热闹，谁会留意寂寞萧条时的平淡？寥寥短章，既关审美取向，复涉生活趣味，又杂人生况味，可谓言近旨远，语短情长。

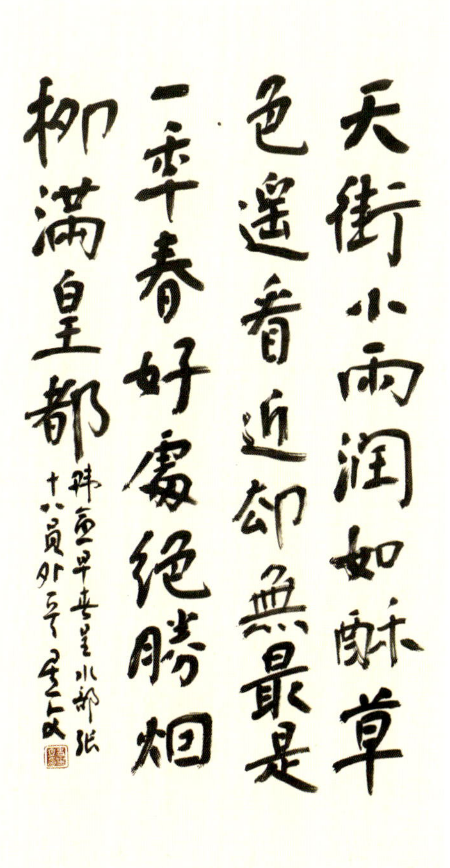

【款识】韩愈早春呈水部张十八员外一首　星文　【钤印】史星文印（白）

◎ 韩翃

## 寒食

春城无处不飞花，寒食东风御柳斜。

日暮汉宫传蜡烛，轻烟散入五侯家。

长安古称"凤城"，取萧史吹萧引凤事，然未有"春城"之称。诗人发端劈头以"春城"名之，则春满皇都、春意弥漫之状可见。不说"飞花"，却说"不飞花"，不言"是处飞花"，而言"无处不飞花"，双重否定句式强化了肯定的表达，弃平实而宕新意。"飞"与"斜"背面敷粉，表面是写花飞柳舞，实则写春日骀荡和风，读者仿佛站在龙首原上南望，好风如翼，轻覆京城，满城花瓣飘飞，柳浪轻翻，美不胜收。后二句言寒食日暮近臣可得帝王赏赐之烛，轻烟袅袅，在长安城上空卷舒。诗歌富贵闲雅，如四块画屏，以"飞""斜""传""散"四个动词缀连，形成一架醉人的长安春意屏风，引人入胜。

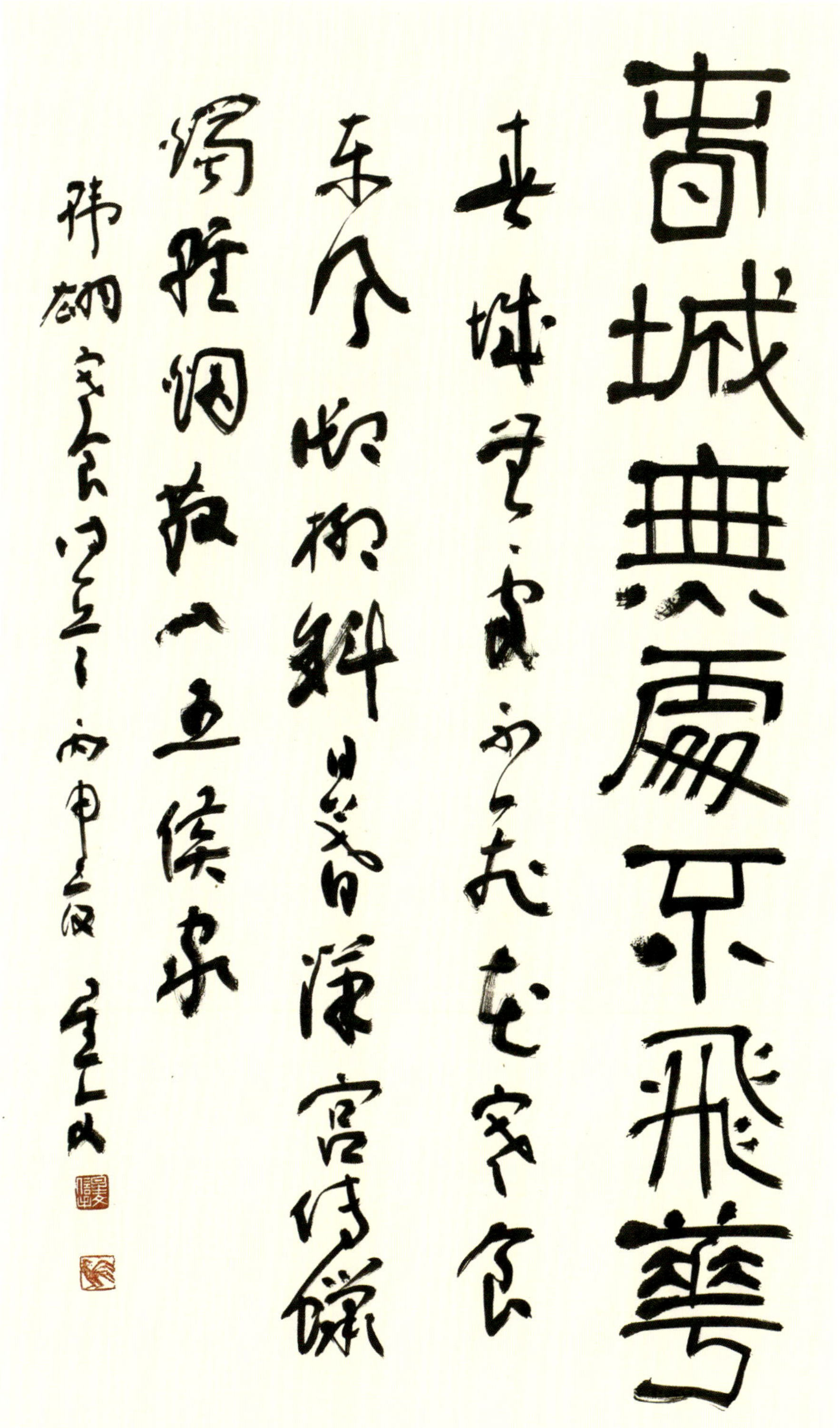

【款识】韩翃寒食诗一首丙申夏　星文
【钤印】星文信手（白）　鸡（肖形）

◎ 王维

## 辋川集·辛夷坞

木末芙蓉花，山中发红萼。

涧户寂无人，纷纷开且落。

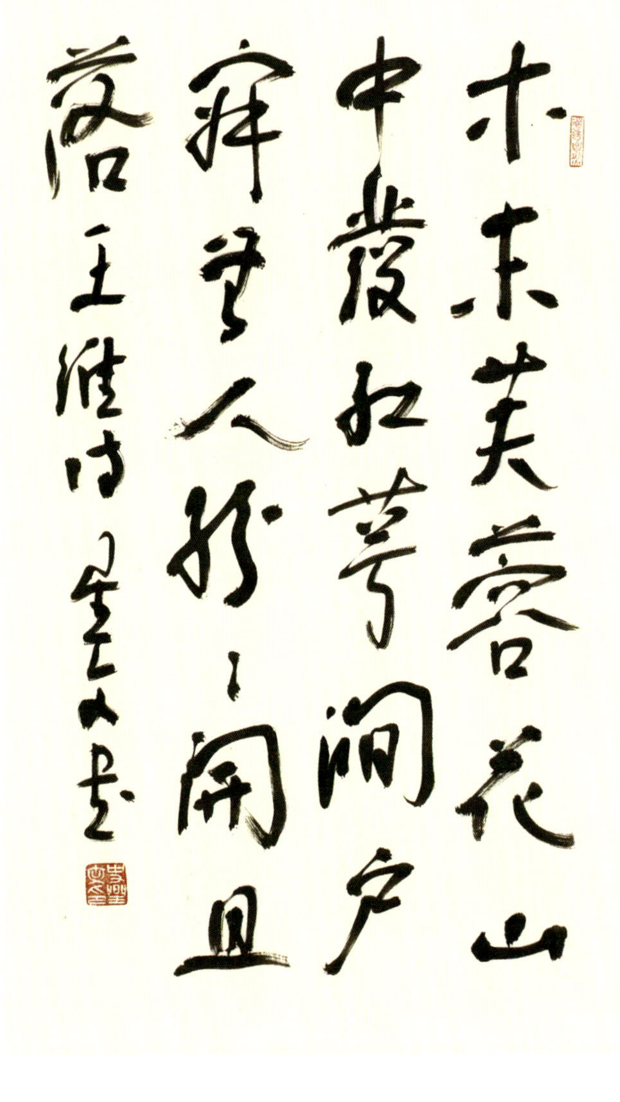

【款识】王维诗　星文书

【钤印】史星文印（白）

辋川别业位于蓝田西南终南山中，辛夷坞是其中一处景观。寥寥二十字的诗歌，平淡无奇，不动声色地说了一件事：春天来了，树梢的辛夷花红色的花萼初现，山涧里阒寂无人，花开了，又落了。又如一个循环播放的短片，没有音乐，没有话外音，只是在一片静谧中看到花瓣飘飞。如何“悟入”此诗？当“疏瀹五藏，澡雪精神”（《文心雕龙·神思》），在“虚静”中置身辛夷花树下，看生命枯荣，念天地亘远，思韶华短促，想宇宙洪荒，则万念俱寂，仿佛与此花同化。此即王维以五色彩笔画出的禅境，“其意不欲着一字，渐可语禅”（《王孟诗评》），“诗佛”之称，绝非虚传。

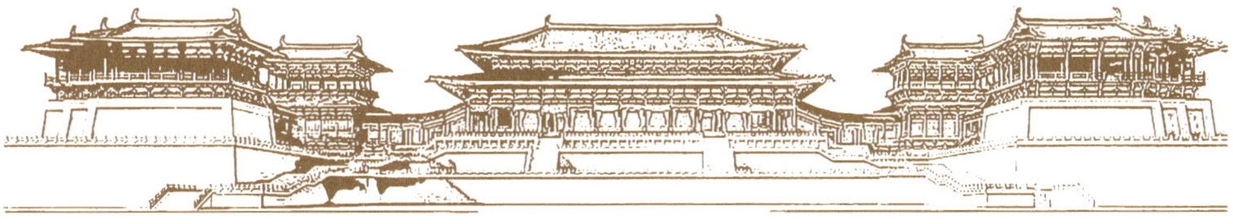

◎ 崔护

## 题都城南庄

去年今日此门中，人面桃花相映红。

人面不知何处去，桃花依旧笑春风。

诗以倒叙发端，“去年今日”将现在和过去绾合起来，穿越时光隧道，看到当时的桃花和当时的姑娘。“人面桃花”本非新创，《诗·周南·桃夭》中就有“桃之夭夭，灼灼其华，之子于归，宜其室家”之语，然将此境概括凝炼为四字短语，则始自崔护。人面如桃瓣，桃瓣亦如人面，不知何者为花，何者为人，如庄生梦蝶，惚兮恍兮。“红”既指少女健康红润的脸庞，也指其娇羞的神态，亦状其在爱情催化下勃发的生命力。后二句画面突然闪回，“人面”“桃花”分写，斯人已去，惟有桃花灼灼，摇曳风中。“笑”字妙，言植物不懂人情，不谙人生遗恨，无心无肺地招摇，则诗人之落寞惆怅倍增，正所谓“以乐景写哀，以哀景写乐，一倍增其哀乐”（《薑斋诗话》）。

长安南郊桃溪堡，一个与桃花结缘的浪漫处所，“人面桃花”一词的产生地。据说崔护下第游此，见一少女，双方一见倾心。来年清明再访，见大门紧锁，遂在门上题此诗。不几日复游此家，闻听少女读诗后绝食而死，大恸，抱女痛哭并祝祷，女奇迹般生还，二人结为夫妻。“人生愁恨何能免”？大团圆的结局正是对缺憾的补偿。“事若求全何所乐”？“人面桃花”的缺憾美正如断臂维纳斯，因不完美而引人心动，撩拨遐思，这也是此诗脍炙人口的奥妙所在吧。

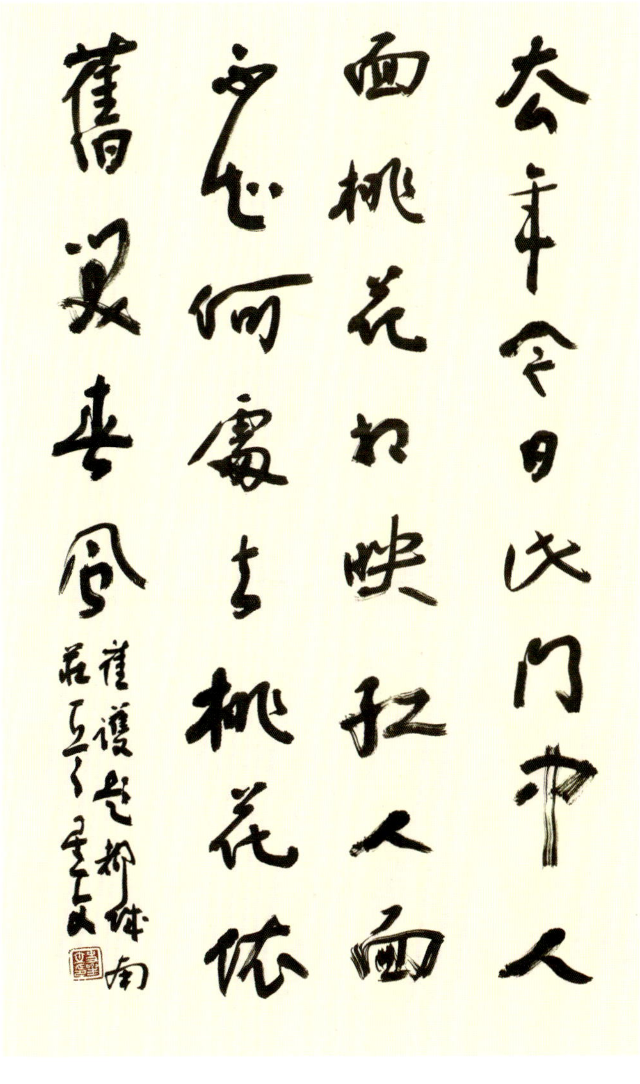


【款识】崔护题都城南庄一首　星文

【钤印】史星文印（白）

◎ 王维

# 辋川集·竹里馆

独坐幽篁里，弹琴复长啸。

深林人不知，明月来相照。

王维的入禅之作。诗眼在一个“幽”字。“幽”不只指环境的“静”“暗”“远”，更指心灵的“深”“雅”“清”。诗人独坐幽篁，实际是关闭心门，进入玄想虚静的状态，弹一会儿琴，长啸几声，放任形骸，山深林茂，无人知晓。恰在此时，月出东山，朗然相照，如老友来访，蔼然相问。造语平淡，其“幽”境全靠一个“悟”字。中国诗的“至处”有如磁场，看不到，摸不着，“泯端倪而离形象，绝议论而穷思维”（《原诗》），只有丰富情感，砥砺敏感，澄清心灵，虚静精神，与诗人之心交接，进入冥漠恍惚之境，方能体会其境界。“诗佛”之诗如同一个召唤系统，吸引后世读者来到终南，在清风明月中与之对坐，尝试体会那种心无挂碍的至境。

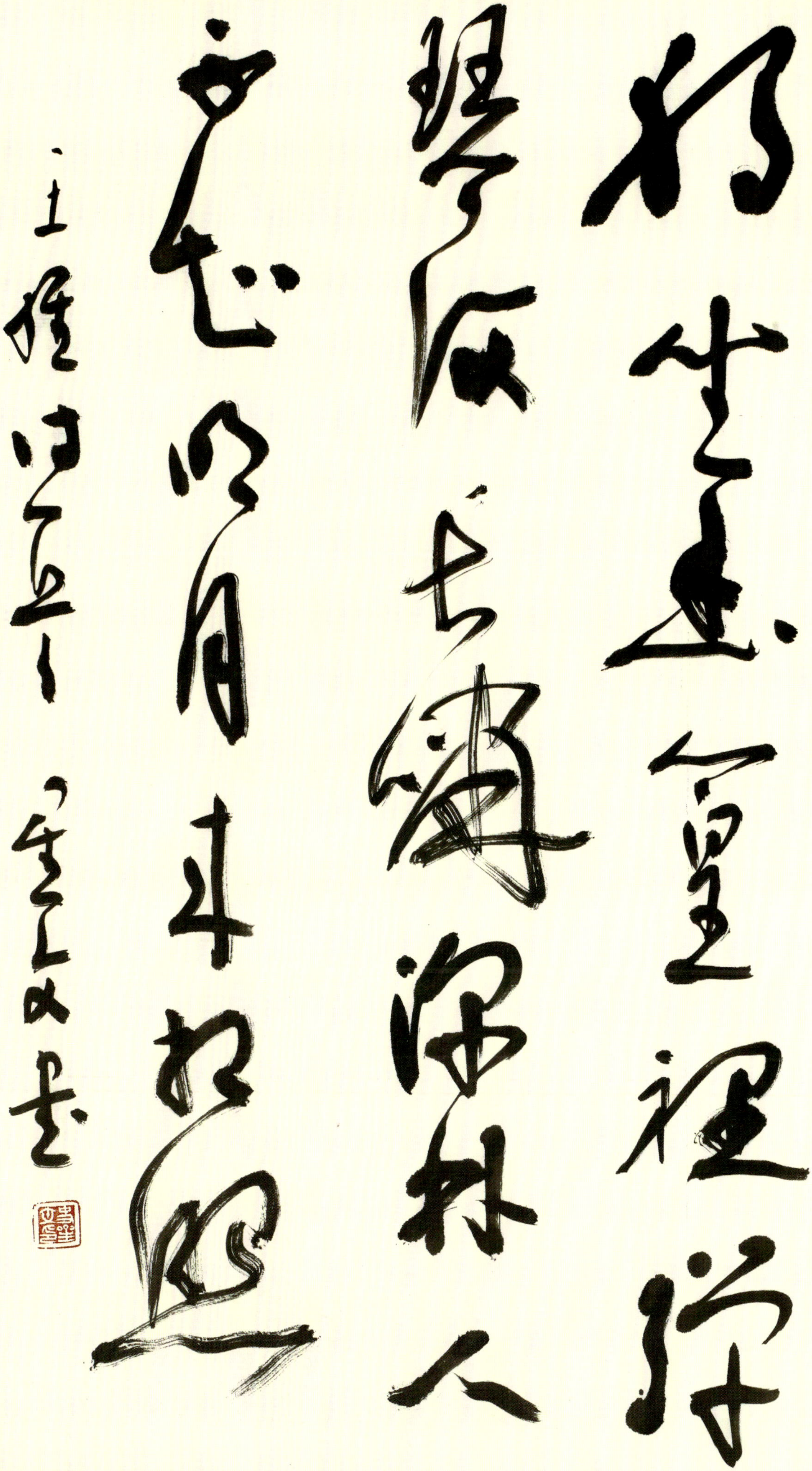

【款识】王维诗一首　星文书　【钤印】史星文印（白）

◎ 王维

# 辋川集·白石滩

清浅白石滩，绿蒲向堪把。

家住水东西，浣纱明月下。

“月光”是此诗的“诗眼”。因为有朗照的月光，所以白石滩才在夜晚历历可见，流水潺潺，清澈见底，连其“浅”都看得清楚，可见是一个晴朗明澈的月夜。在月光浸润下，水中的蒲草几乎可以满把掇取了。溪边住着几户人家，少女们趁着月色，三三两两到水边浣纱，远远望去，如水的清辉中能看到她们的浅笑，听到其依依语声，“若远若近，忽断忽续，不知其情之何以移，而神之何以旷”（《诗经原始》）。诗以冷色调的月光、白石、碧水、绿蒲为意象，脱尽烟火气，清幽明净，素雅绝尘。

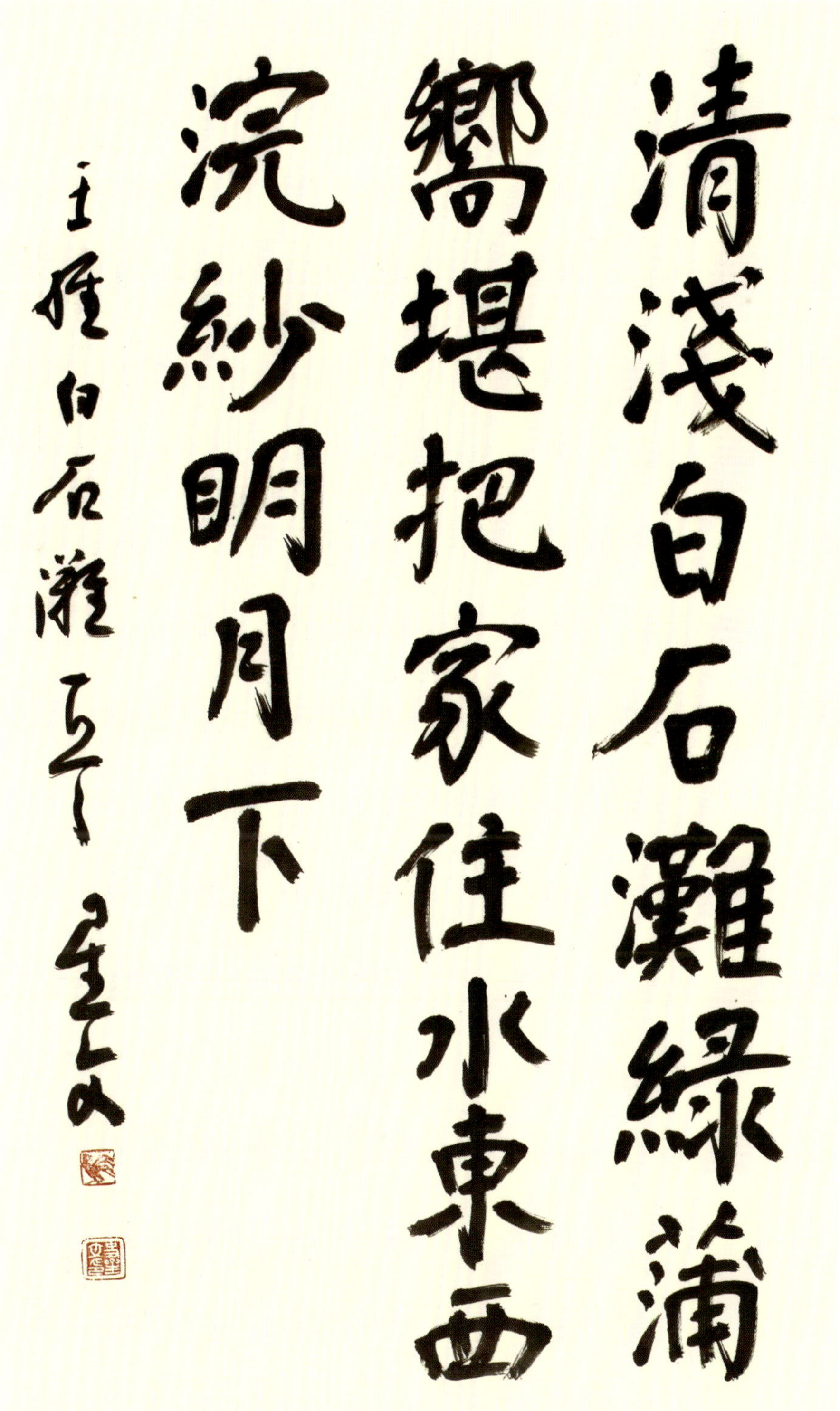


【款识】王维白石滩一首　星文　【钤印】鸡（肖形）　史星文印（白）

知香積寺數里入雲峰古木無人徑深山何處鐘泉聲咽危石日色冷青松薄暮空潭曲安禪制毒龍

王維過香積寺

◎ 王维

## 过香积寺

不知香积寺，数里入云峰。

古木无人径，深山何处钟。

泉声咽危石，日色冷青松。

薄暮空潭曲，安禅制毒龙。

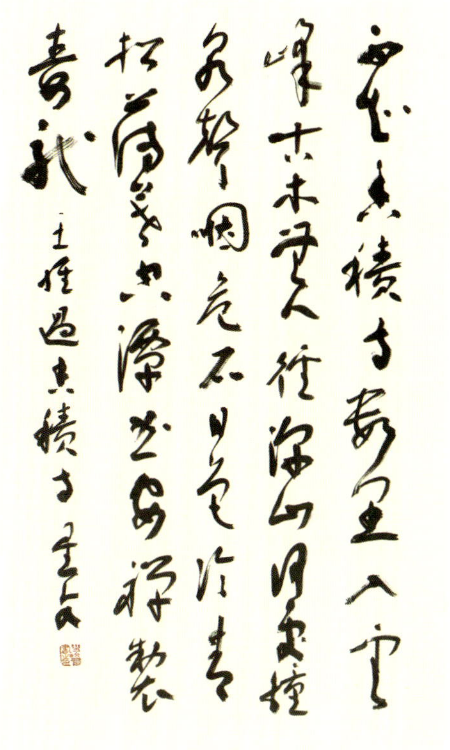

【款识】王维过香积寺　星文

【钤印】史星文印（朱）

香积寺为净土祖庭，位于长安南樊川神禾原，坐北朝南，正对南山，滈、潏二水萦绕其侧，庄严形胜，唐时胜极一时。首联以“不知”发端，紧扣诗题中的“过”，即拜谒。因以前未曾造访，入寺后方知离终南山尚有数里之地。颔联写寺院环境，古木参天，幽寂无人，远处深山传来悠扬钟声，更显宝寺幽微夐邈。颈联为“炼字”的名句，危石嶙峋，泉声潺潺，松柏森森，日色清冷，正常语序为“危石泉声咽，青松日色冷”，王维巧妙将“咽”“冷”二形容词化为动词，置于名词之间，似乎泉水呜咽流过危石，使石头亦幽咽叹息；日色照进幽深松林，使松柏也打着寒噤。正是禅宗的“天地与我同根，万物与我一体”，物与人、物与物皆有“生命共感”，互相唱和，互相应答，真可谓苦心经营，“炼字幽峭”（《网师园唐诗笺》）。尾联写日暮时分独行空潭，反视内心，禅定寂灭，制服心中毒龙。全诗意境洁净玄微，摹景工巧，以情贯之，琢磨刻练后复归自然，正所谓“幽处见奇，老中见秀，章法、句法、字法皆极浑浑，五律无上神品”（《唐诗摘钞》）。

◎ 李益

## 洛桥

金谷园中柳，春来似舞腰。

那堪好风景，独上洛阳桥。

洛桥即天津桥，为洛阳城著名的“七天建筑”之一。横跨洛水，北接宫城和皇城，南连坊里区，每逢春秋佳日，王公贵族、市民游女、文人墨客云集桥上游赏，桥下桅樯林立，各国商船往来穿梭，热闹非凡。李益诗以金谷园起兴，出人意表。金谷园为西晋石崇的别墅，园里充斥奇花异草，珍奇宝物，极尽豪奢。园中柳树春来又绿，在春风中婀娜起舞，恰如当年绿珠的小蛮腰。然而石崇、绿珠俱成灰土，只留下萧条园林，风物虽好，毕竟繁华不在，不忍多看，不如独上洛桥。诗至此戛然而止，然诗意未断。李益是中唐时人，其时登桥远望，神都已无旧日气象。诗人以洛桥为“触发点”，发人事兴废、荣枯兴替之思，妙在层层推进，逐层深入，愈转愈深。将洛城醉人春色与江山代谢融为一体写，对照成趣，别具一格。

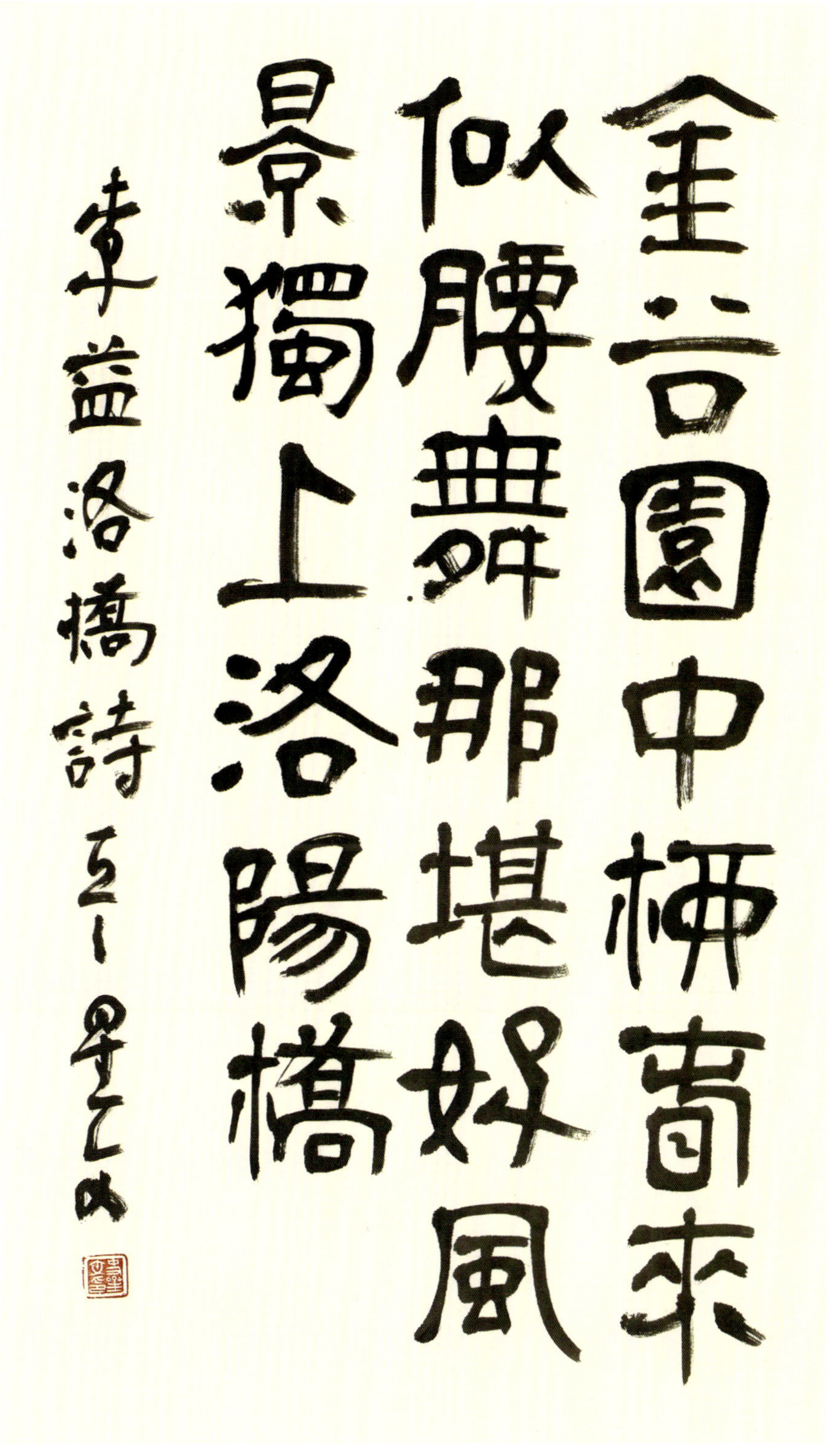


【款识】李益洛桥诗一首　星文

【钤印】史星文印（白）

◎ 上官仪

## 入朝洛堤步月

脉脉广川流，驱马历长洲。

鹊飞山月曙，蝉噪野风秋。

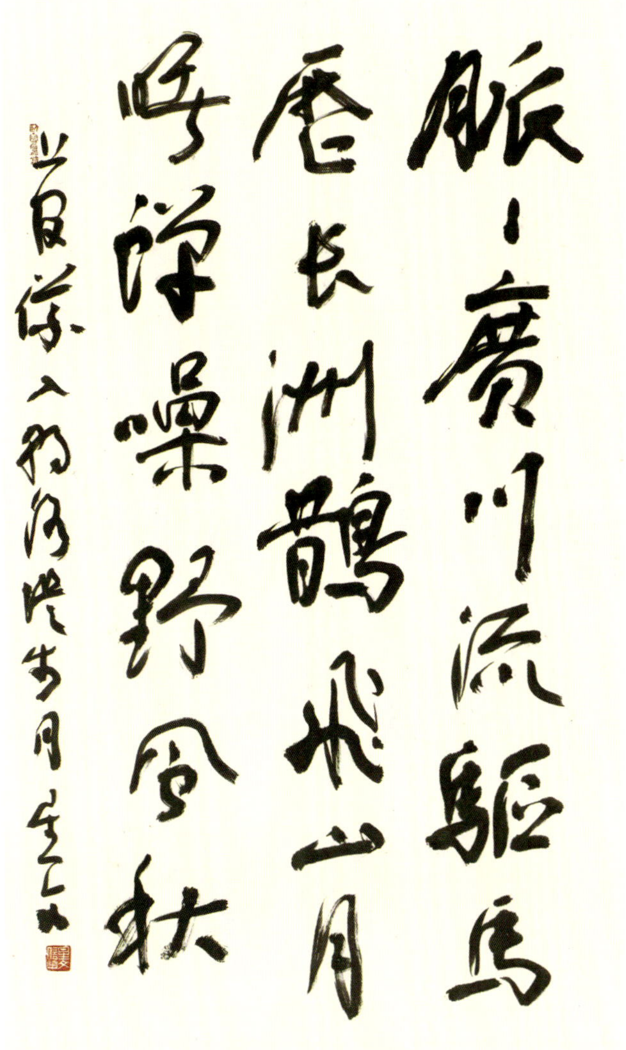

【款识】上官仪入朝洛堤步月 星文

【钤印】星文信手（白）

洛堤是洛水边的长堤，洛水将宫城、皇城与郭城分开，臣子早朝时在洛堤等候天津桥开启，此诗即写于此情境下。首句化用《古诗十九首》“盈盈一水间，脉脉不得语”，本指相对无言，此指水流无声，清晨的洛水流深水静，也暗指诗人渊涵沉静的人格修养。次句写动态，诗人乘高头大马轩昂走过长堤，“历”指经过，上官仪在龙朔年间任宰相，其风度气势自与他人不同，则其信马过堤的雍容之度想而可见。后两句为名句，月落邙山，天将破晓，乌鹊已在飞鸣喧闹，晓风徐徐，蝉声聒噪，秋意正浓。口占诗即兴而作，诗句虽短，然写景传神，意境悠远。前人评为“写景沉着，格调亦雍容满足”（《唐人万首绝句选评》）。据载上官仪步月徐辔吟咏此诗后，“群公望之，犹神仙焉”（《隋唐嘉话》）。

◎ 孟郊

## 洛桥晚望

天津桥下冰初结，洛阳陌上行人绝。

榆柳萧疏楼阁闲，月明直见嵩山雪。

天津桥为建在洛阳中轴线上的“七天建筑”之一，与二十八星宿中的箕星相对，站在桥头能看到煌煌明堂，巍巍天枢，“天津晓月”为古洛阳八景之一。诗起句平实，先在桥上俯瞰，见桥下洛水冻结；接着目光平视向桥南，天气渐寒，郭城坊里的大街小巷人迹断绝。第三句视角上仰，看到榆柳凋残，枯枝萧瑟，掩映于树后的楼阁也显得寂寥萧闲。诗人举首眺望，镜头直推远方，中天一轮冷月，朗照嵩山初雪，雪光凛冽，倍增寒冷。诗人紧扣“望”字，视线由低到高，由近及远，层层推进，绘出清冷幽寒的洛城冬望图，可谓“静境佳思，得晚望之神”（《寒瘦集》）。孟郊善作寒瘦语，信矣。此诗又押入声仄韵，更添料峭之感。

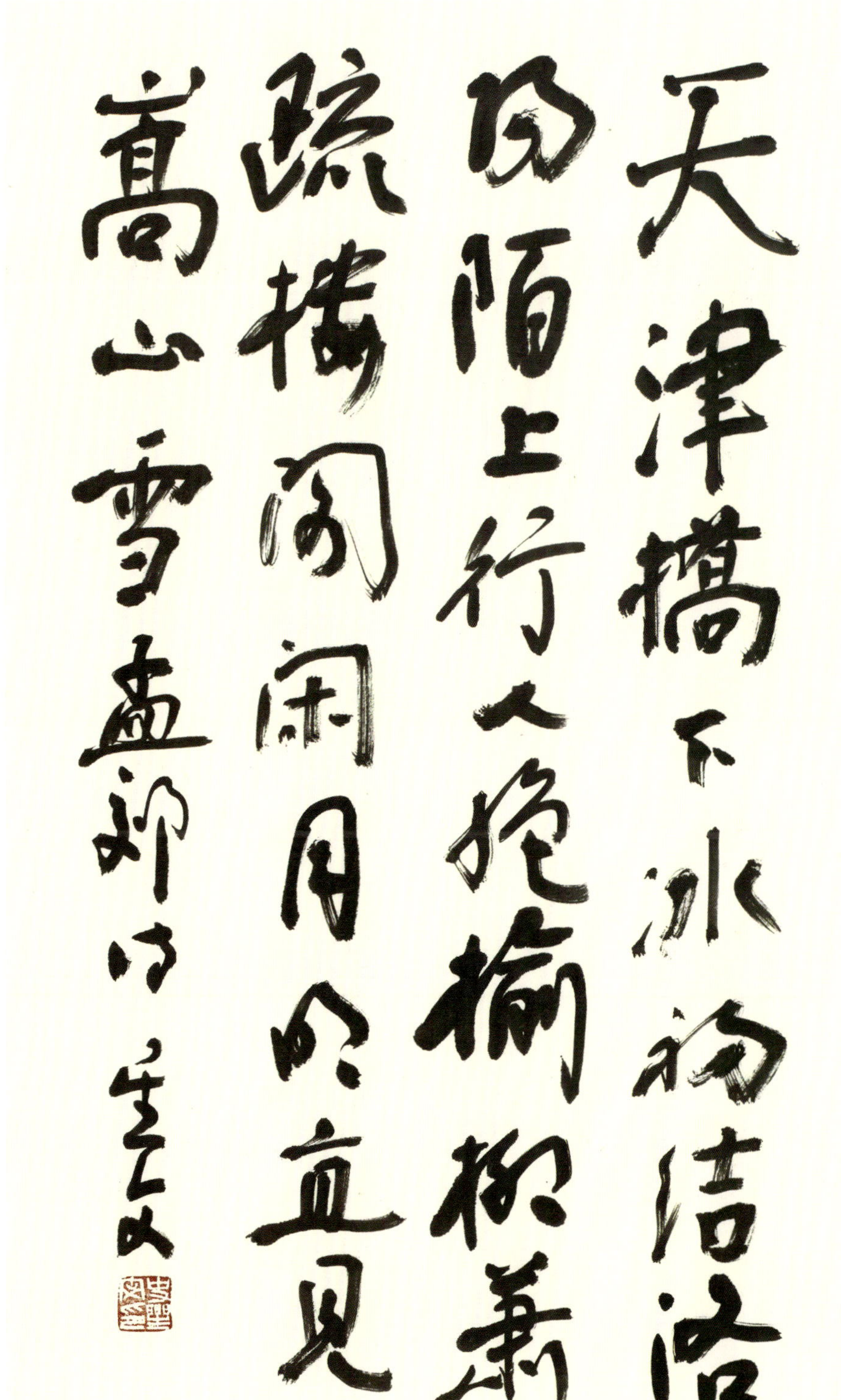


【款识】孟郊诗　星文　【钤印】史星文印（白）

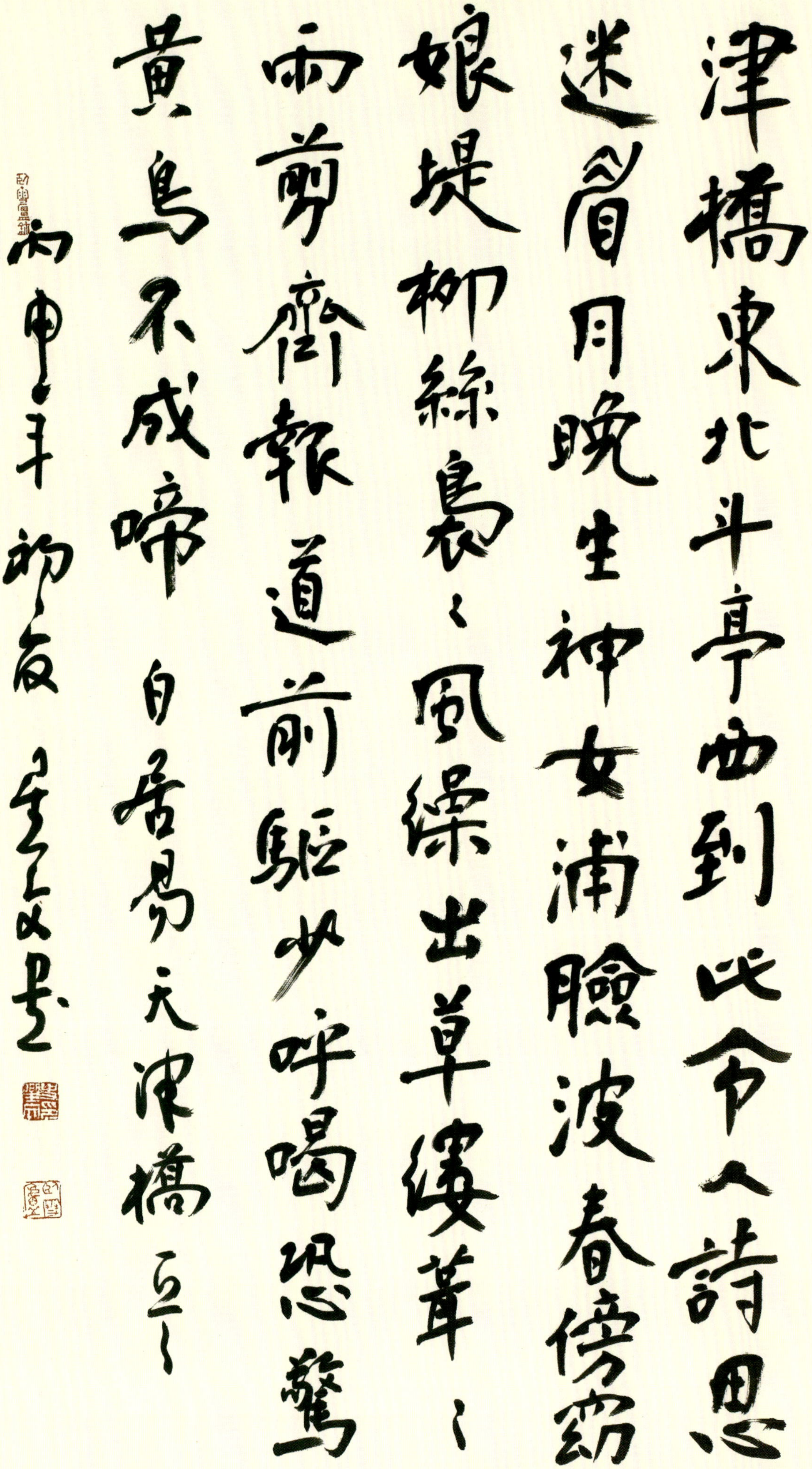
津橋東北斗亭西
到此令人詩思迷
眉月晚生神女浦
臉波春傍窈娘堤
柳絲裊裊風繰出
草縷茸茸雨剪齊
報道前驅少呼喝
恐驚黃鳥不成啼
白居易天津橋
丙申年初夏
星文書

【款识】白居易天津桥一首　丙申年初夏　星文书

【钤印】史星文印（白）　卧雪庐（朱）

◎ 白居易

# 天津桥

津桥东北斗亭西，到此令人诗思迷。

眉月晚生神女浦，脸波春傍窈娘堤。

柳丝袅袅风缲出，草缕茸茸雨剪齐。

报道前驱少呼喝，恐惊黄鸟不成啼。

首联扣题，言天津桥附近名胜众多，风物之美让人陶醉着迷。乐天喜将不同景观用方位词界定以形成一个景观群，起到以少总多之功，读来亦跳脱流转，如“孤山寺北贾亭西”亦属此例。颔联以女子的眉毛和眼波比喻弦月和春水，贴切生动，更妙的是“月”和“水”的意象亦傍“神女浦”和“窈娘堤”这两个女性化景观而生，则洛神和窈娘的美丽传说又加入其中，更显深厚。颈联状物，柳绦细细如丝，风为缲丝高手，将柳丝从“茧”中抽出；青草初发，雨为高明花匠，将春草修剪得整整齐齐。想象奇特，生动传神。尾联言如此美景，需要精妙的“音响效果”，警告随从不要聒噪，以免吓着黄鸟使其不敢间关啼鸣。白居易诗多平易，此诗却机巧颇多，设色亦重，直如一幅浓墨重彩的工笔图画，洛城春光尽在其中。

◎ 姚崇

## 春日洛阳城侍宴

南山开宝历，北渚对芳蹊。

的历风梅度，参差露草低。

尧樽临上席，舜乐下前溪。

任重由来醉，乘酣志转迷。

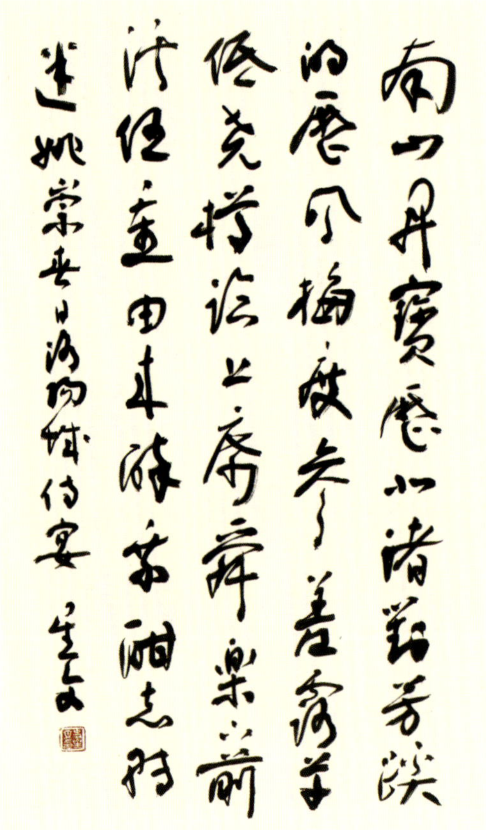

【款识】姚崇春日洛阳城侍宴　星文

【钤印】史星文印（白）

春至洛城，南山北渚一片盎然春意。“宝历”指国祚，大唐国运正如春日一般蒸蒸日上。颔联用“的历”“参差”两个双声叠韵词，写晴光下和风骀荡，梅枝摇曳，春草起伏参差，露光熠熠。颈联点题，君臣宴乐，和洽融融，同饮湛露之酒，共赏前溪乐舞。尾联写身为股肱之臣当始终怵惕，明白任重道远之理，然今日乘酣痛饮，不觉迷醉消沉。君主仁德，令清醒自律的人都迷失自我，沉酣大醉，则其宽厚恺悌之风想而可见。诗状物细腻，音韵谐协浏亮，如一幅春日洛城行乐图，充满鲜活气息。

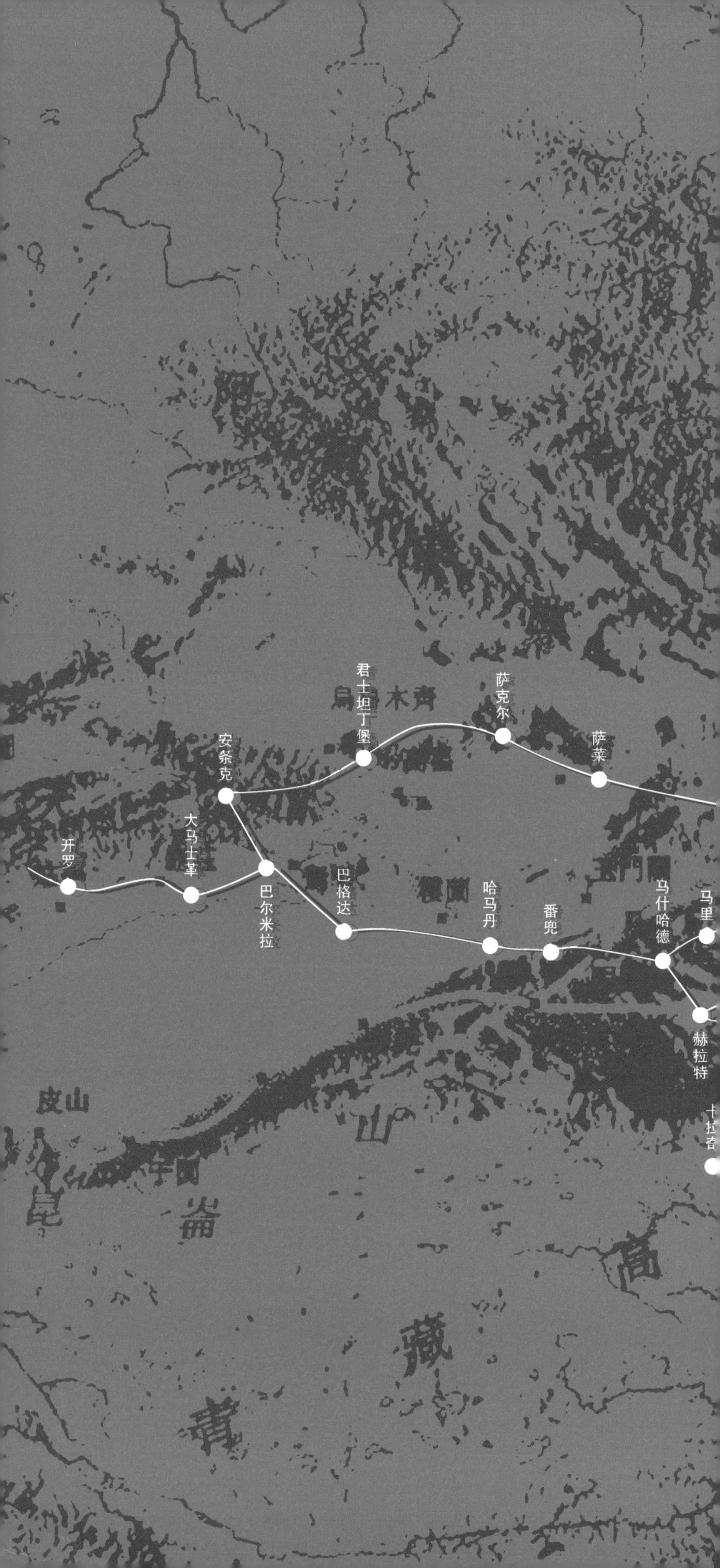

君士坦丁堡
萨克尔
萨莱
安条克
大马士革
开罗
巴尔米拉
巴格达
哈马丹
番兜
马什哈德
马里
赫拉特

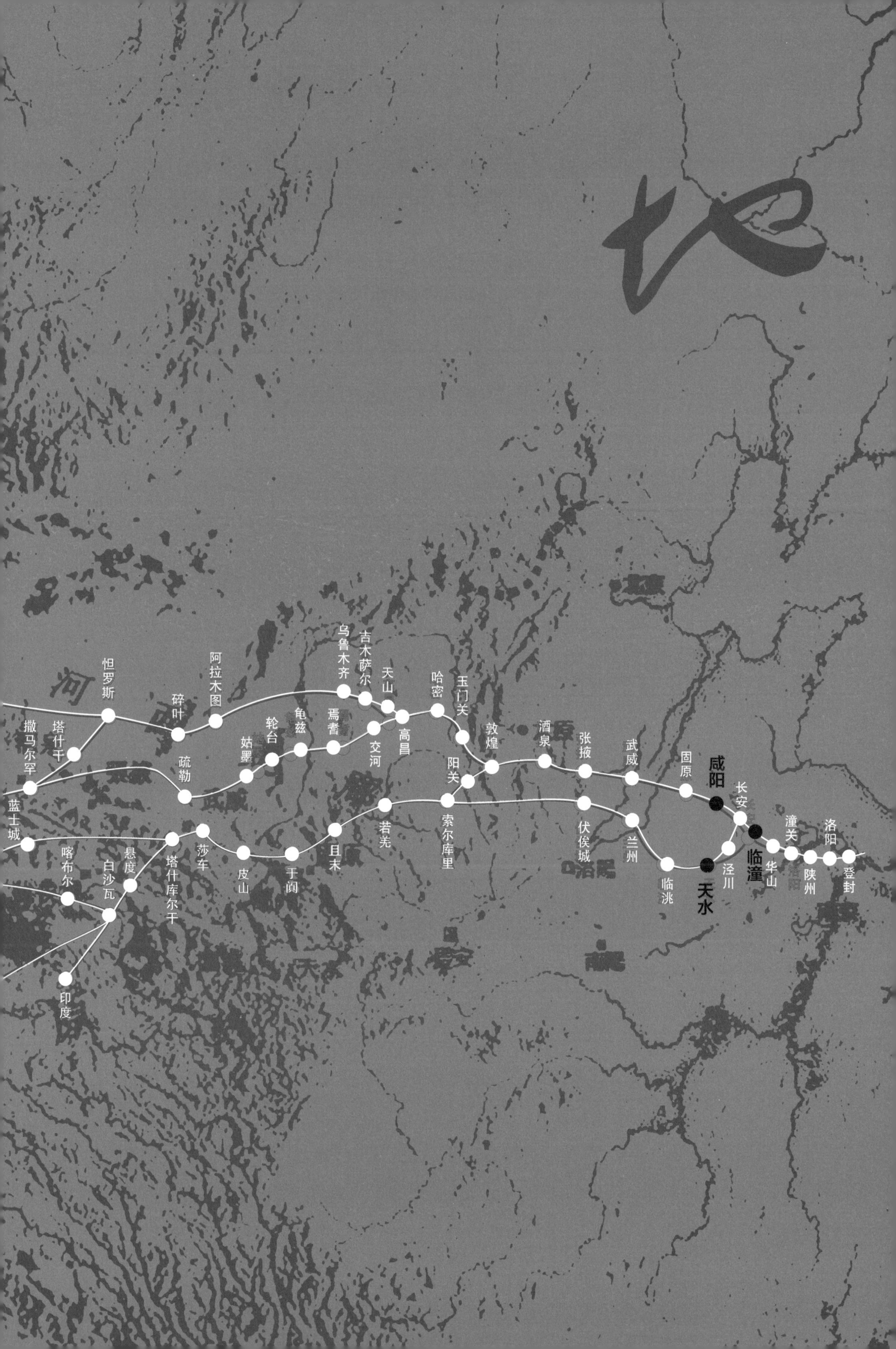
地
恒罗斯
阿拉木图
碎叶
乌鲁木齐
吉木萨尔
天山
哈密
玉门关
高昌
交河
焉耆
龟兹
轮台
姑墨
疏勒
撒马尔罕
塔什干
蓝士城
敦煌
阳关
酒泉
张掖
武威
固原
咸阳
长安
临潼
天水
泾川
临洮
兰州
伏俟城
索尔库里
若羌
且末
于阗
皮山
莎车
塔什库尔干
悬度
白沙瓦
喀布尔
印度
华山
潼关
陕州
洛阳
登封

◎ 李乂

## 登骊山高顶寓目

崖巘万寻悬，居高敞御筵。

行戈疑驻日，步辇若登天。

城阙雾中近，关河云外连。

谬陪登岱驾，欣奉济汾篇。

骊山为秦岭支脉，位于临潼，因距离长安很近，故周秦以来一直是帝王巡幸驻跸之所，因有温泉，更受唐诸帝青睐，常于山顶寓目宴饮。诗首联点题，写骊山高耸峻拔，在山顶塽垲轩豁处设御宴，视野极开阔。颔联写仪仗排列整齐的戈矛如鲁阳公援戈返日一般使时光停驻，乘步辇登山，到山顶恍若登天成仙。颈联状骊山形胜，远远望去，长安城依稀可见，关中平原广袤夐远，四塞雄关镇守，大河拱卫，可谓金城千里，天府之国。尾联自谦，称己叨陪同游，虽无诗才，但也愿意奉上诗篇。全诗围绕一个“高”字，对骊山的高峻险要层层点染，对关中地势亦进行观照，境界阔大，气度高华。

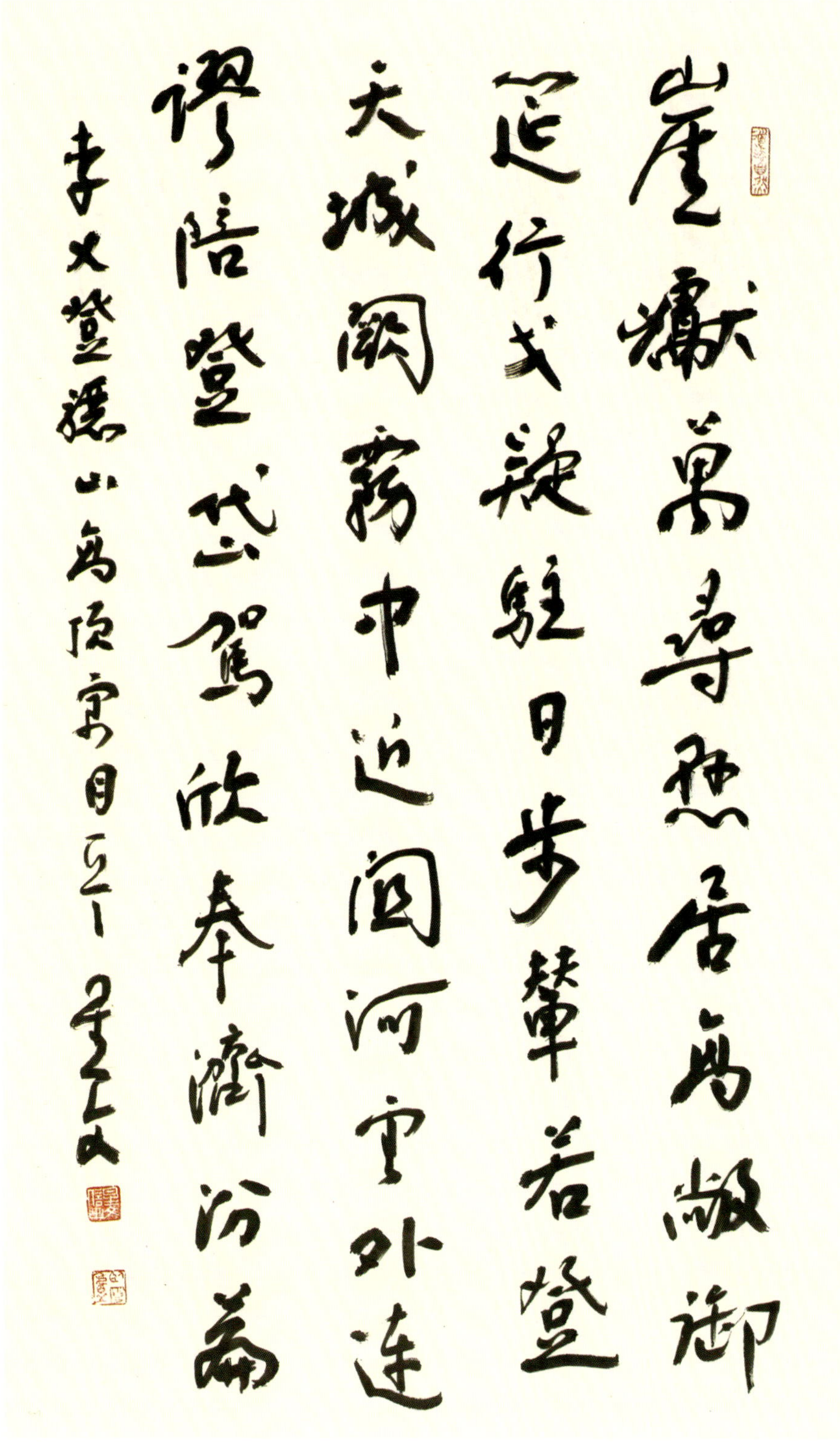

【款识】李乂登骊山高顶寓目一首　星文

【钤印】星文信手（白）　卧雪庐（朱）

◎ 温庭筠

## 咸阳值雨

咸阳桥上雨如悬，万点空濛隔钓船。

还似洞庭春水色，晓云将入岳阳天。

雨落咸阳。诗人不说“咸阳城上雨如悬”，却偏将视点定格在咸阳桥上，一则点明赏雨的地点，二则暗示咸阳桥所代表的漂泊思归意蕴。咸阳桥又称西渭桥，是通往西域和巴蜀的必经之地，也是送客远行的场所。在咸阳桥上看雨，则游子的漂零意绪又多一层。“悬”字佳，雨点轻盈，雨丝柔曼，仿佛悬在空中的珠帘或纱幔。而在这珠帘后，孤舟自横，“隔”字妙，将观察者、雨与船分隔为两个空间，则船在迷濛雨帘后隐约朦胧情状可以想见。三、四句转入想象，眼前细雨霏霏，波涨春痕，晓云舒卷，恰如洞庭春色，让人神往。洞庭青草，平湖如鉴，是诗人的“桃源”？或是某种求而不得的期望？都留给读者去体味了。

陽橋上雨如懸萬
空濛隔釣船還
庭春水色曉雲將
岳陽天

溫庭筠咸陽值雨
丙申年夜 [illegible]

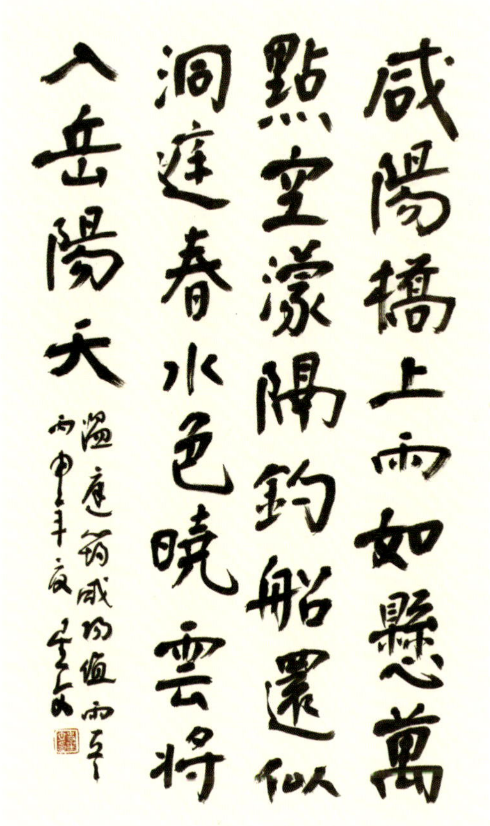

【款识】温庭筠咸阳值雨一首　丙申年夏　星文　【钤印】史星文印（白）

◎ 韦庄

## 登咸阳县楼望雨

乱云如兽出山前，细雨和风满渭川。

尽日空濛无所见，雁行斜去字联联。

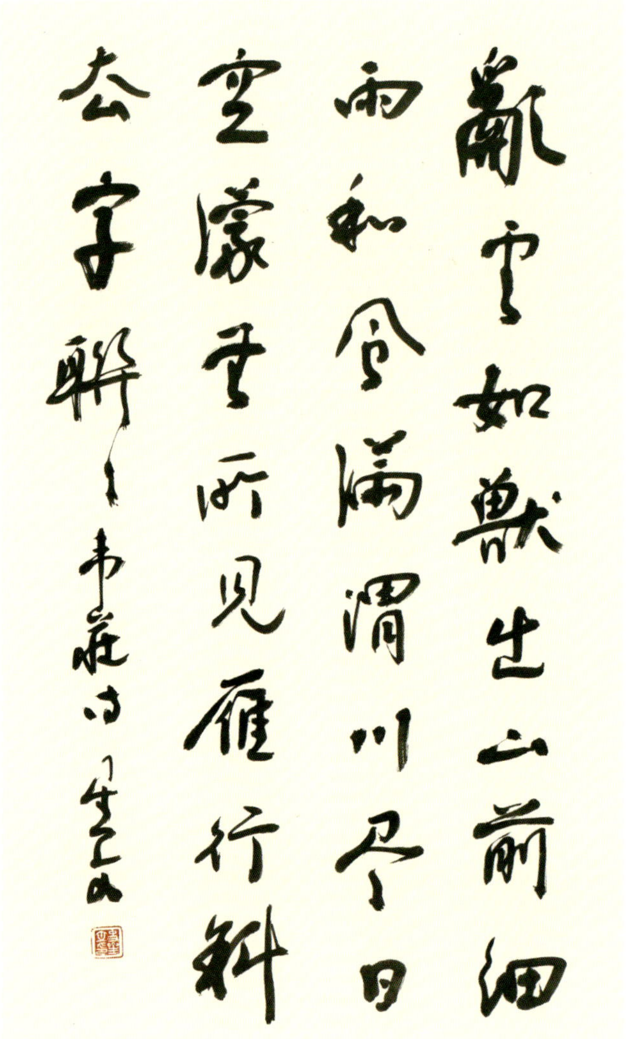

【款识】韦庄诗　星文

【钤印】史星文印（白）

咸阳地势平坦，北有咸阳原，西北有九嵕山，乱云如怪兽涌出山前，此"山"指咸阳原还是九嵕山，无须坐实。起笔雄健，大有"山雨欲来风满楼"之势，次句陡然一转，却是和风习习，细雨斜斜，渭河两岸一派清秋胜景。此"转"极妙！起句用千钧之力，欲造一个"大场面"，吊起读者的胃口，却又促狭地轻轻带过，让读者摸不着头脑，惘然有失。诗意就在这种"落差"和"断层"中生成。三、四句诗人加入其中，尽日伫立观雨，有意识地只选择了空中雁字入诗，是表达对故乡的思念？或是想捎去给伊人的信札？诗人不言，任由我们猜想。

◎ 杜甫

# 秦州杂诗二十首

## 其十三

传道东柯谷，深藏数十家。

对门藤盖瓦，映竹水穿沙。

瘦地翻宜粟，阳坡可种瓜。

船人相近报，但恐失桃花。

以“传道”起笔，有“传说”“传闻”意味，为诗歌增添几分神奇色彩，也符合秦州腹地不与外界交通的隔绝现实。颔联饶有意味，老杜是语言结构的圣手，最擅翻云覆雨，化平实为神奇，正常语序为“盖瓦藤对门”“穿沙水映竹”，即覆盖在瓦上的青藤正对大门，穿过细沙的泉水倒映着翠竹。老杜偏将“对门”“映竹”提到句首，强调给人的视觉冲击，颇值玩味咀嚼。颈联写谷中的农作物种植，顺时稼穑，有粟有瓜。尾联写舟子相呼，询问桃花是否已开，恐错过花期。此处“桃花”又暗含陶令笔下缘溪寻觅桃源的典故，更添深意。东柯谷位于天水麦积山北二十里，山环水绕，风物秀美，饶有江南风味。

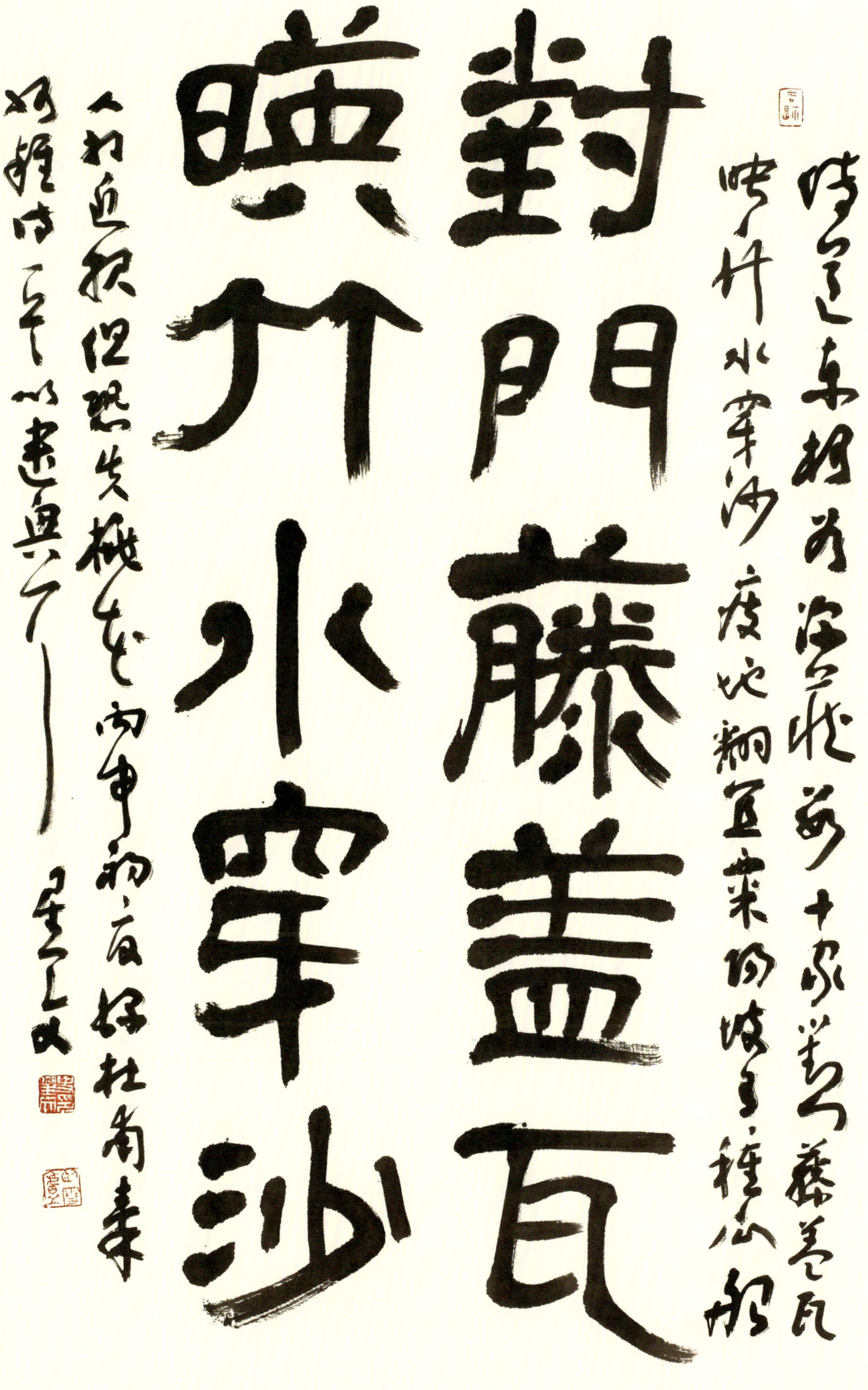


【款识】丙申初夏录杜甫秦州杂诗一首以遣兴耳　星文

【钤印】史星文印（白）　卧雪庐（朱）

◎ 杜甫

## 秦州杂诗二十首

### 其七

莽莽万重山，孤城山谷间。

无风云出塞，不夜月临关。

属国归何晚，楼兰斩未还。

烟尘一怅望，衰飒正摧颜。

肃宗乾元二年杜甫弃华州司功参军职，携家人取道秦州入蜀。秦州为崇山环抱，四围有六盘山、陇山、嶓冢山和鸟鼠山，故起句云“莽莽万重山”，而在雄浑连绵的大山里有一“点”孤城，更衬出山之壮阔和秦州之边远，可谓“起手壁立万仞”（《唐诗别裁》）。颔联为名联，秦州被大山合围阻风，故地面平静无风，中天却是疾风吹云；重山高峻，阳光很早被山阻挡，故还未到夜里，光线已晦黯，月照孤城。诗人观察细致，传达精微，对仗工稳，洵为佳句。而吐蕃夺取陇右及河西诸地后，秦州亦成为前线重镇，故此联也寄托着诗人对国事的忧心，正所谓“一片忧边心事，随风飘去，随月照着矣”（《读杜心解》）。颈联承上联，用苏武与傅介子事表达对吐蕃入侵的忧虑。尾联为诗人的“反应”：伫立烟尘怅望长安，年事已高，国罹忧患，徒唤奈何？杜甫之“圣”当然在其高超绝世的诗艺，但更在其痌瘝民瘼、忧心国事的赤子之心。

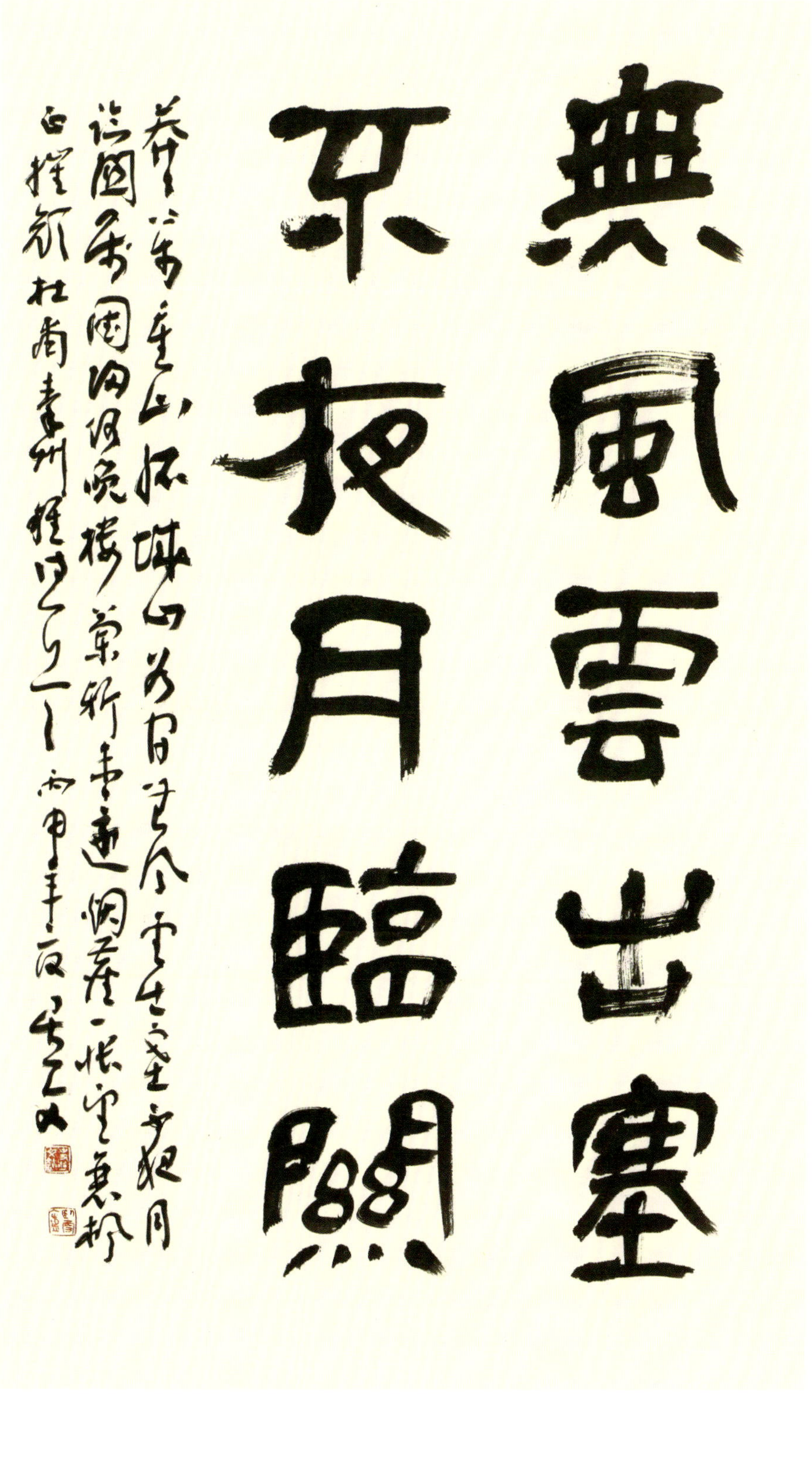


【款识】杜甫秦州杂诗一首 丙申年夏 星文
【钤印】史星文印（白） 卧雪庐（朱）

◎ 杜甫

# 秦州杂诗二十首

## 其十四

万古仇池穴，潜通小有天。

神鱼人不见，福地语真传。

近接西南境，长怀十九泉。

何时一茅屋，送老白云边。

仇池是魏晋南北朝时氐族杨氏建立的政权，以甘肃东南部的仇池山得名。老杜至秦州，觉此地古朴幽闭，如“不知有汉，无论魏晋”的桃源，故首联云“潜通”。颔联“神鱼”为当地传说，仇池穴出神鱼，食之可成仙。神鱼虽虚妄，但此地风物之美，堪称福地。颈联写仇池地域地貌，西南与秦城相接，山有良田百顷，清泉九十九眼，“十九泉”为诗家省字法。尾联言志，希望自己在此结庐隐居，悠游卒岁。老杜有“致君尧舜上，再使风俗淳”之志，亦有“穷年忧黎元，叹息肠内热”之情，但到秦州后也有息心隐居的念头，足见秦州风景之秀美，民风之淳朴，堪令游子息心淹留。

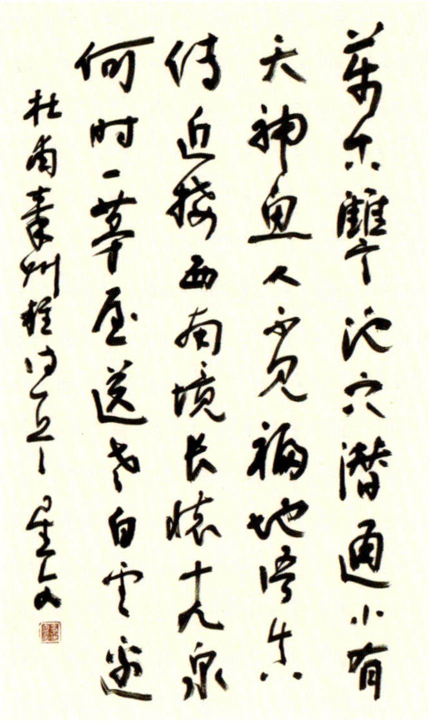

【款识】杜甫秦州杂诗一首　星文　【钤印】史星文印（白）

恒罗斯
阿拉木图
碎叶
乌鲁木齐
吉木萨尔
天山
哈密
玉门关
高昌
焉耆
龟兹
轮台
交河
姑墨
疏勒
撒马尔罕
塔什干
蓝士城
敦煌
阳关
酒泉
张掖
武威
固原
咸阳
长安
若羌
索尔库里
伏俟城
兰州
临洮
天水
泾川
临潼
华山
潼关
陕州
洛阳
登封
且末
于阗
皮山
莎车
塔什库尔干
悬度
白沙瓦
喀布尔
印度

◎ 高适

## 金城北楼

北楼西望满晴空，积水连山胜画中。

湍上急流声若箭，城头残月势如弓。

垂竿已羡磻溪老，休道犹思塞上翁。

为向边庭更何事，至今羌笛怨无穷。

天宝十一载，高适经人推荐入陇右节度使哥舒翰幕任掌书记，路过金城时作此诗。首联扣题，站在北楼西眺，晴空万里，黄河迤逦穿城过，皋兰山等环拱金城，江山形胜，美如图画。颔联写近景，楼下黄河奔腾，急湍胜箭；城头弦月斜挂，如张满的弓。一声一形，比拟精巧，又饶有深意。高适此前落拓数载，曾做过封丘县尉，因不堪忍受"拜迎长官心欲碎，鞭挞黎庶令人悲"而离职，此赴陇右，有游幕边塞求取功名意，故其以"箭""弓"比喻流水和残月，使"物皆著我之色彩"（《人间词话》）。颈联借姜尚和塞翁言成功需要遇合，得失岂能自主？尾联承上联，此番赴边塞是否能遂愿而归？听着那幽怨的羌笛，不由惘然若失。诗歌描写了金城兰州的山川壮美，也包含着诗人坎坷数载的人生况味，读来意味深长。

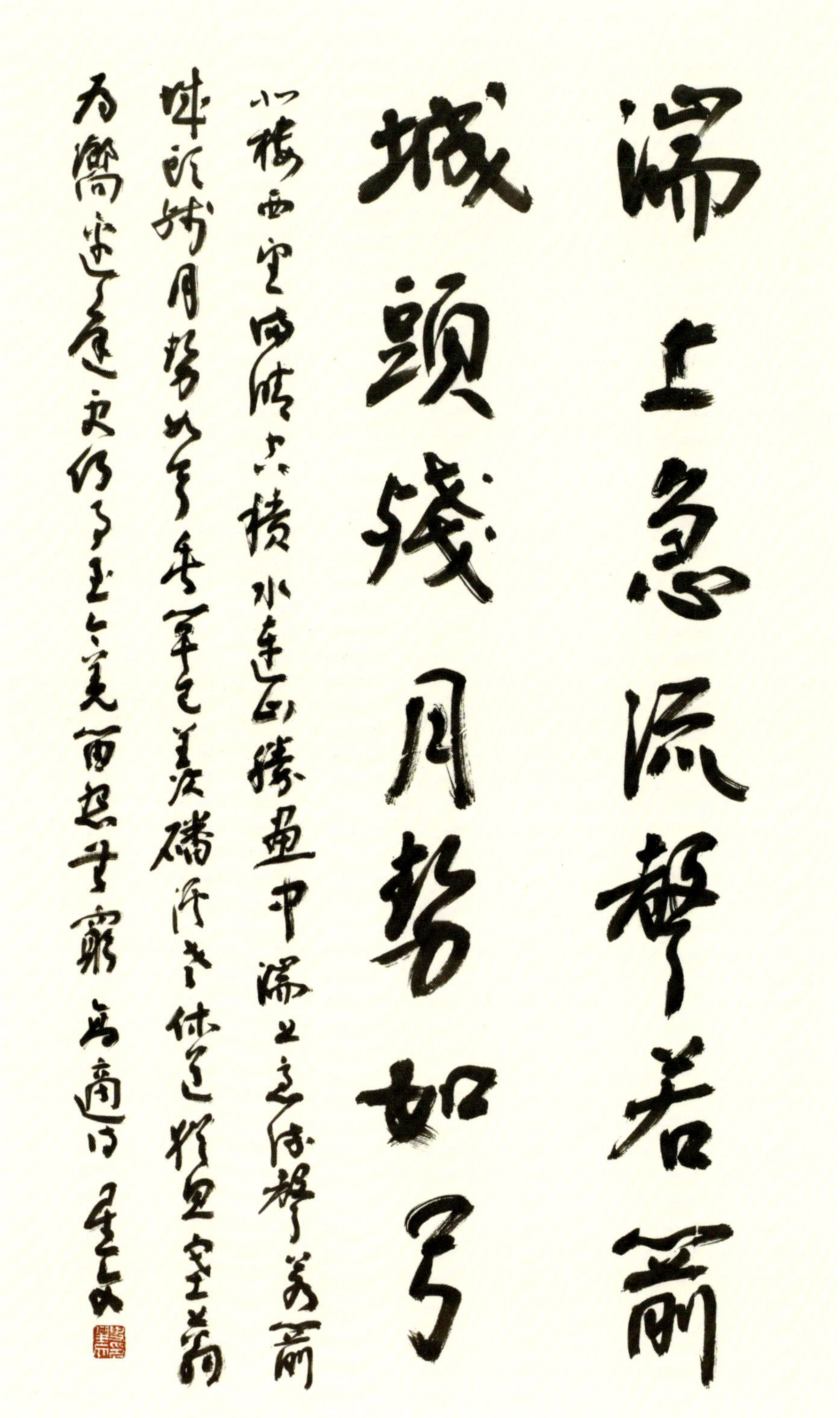


【款识】高适诗　星文

【钤印】史星文印（白）

◎ 卢照邻

## 紫骝马

骝马照金鞍，转战入皋兰。

塞门风稍急，长城水正寒。

雪暗鸣珂重，山长喷玉难。

不辞横绝漠，流血几时干？

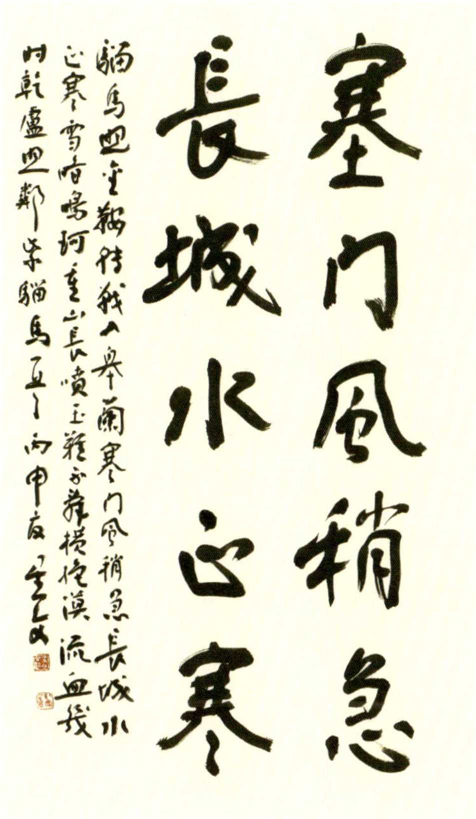


【款识】卢照邻紫骝马一首　丙申夏　星文

【钤印】史星文印（白）　卧雪庐（朱）

卢照邻于龙朔间曾出使西北甘、凉一带，从此诗包含的地理信息看，当知他曾到过金城。首二句言骏马装饰华丽，英气飒爽，转战到皋兰。皋兰山是兰州的屏障，延袤二十余里拱卫金城。中四句写战场艰苦卓绝的环境，紫塞朔风怒号，长城水寒伤马骨。已是严冬，边地极寒，大雪中马踽躅难行，轻脆的玉珂声也显得迟滞；大山横亘，骝马疲惫不堪，连雪沫都无力喷出。后两句点出主题：战马从不会退缩，定会横绝边塞，但冒死征战到底要持续到什么时候？诗虽有悲怨，但悲壮雄浑，从中仍能看到报国建功的英雄主义光彩，是高岑边塞诗的先声。

◎ 岑参

# 题金城临河驿楼

古戍依重险，高楼见五凉。

山根盘驿道，河水浸城墙。

庭树巢鹦鹉，园花隐麝香。

忽如江浦上，忆作捕鱼郎。

首联扣题，言金城地势之险，山河形胜，登楼望去，陇右大地广袤横亘。“五凉”指刘宋时期北方建立的前凉、后凉、西凉、北凉、南凉，因皆位于今甘肃一代，故以“五凉”称甘肃。颔联镜头推进，皋兰、五泉诸山驿道盘旋，黄河湍流浸泡着城墙。“浸”字妙，河水之深、距城之近、城池之险、金城之古尽在此字。颈联为特写镜头，驿站庭院中嘉木成荫，鹦鹉巢集，花园里异卉竞放，幽香浮动。尾联进入内心世界，见此美景，不由动栖隐之念，作闲逸捕鱼郎，渔樵山水之间，悠游卒岁。

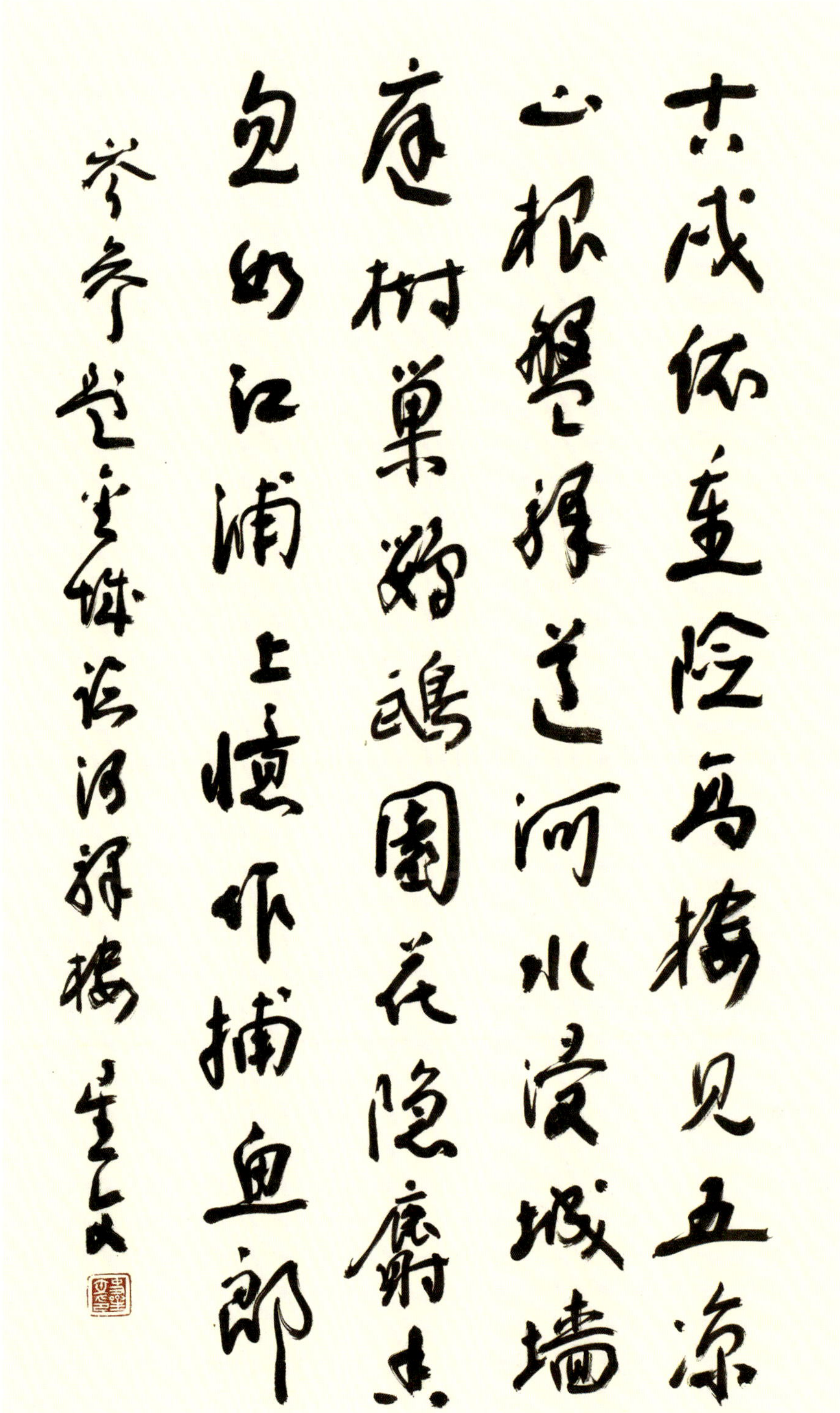
古戍依重险高楼见五凉
山根盘驿道河水浸城墙
庭树巢鹦鹉园花隐麝香
忽如江浦上忆作捕鱼郎
岑参题金城临河驿楼 星文

【款识】岑参题金城临河驿楼　星文

【钤印】史星文印（白）

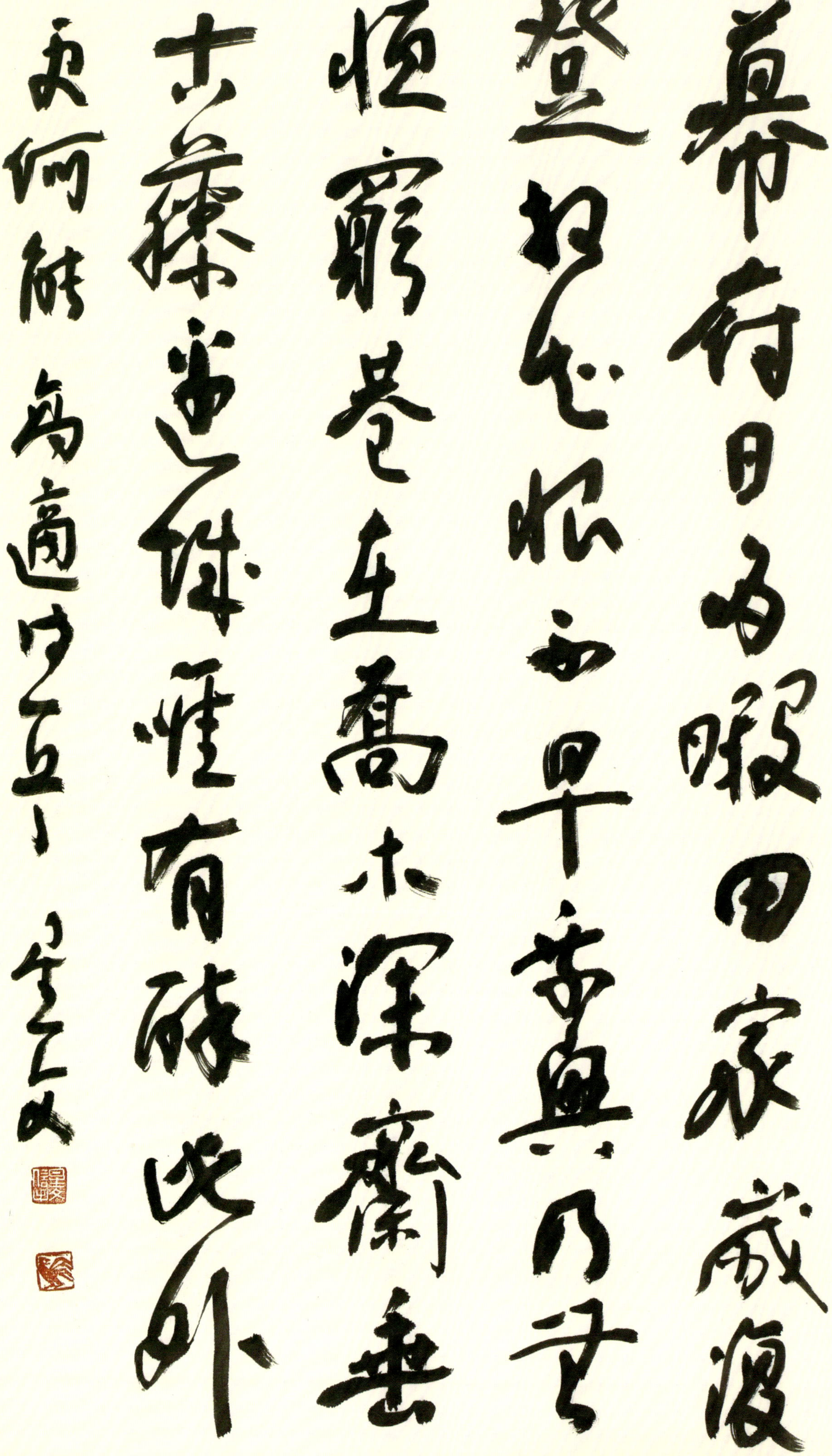

【款识】高适诗一首 星文 【钤印】星文信手（白）

◎ 高适

# 武威同诸公过杨七山人得藤字

幕府日多暇，田家岁复登。

相知恨不早，乘兴乃无恒。

穷巷在乔木，深斋垂古藤。

边城唯有醉，此外更何能。

高适曾于天宝十一载入陇右节度使哥舒翰幕，此诗当作于此时。首联写游幕清闲，不觉又是一年庄稼黄熟时节。颔联扣题中“诸公”，言与他们相逢恨晚，一起拜访杨七山人，全因兴起，并无约定。副词做对最难，此联“不早”“无恒”对仗精工，洵为妙对。颈联写山人居所在乔木掩映的陋巷，苍翠古藤覆盖着深深庭院。“穷巷”句以居“陋巷”而“不改其乐”的颜回为喻，言山人安贫乐道，固穷守节。尾联言边城荒僻，又逢胜友，唯有沉酣放歌，方不负此景此行。

◎ 高适

## 塞上听吹笛

雪净胡天牧马还，月明羌笛戍楼间。

借问梅花何处落，风吹一夜满关山。

此诗作于高适于哥舒翰幕时。冰雪销尽，胡天一片寥阔，入侵的敌人被击退，边城处于暂时的安谧祥和之中。月出东山，静静地照着高高的戍楼。天气还未转暖，月光分外清冽皎洁。忽然有人吹起羌笛，正是那首让人愁肠百结的《梅花落》，清幽的笛声越陌度阡，穿檐过甍，萦回缠绵。诗人巧妙地将《梅花落》的曲名“误读”为“梅花飘落”，在晴朗夜空中飞动的笛声幻化成片片梅瓣，被月光照得晶莹剔透，在塞外料峭春寒中，花瓣驭风而行，落满群山。这是何等浪漫和奇幻的画面！诗人将错就错，转虚为实，以实衬虚，妙趣横生。落满群山的梅花虽然勾起戍卒的乡愁，但怨而不悲，惆怅而不消沉，这正是盛唐的气度，也是“盛唐之音”的锵鸣！

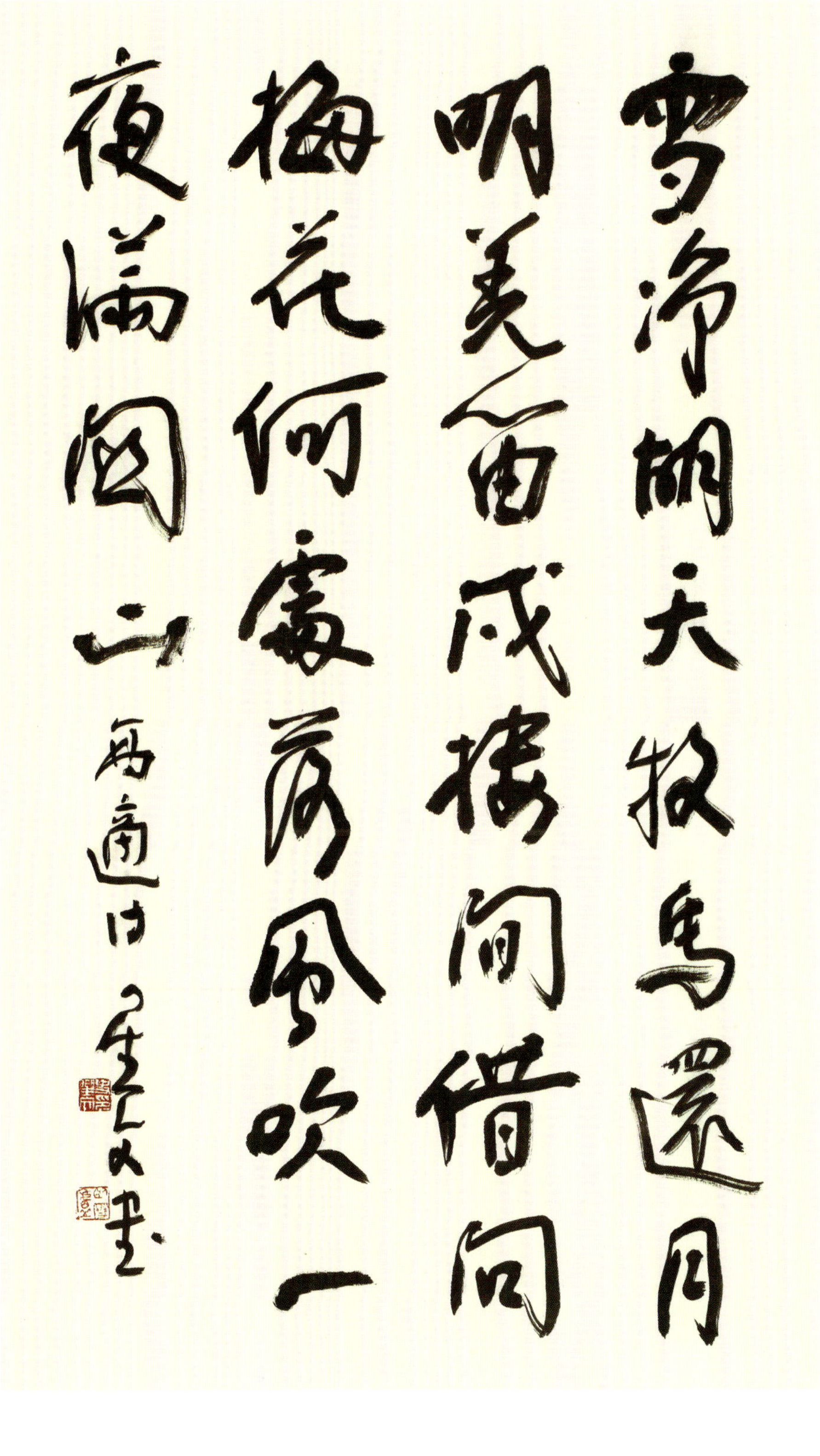
雪净胡天牧马还月
明羌笛戍楼间借问
梅花何处落风吹一
夜满关山
高適诗 星文书

【款识】高适诗　星文书　【钤印】史星文印（白）　卧雪庐（朱）

◎ 岑参

## 凉州馆中与诸判官夜集

弯弯月出挂城头，城头月出照凉州。

凉州七里十万家，胡人半解弹琵琶。

琵琶一曲肠堪断，风萧萧兮夜漫漫。

河西幕中多故人，故人别来三五春。

花门楼前见秋草，岂能贫贱相看老。

一生大笑能几回，斗酒相逢须醉倒。

天宝十三载岑参赴北庭路过凉州，与老友高适、严武等相聚，宴中作此诗。起句巧妙，以月起兴，汲取民歌“顶针”手法，不独“城头”与“城头”顶针，“月出”与“月出”亦为“暗”顶针，联翩相续，环环相接，读来盎然有趣，节奏明快。后四句同样以顶针相接，写凉州城的环境，这座有着十万人家的西北重镇，胡人大多会弹琵琶，在这样一个明月夜，夜风萧萧，琵琶声显得格外不同。接着扣题写夜宴，座中多是故交好友，几年未见，草已荣枯几回，而我们怎能贫贱到老？今夜相逢，莫思身外无穷事，且飞盏豪饮，不醉无归。诗歌挥洒自如，疏快骏爽，读来让人欲酣歌起舞。

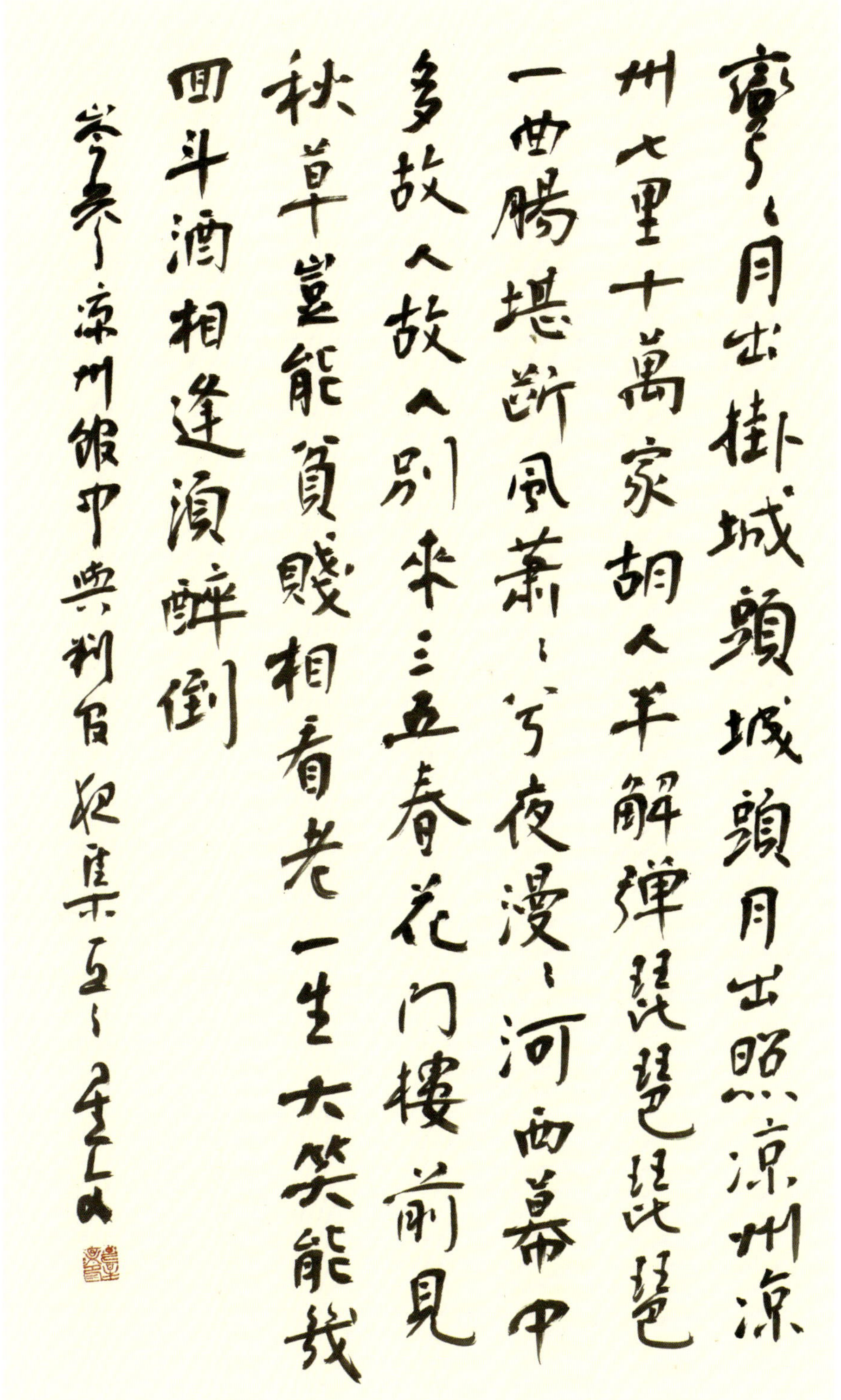

彎彎月出掛城頭城頭月出照涼州涼
州七里十萬家胡人半解彈琵琶琵琶
一曲腸堪斷風蕭蕭兮夜漫漫河西幕中
多故人故人別來三五春花門樓前見
秋草豈能貧賤相看老一生大笑能幾
回斗酒相逢須醉倒
岑參涼州館中與判官夜集 星文


【款识】岑参凉州馆中与（诸）判官夜集一首 星文

【钤印】史星文印（朱）

人故人別來三五
草豈能貧賤相看
酒相逢須醉倒
參涼州館中與諸判官

々月出掛城頭城
里十萬家胡人半
腸堪斷風蕭々兮

◎ 王昌龄

# 从军行七首

## 其七

玉门山嶂几千重，山北山南总是烽。

人依远戍须看火，马踏深山不见踪。

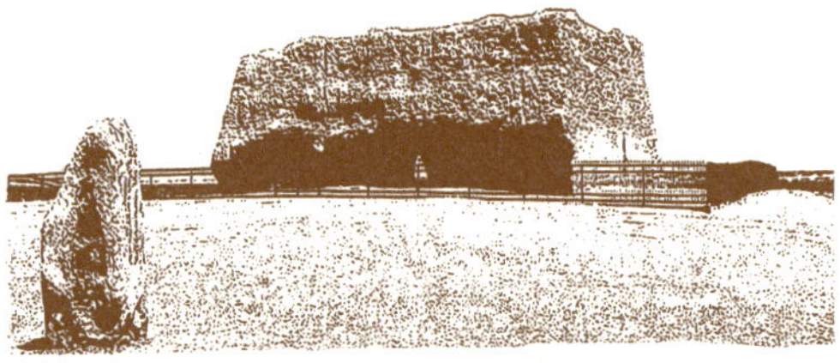

玉门关又称小方盘城，位于敦煌西北九十公里，汉武帝时始建，因西域输入玉石取道于此而得名。关城位于沙石高岗上，视野开阔。站在玉门关眺望，远处祁连诸峰重峦叠嶂，莽莽苍苍。山上烽燧遍布，戍卫于此的士兵要了解敌情，需要常观察烽火。崇山峻岭间战马刚露出身影，便很快没入大山里不见影踪。诗人在宏阔的大漠、大山背景上，有意选择了“人”与“马”这两个极小的点，通过“大”与“小”的对比宕出诗意。而战马一闪即没，又巧用“实”与“虚”的对比逗出诗境，可谓匠心独运。正如诗人自己所言：“每至落句，常须含蓄，不令语尽思穷。”（《诗格》）

2014年玉门关作为“丝绸之路：长安—天山廊道的路网”中的一处遗址被列入《世界文化遗产名录》。

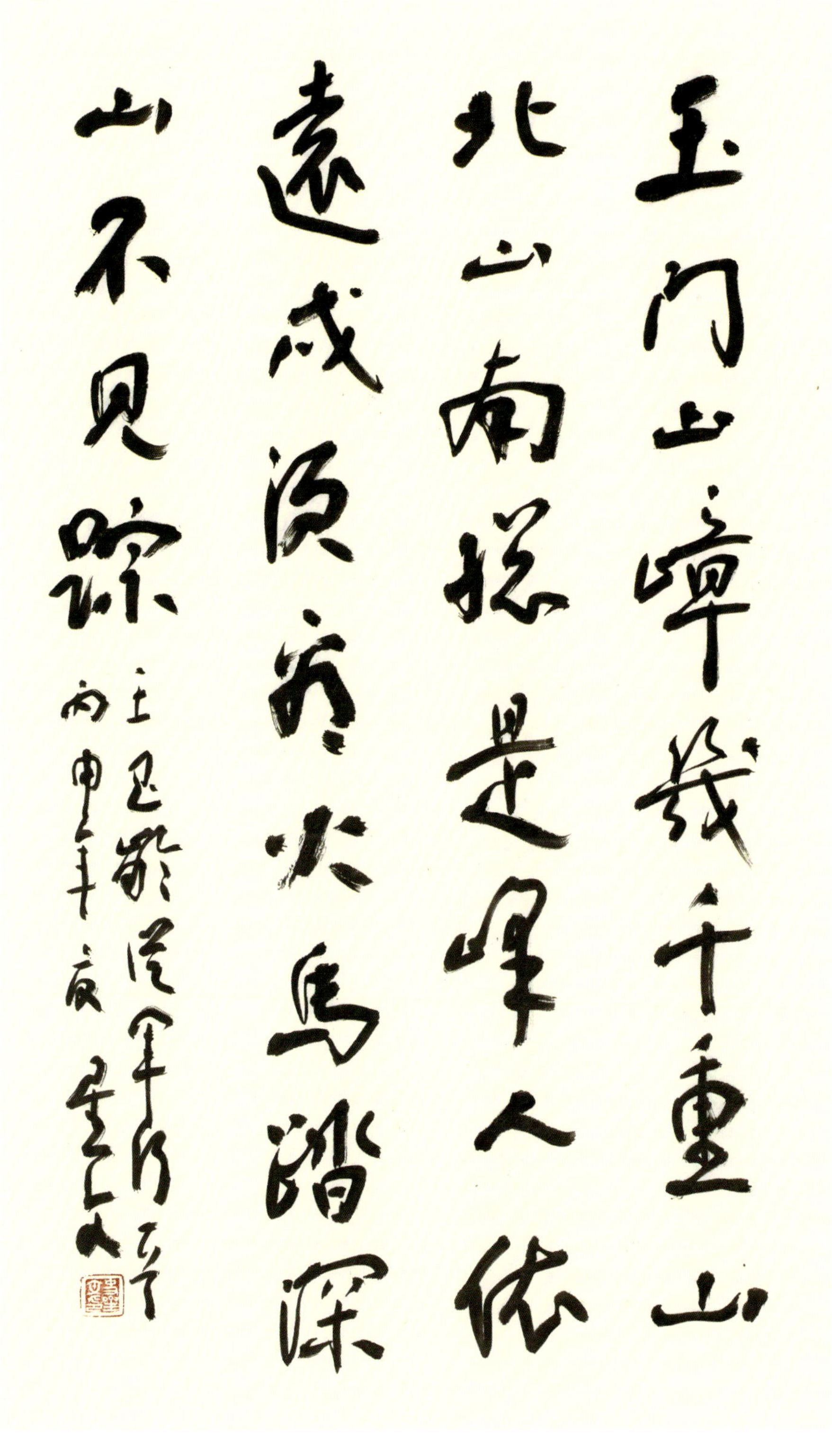


【款识】王昌龄从军行一首 丙申年夏 星文

【钤印】史星文印（白）

◎ 王之涣

## 凉州词

黄河远上白云间，一片孤城万仞山。

羌笛何须怨杨柳，春风不度玉门关。

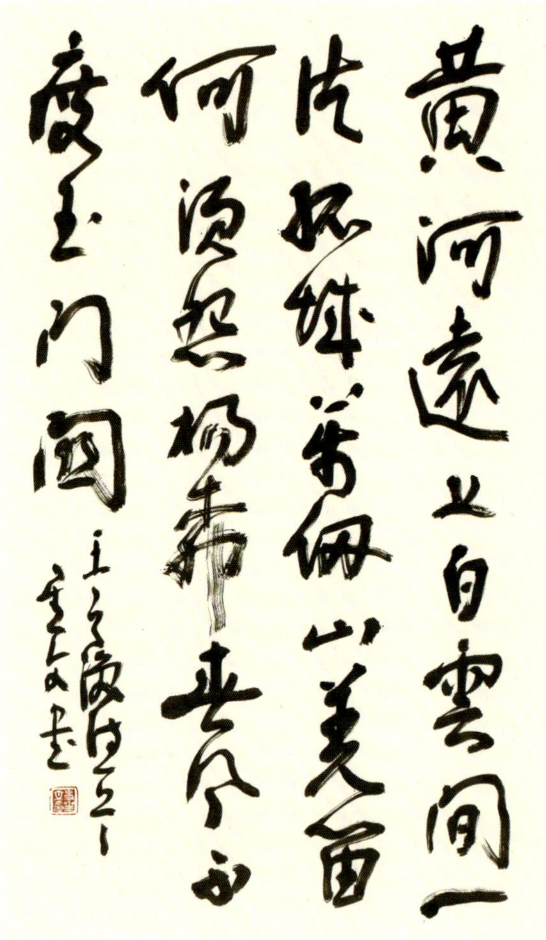

【款识】王之涣诗一首　星文书　【钤印】史星文印（白）

天地廓然！黄河如带，从天地之交的白云间迤逦而来，“上”字将空间之阔大敻远轻轻点出。在辽远的有大量留白的画幅上，连绵着万仞高山，而在山与大漠之间，有一座孤城孑然独立。诗人必是丹青妙手，懂得在面（白云，苍天）、线（连绵不绝的万仞祁连）间，缀上一个“点”（玉门孤城），并且以蜿蜒黄河将点、线、面贯通，形成绝美的构图。边地荒凉，羌管悠悠，吹着《折杨柳》的曲子。诗人不说“羌笛何须吹杨柳”，却说“怨”，颇有机巧：《折杨柳》为送别曲，多幽怨之声，将“怨”嵌入此句，言此曲悲怨，此第一层意思；羌笛无生命，自然不会有"怨"，当是吹羌笛者之怨，此第二层意思；有意将《折杨柳》"误读"为杨柳树，将诗意转为吹笛人何须埋怨杨柳不绿，此第三层意思。真可谓愈转愈深，"味无穷而炙愈出，钻弥坚而酌不竭"（《韵语阳秋》）。尾句回答道，因为春风不会度过玉门关。诗境怨而不悲，苍凉阔大，实为盛唐之音。

此诗从古到今传唱度极广，据载开元间王之涣、王昌龄、高适遇雪止息旗亭，见众歌伎在演唱，已唱几首王昌龄、高适之诗，独不唱之涣之作。王之涣发狠说若众伎中最美且唱功最佳者不是唱他的作品，他就终身拜服王、高二人。最美歌手开腔，果然唱的是此诗。足见在唐时此诗已是公认的佳制。

侧耳谛听，一曲羌笛，来自玉关！

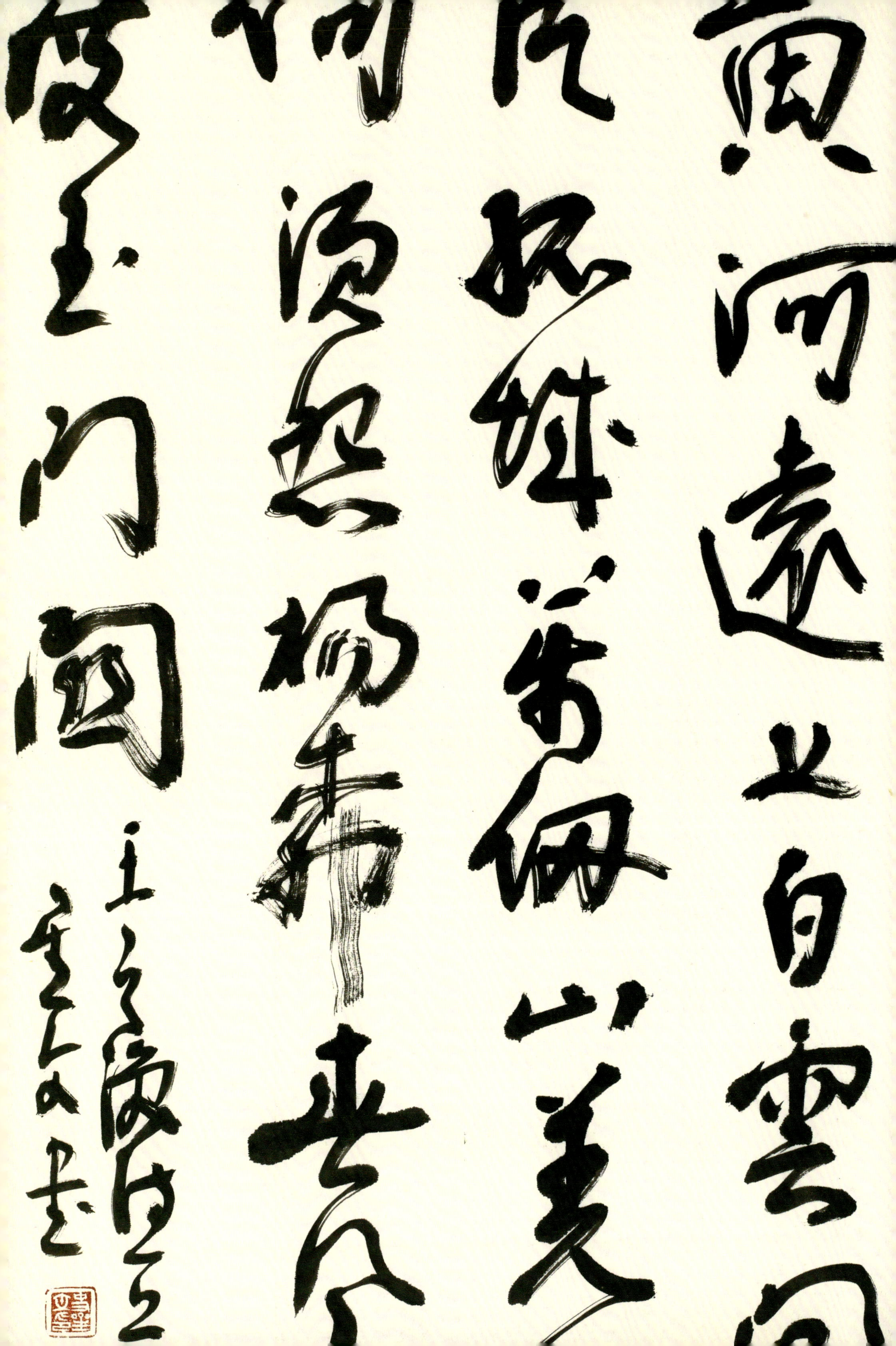
黄河远上白云间
片孤城万仞山羌
何须怨杨柳春风
度玉门关

恒罗斯
阿拉木图
碎叶
乌鲁木齐
吉木萨尔
天山
哈密
玉门关
高昌
交河
焉耆
龟兹
轮台
姑墨
疏勒
撒马尔罕
塔什干
蓝士城
喀布尔
白沙瓦
悬度
印度
塔什库尔干
莎车
皮山
于阗
且末
若羌
索尔库里
阳关
敦煌
酒泉
张掖
武威
伏俟城
兰州
临洮
天水
泾川
固原
咸阳
长安
临潼
华山
潼关
陕州
洛阳
登封

◎ 唐 佚名

## 莫高窟咏

雪岭干青汉，云楼架碧空。

重开千佛刹，旁出四天宫。

瑞鸟含珠影，灵花吐蕙丛。

洗心游胜境，从此去尘蒙。

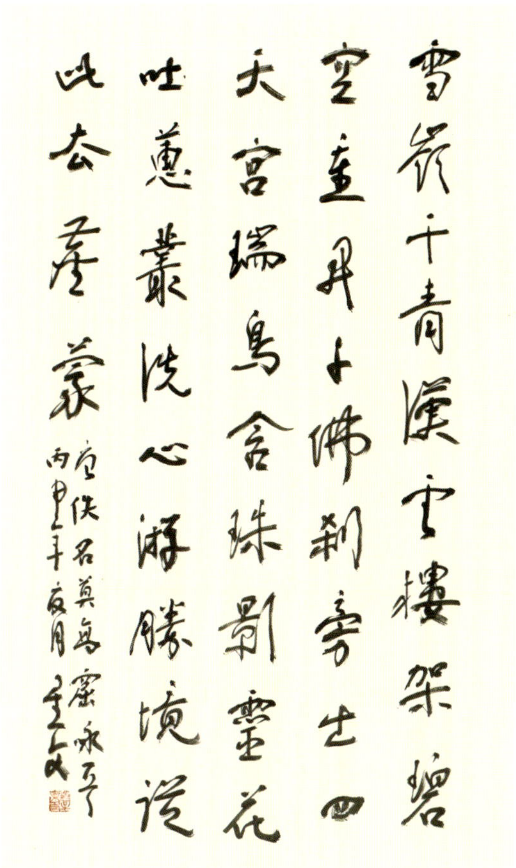

【款识】唐佚名莫高窟咏一首

丙申年夏月　星文

【钤印】史星文印（朱）

唐时敦煌达到极盛，在莫高窟开凿1000余洞窟供奉佛像，施以金碧辉煌的壁画，填以琳琅满目的经卷，建有宏伟壮观的舍利塔，更兼鸣沙山、月牙泉等奇景映衬，敦煌成为丝路上的夺目明珠。诗首联写敦煌周边高峰耸峙，雪光上射，在悠悠碧空下，莫高窟重楼悬梯似乎倚天而建。中两联一大景一小景，先言伽蓝佛寺遍地，再写寺院里灵花竞放，奇鸟间关。尾联写佛光沐浴，杂念涤净，欣获自在。诗将唐时莫高窟的盛况悉心描绘，既有大笔泼墨，又有工笔点染，五色相宣，引人入胜。

◎ 唐 佚名

## 分流泉咏

地涌澄泉美，环城本自奇。

一源分异派，两道入汤池。

波上青蘋合，洲前翠柳垂。

况逢佳景处，从此遂忘疲。

唐时敦煌地区水草丰美，湖泊流泉星罗棋布，“前流长河，波映重阁”，“一带长河，泛泾波而派润；渥洼小海，献天骥之龙媒”，“溪芳忍草，林秀觉花。贞松垂万岁之藤萝，桂树吐千春之媚色”（《大唐陇西李氏莫高窟修功德记》）。此诗便记录了当时盛景。首联写平地涌泉，萦城而淌，让人称奇。“澄”字佳，将水之清冽明澈点出。中两联言泉水分流，注入池沼，池中水草离合，水边垂柳蘸水，一派泽国景象。尾联言胜景宜人，流连忘返，忧疲皆忘。诗状物工巧，清丽细腻，堪称写景佳作。

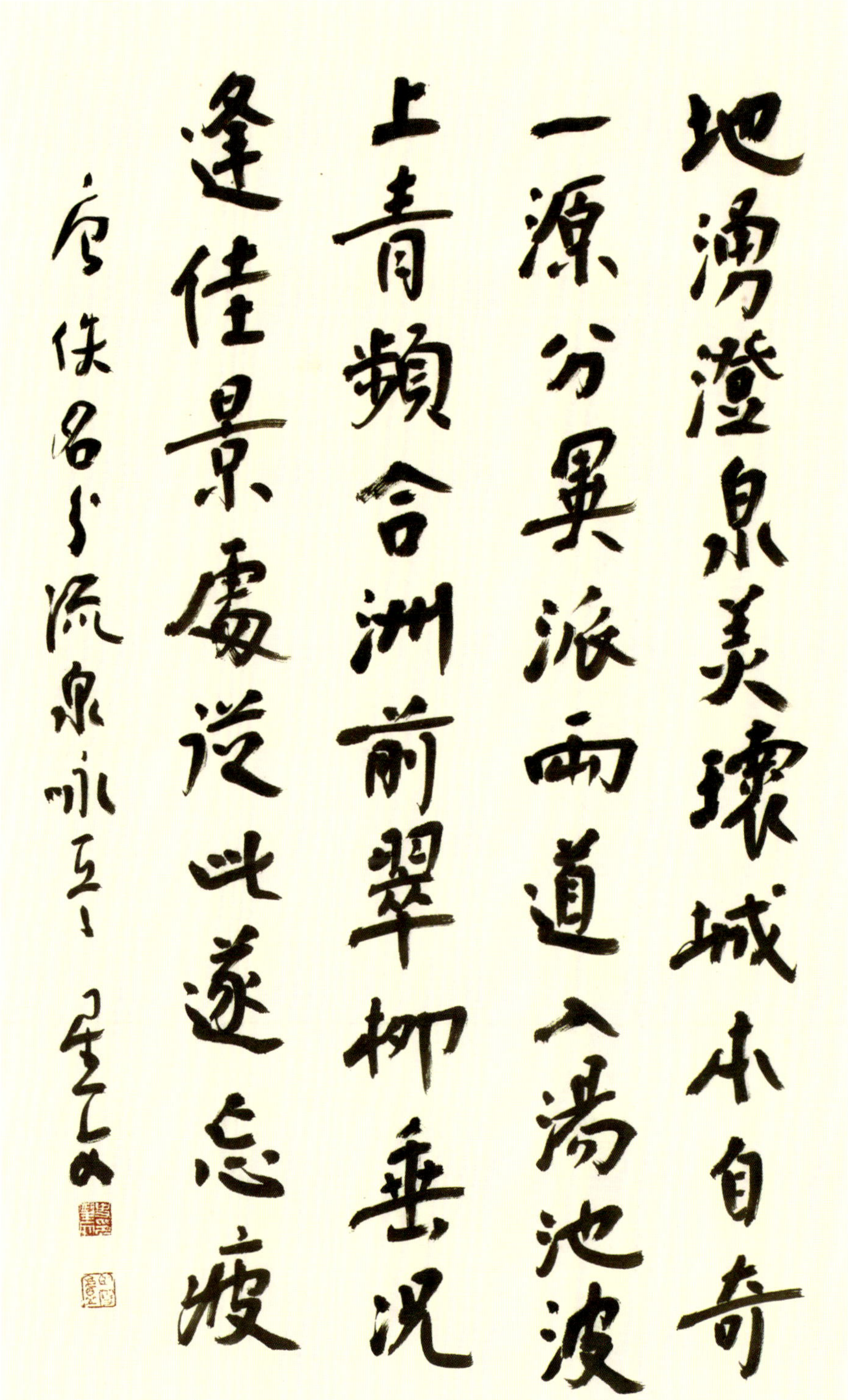


【款识】唐佚名分流泉咏一首　星文

【钤印】史星文印（白）　卧雪庐（朱）

◎ 李白

# 月下独酌四首

## 其二

天若不爱酒，酒星不在天。

地若不爱酒，地应无酒泉。

天地既爱酒，爱酒不愧天。

已闻清比圣，复道浊如贤。

贤圣既已饮，何必求神仙。

三杯通大道，一斗合自然。

但得酒中趣，勿为醒者传。

太白奇才英发，逸气干云，常有神来之笔，此作即属此例。起句突兀，纯然口语，毫不修饰，恍如醉后狂语：上天不喜酒，酒旗星就不会悬于天空，地若不喜酒，则地上当不会有酒泉这一泉香如酒的地方。既然天地都喜欢酒，那我痛饮酩酊，也就不会愧对天地了。曹魏时禁酒，人们不敢提“酒”字，将清酒称圣人，将浊酒称贤人，既然圣贤都饮酒了，那我们又何劳去求仙呢？三杯下肚，大道通达，一斗饮尽，契合自然。酒中真趣只有喝醉了才能体会，我不会向清醒者言传。酒是使人返璞归真、守真葆真的媒介，陶渊明曾说“重觞忽忘天”，饮酒对李白来说并非是自我麻醉，而是过滤掉纷扰

人事和嘈杂噪音，使心灵在虚静的状态下感受天赋予人的"精诚之至"（《庄子·渔父》）。

诗歌语言极为大胆随意，"脱口而出，纯乎天籁，此种诗人不易学"（《唐诗别裁》），亦有人斥为"庸近"（《初白庵诗评》）。此诗非写于酒泉，但可算是为酒泉"代言"。古人认为天、地、人三才并立，皆有其不可易之"性"，"酒泉"即为"地"之"性"的表现，如孔融所言："天垂酒星之耀，地列酒泉之郡，人著旨酒之德。"（《与曹操论酒禁书》）

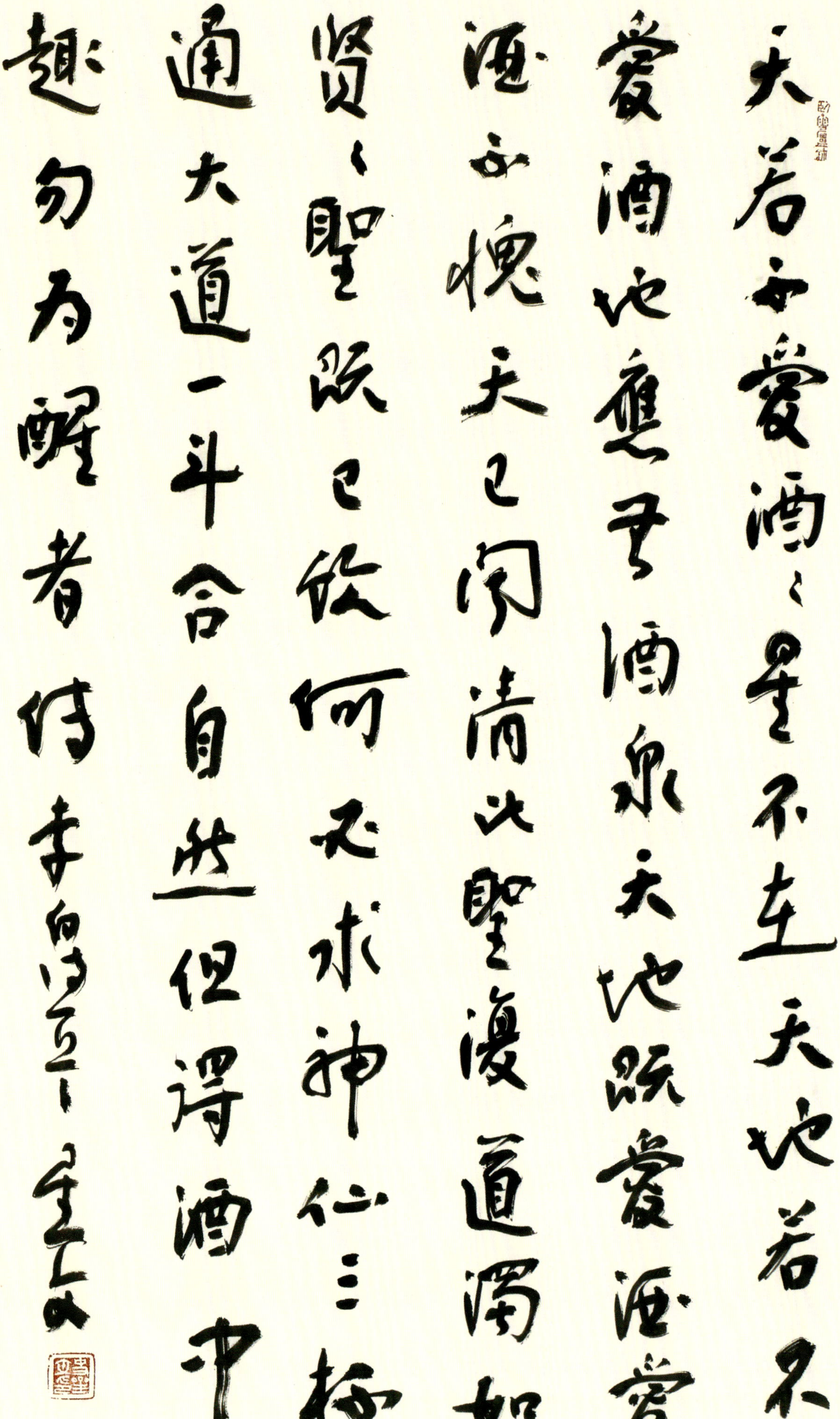
天若不爱酒酒星不在天地若不
爱酒地应无酒泉天地既爱酒爱
酒不愧天已闻清比圣复道浊如
贤贤圣既已饮何必求神仙三杯
通大道一斗合自然但得酒中
趣勿为醒者传
李白诗一 星文

【款识】李白诗一首　星文

【钤印】史星文印（白）

◎ 岑参

## 发临洮将赴北庭留别

闻说轮台路，连年见雪飞。

春风曾不到，汉使亦应稀。

白草通疏勒，青山过武威。

勤王敢道远，私向梦中归。

天宝十三载岑参赴北庭路过临洮，将发时作此诗。首联以“闻说”发端，道出对前路的迷茫和隐忧。中两联写庭州苦寒，春风竟从未吹到过，朝廷派去的使臣也应稀少。从临洮出发，白草连天，一直延伸到疏勒城，而过武威后，山上就常年积雪，再也看不到青翠山色。尽管环境如此艰苦，诗人仍在尾联昂扬振起，黾勉王事岂能道辛苦和遥远？虽思念故乡，但只能梦回。前三联放，后一联收，而且收中有放，放后再收，真可谓“语奇体峻”（《石园诗话》）。此诗是盛唐边塞诗的一贯“家数”，直面边庭艰险，承认战争之苦与思乡之切，但终以勠力为国、杀敌疆场作结，表现出刚健自信、殒身报国的人性美。

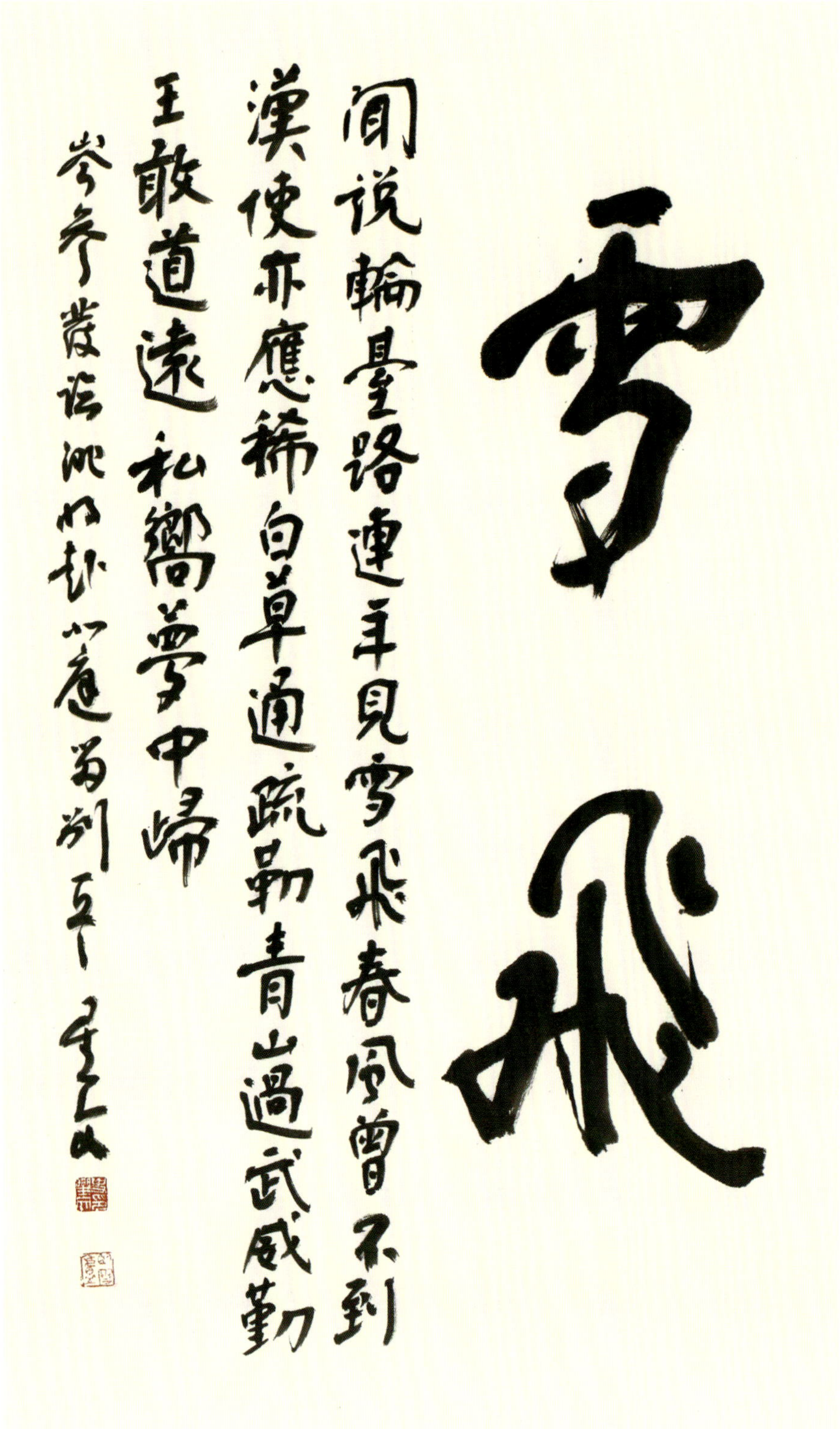


【款识】岑参发临洮将赴北庭留别一首 星文

【钤印】史星文印（白） 卧雪庐（朱）

◎ 岑参

## 白雪歌送武判官归京

节选

北风卷地白草折，胡天八月即飞雪。

忽如一夜春风来，千树万树梨花开。

散入珠帘湿罗幕，狐裘不暖锦衾薄。

将军角弓不得控，都护铁衣冷难着。

此诗为岑参于天宝十三载至至德二载充任安西北庭节度使封常清的判官时所作。起句飒爽，北风呼啸而来，夹杂着白草的碎叶，寒气扑面，才过八月，天空就搓绵扯絮，雨雪纷纷。“即”字妙，以副词点出下雪之早，则边地苦寒可见。“忽如”句为千古名句，雪压平林，银妆素裹，恰如万树梨花绽放嫩蕊。本写奇寒，却以春景衬之，在反差与“断层”间逗出诗意，“忽如”“来”“开”暗含欣喜，似乎果真春色无限，于极冷中见温暖，于艰苦中见浪漫，于苦厄中见坚韧，这大概是此句有如此魅力的原因。即使在此等严酷的环境中，将士仍然拉弓训练，其豪迈壮志和乐观精神可见。此诗奇情纵横，兴酣辞畅，想象奇幻，了无滞涩，前人评为“奇气奇情逸发，令人心神一快”（《昭昧詹言》），洵为至论。

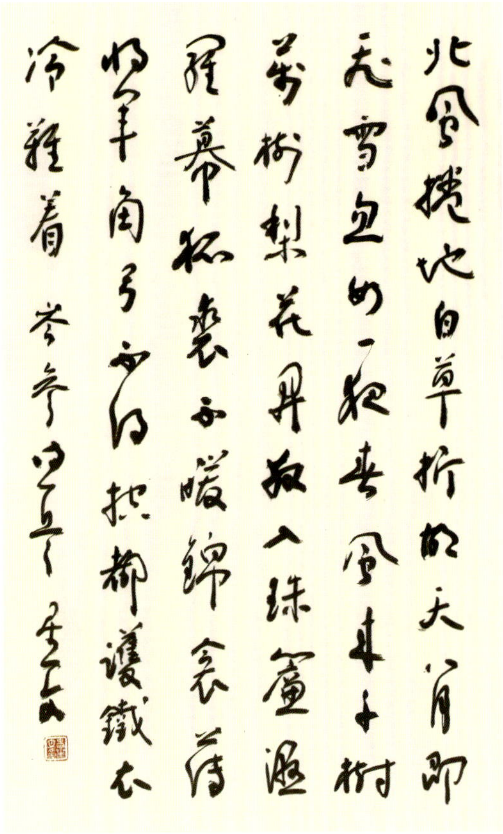

【款识】岑参诗一首　星文　【钤印】史星文印（白）

捲地白草折胡天八月即飛雪忽如一夜春風來千樹樹梨花開散入珠簾濕幕狐裘不暖錦衾薄角弓不得控都護鐵衣著

岑參[illegible]

◎ 岑参

# 使交河郡郡在火山脚其地苦热无雨雪献封大夫

节选

奉使按胡俗，平明发轮台。

暮投交河城，火山赤崔巍。

九月尚流汗，炎风吹沙埃。

何事阴阳工，不遣雨雪来。

交河位于吐鲁番西13公里处的雅尔乃孜沟，为西域三十六国之一的“车师前国”都城。由于吐鲁番属暖温带大陆性干旱荒漠气候，加之地处盆地，四周崇山环抱，因此气温极高，有“火洲”之称，全年气温高于35℃的天气平均达99天。春、秋、冬季较短，夏季最为漫长。此诗就写出吐鲁番独特的地理和气候特点。农历九月天气已渐冷，但交河城却依然是火山灼热，热风吹沙，诗人汗出如浆，举首问天：为什么还不遣雨雪来降温？老杜云“岑参兄弟皆好奇”，此“奇”固然关乎诗人的审美和创作问题，更与诗材有关。岑诗中的奇幻景观反映出国家疆域的阔大、自然的壮美及风情的多样，往往能激发读者由衷的民族自豪感。

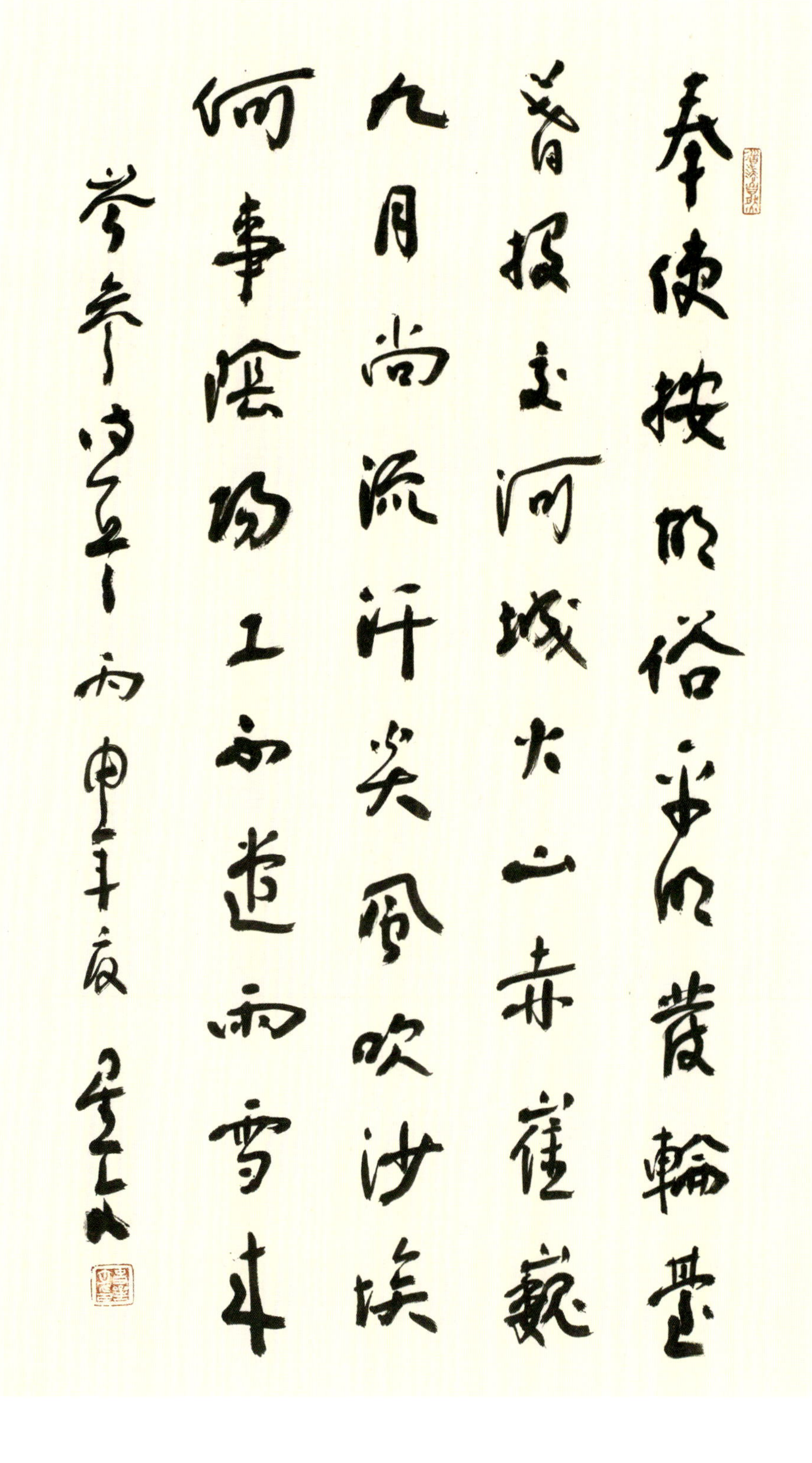


【款识】岑参诗一首 丙申年夏 星文

【钤印】史星文印（白）

# 望長安

『一带一路』唐诗艺术赏析集

Arts Appreciation of
Tang Poetry
Related to One Belt One Roat

◎主编 于孟晨

陕西新华出版传媒集团
三秦出版社

# 于唯德

书法专业三级教授、中国书法家协会理事、教育委员会委员，陕西省书法家协会常务副主席，陕西省政协委员，陕西省教学名师。

书法创作荣获第三届中国书法兰亭奖艺术奖（入选）、第四届中国书法兰亭奖佳作奖（入选）；入选首届全国册页书法展，第三届全国正书展；获首届全国篆书展览、第二届全国隶书展提名奖。

书学研究论文入选中国书协“全国第六届书学理论研讨会”；荣获教育部艺术教育科研论文一等奖；当代书法30年论坛优秀论文奖。

书法教学成果荣获陕西省优秀教学成果奖一等奖；荣获第二届、第三届中国书法兰亭奖教育奖；连续四届荣获教育部优秀指导教师奖；出版《书法精神寻绎》《中国书法家全集—蔡襄》《榜书艺术风致》《唐诗书画写意》《宋词书画写意》《元曲书画写意》等学术专著，荣获陕西高校人文社会科学优秀成果一等奖和陕西省哲学社会科学优秀成果二等奖。

# 目录／人部

## 长安



## 洛阳



## 登封



## 潼关

## 临潼



## 咸阳



## 泾川



## 武威



## 酒泉



## 敦煌



## 临洮



## 轮台



## 天山

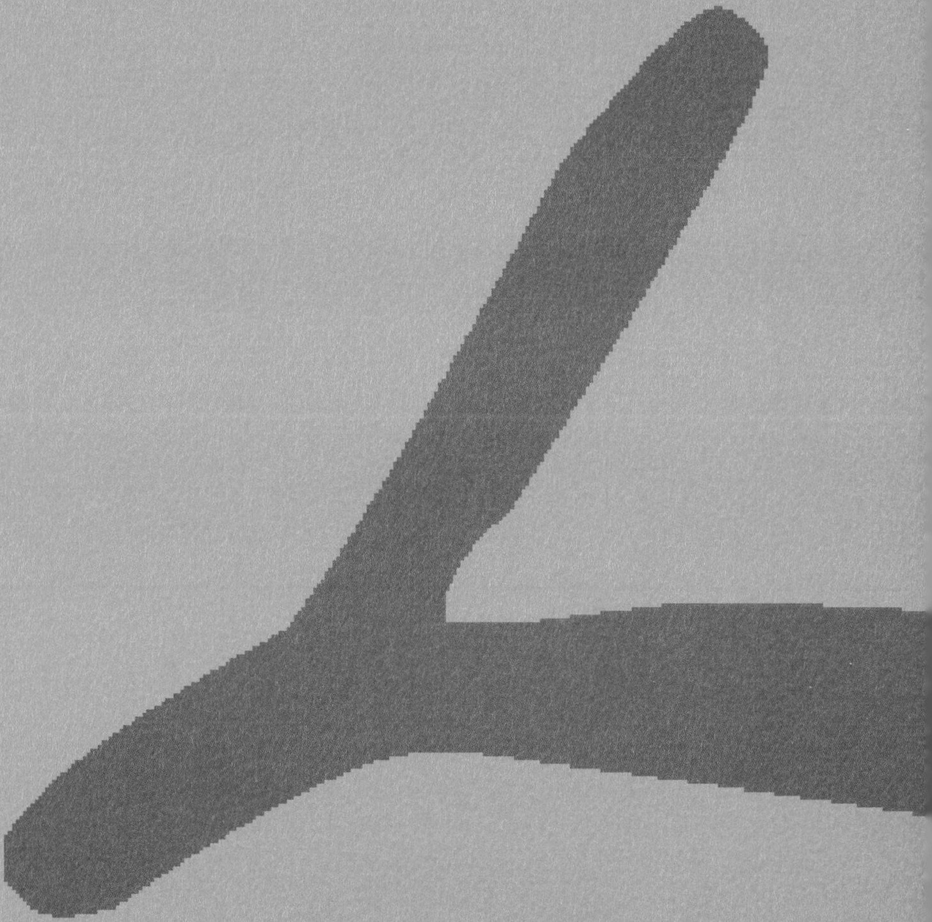

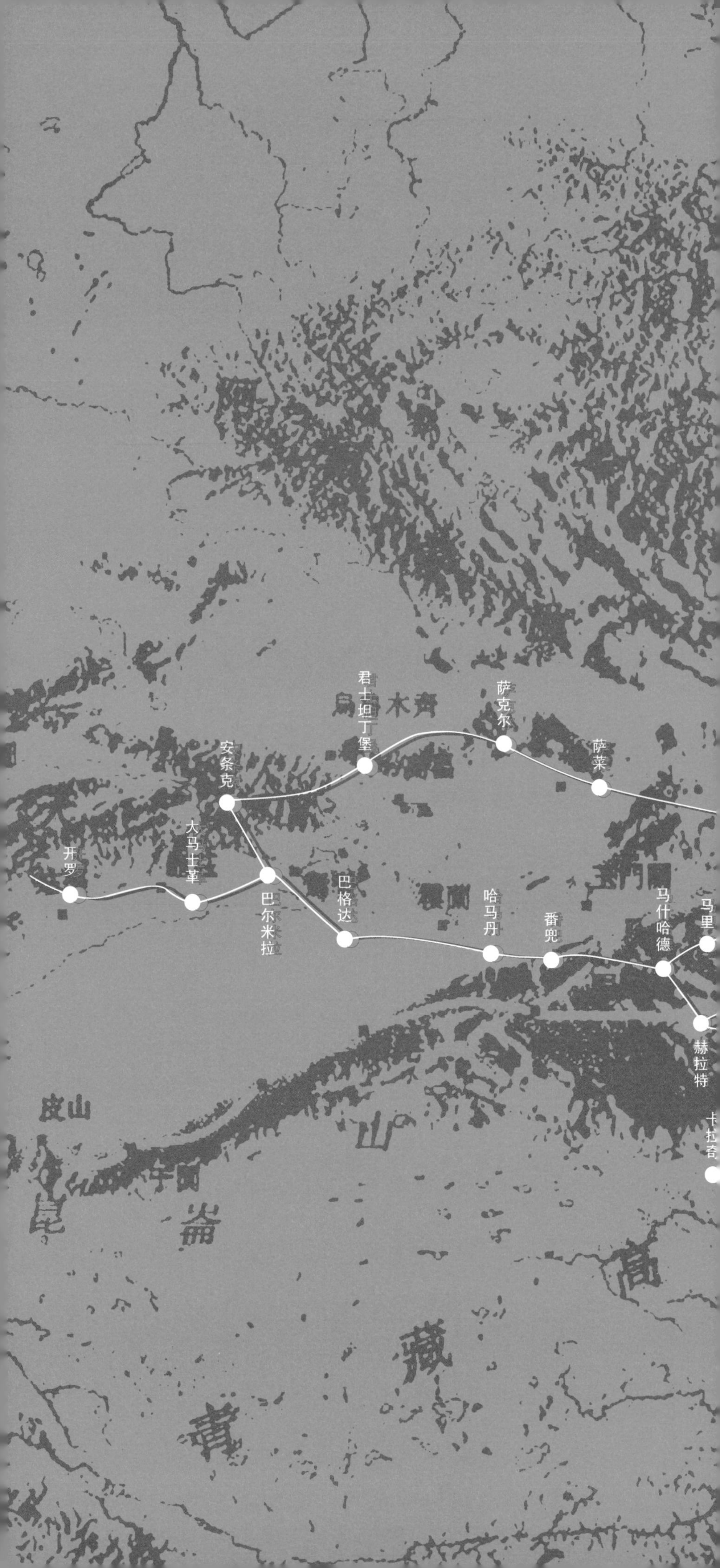
君士坦丁堡
萨克尔
萨莱
安条克
开罗
大马士革
巴尔米拉
巴格达
哈马丹
番兜
马什哈德
赫拉特

恒罗斯
阿拉木图
碎叶
塔什干
撒马尔罕
蓝士城
疏勒
姑墨
轮台
龟兹
焉耆
乌鲁木齐
吉木萨尔
天山
交河
高昌
哈密
玉门关
阳关
敦煌
酒泉
张掖
武威
固原
咸阳
长安
临潼
潼关
华山
洛阳
陕州
登封
喀布尔
白沙瓦
悬度
印度
塔什库尔干
莎车
皮山
于阗
且末
若羌
索尔库里
伏俟城
兰州
临洮
天水
泾川

◎ 李白

## 清平调三首

云想衣裳花想容，春风拂槛露华浓。

若非群玉山头见，会向瑶台月下逢。

一枝红艳露凝香，云雨巫山枉断肠。

借问汉宫谁得似，可怜飞燕倚新妆。

名花倾国两相欢，长得君王带笑看。

解释春风无限恨，沉香亭北倚阑干。

天宝间李白在长安供奉翰林，镇日“长安市上酒家眠”。春来沉香亭边牡丹盛开，玄宗与杨妃赏之不足，欲咏歌之，苦无新词，急召李白。李白宿醒未解，濡笔乘醉写下此诗。李白真“诗仙”，即使写这样的作品，也要上天入地，大玩“闪回”与“穿越”。第一首写大界，云和花都“想”杨妃的服饰和笑靥，大有“羡慕忌妒恨”之意。杨妃俨然是王母居处的“高冷”神女，吸风饮露，逍遥于群玉山头和瑶台月下。第二首写历史，“穿越”至战国和汉，贬抑楚王与神女遇合、赵飞燕靠新妆提升“颜值”，将杨妃抬升为“秒杀”史上众美女的“女神”。第三首写现在，杨妃顶着“倾国”的名头与牡丹相映红，在充当“解语花”消除了君王的烦恼后，两人相携倚靠着沉香亭的栏杆。诗歌设喻奇特，结构空灵飞动，藻艳葩流，旖旎动人，被誉为“脍炙千古”（《古欢堂杂著》）。若非有意宿构，则绝对称得上是语侔天意，趣通自然，全然以“才”以“气”作诗。尤为难得的是应制作诗，在帝王面前略无怯意，恣意挥洒，其自信、傲岸和生命中元气淋漓的精神活力，完美地诠释了盛唐的人格美。

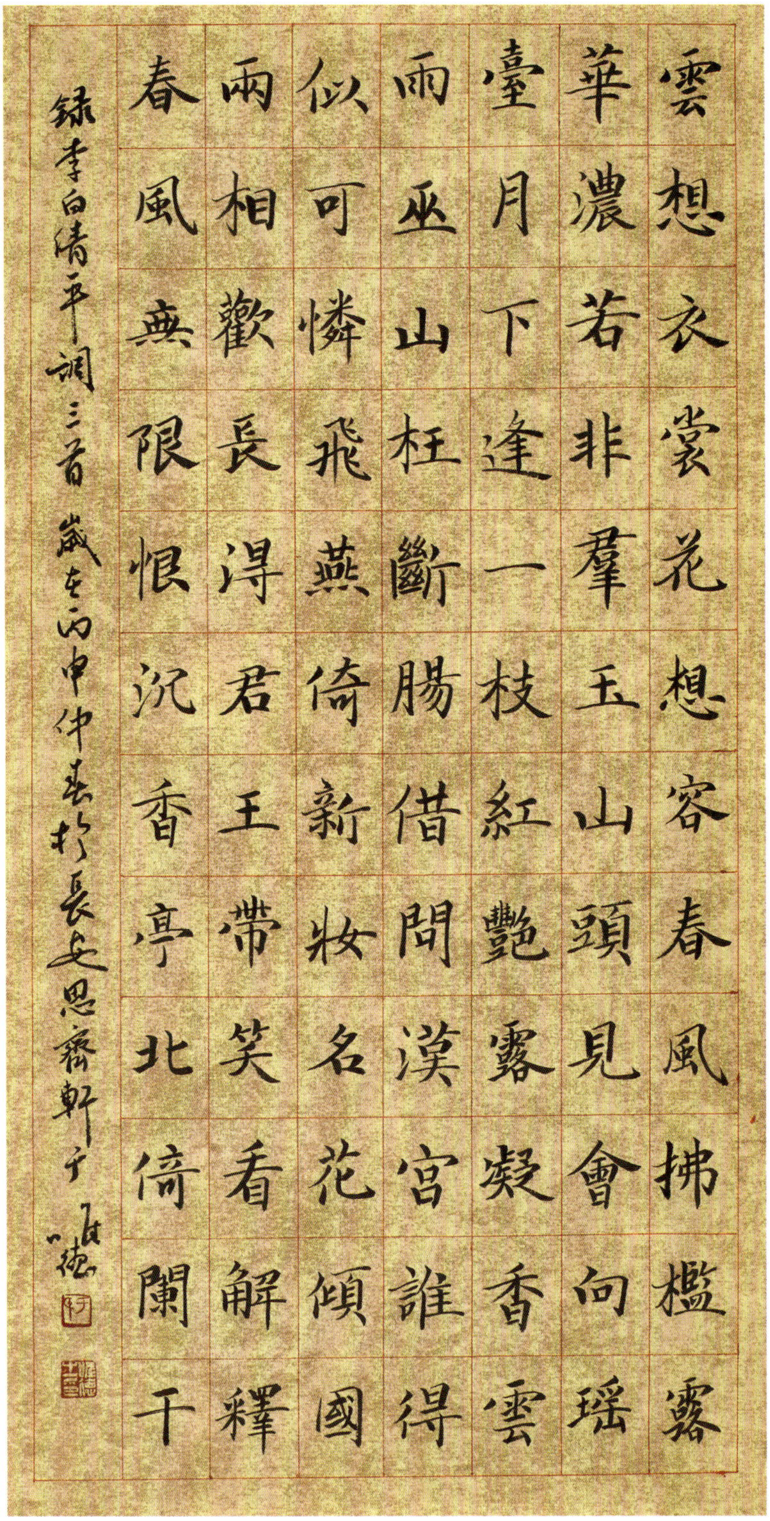


【款识】录李白清平调三首岁在丙申仲春于长安思齐轩 于唯德

【钤印】于氏（朱） 唯德之印（白）

◎ 杜甫

## 春宿左省

花隐掖垣暮，啾啾栖鸟过。

星临万户动，月傍九霄多。

不寝听金钥，因风想玉珂。

明朝有封事，数问夜如何。

乾元元年杜甫任左拾遗，掌供奉讽谏，在春夜于大明宫“值班”时作此诗。首联写暮色四合，宫苑笼罩在暮光之中，门下省庭院中的花树也朦胧不清，天空归飞的鸟儿啾啾啼鸣。“隐”“栖”紧扣诗题中的“宿”，“过”字传神，则“宿鸟归飞急”之态可见。颔联为其警句，大明宫雄踞城北龙首原，此刻灯火初上，千门万户烛光星星点点，与满天闪烁的繁星连成一片，互相辉映；月出东山，一天清辉，大明宫高耸峻拔，超迈于宫城、皇城和外郭城之上，似乎得到的月光也更多。“动”状万点灯火星光明灭摇曳之状，“多”言宫殿宏伟高峻之态，“‘动’字警，‘多’字有义味，他人不敢下”（《唐诗近体》）。颈联推近到宿值，诗人一夜不眠，凝神谛听宫门开启时金钥的声响，风动锒珰，清脆悠扬，恍若上朝百官所骑之马佩戴的玉珂因风鸣响。诗题为“宿”，此联却专写“不宿”，背面敷粉，紧扣“春宿”而来。尾联言“不宿”之缘由，第二天清晨要上奏国事，屡次起身看夜如何，则其尽忠职守、忧君谏政之情可见。全诗结构精严，炼字精警，诗境雍容，“是华贵语”（《岘佣说诗》）。此诗不仅绘出壮美的明宫星夜图，而且塑造了尽职怵惕、许国不谋身的忠臣形象，堪为人臣之范！

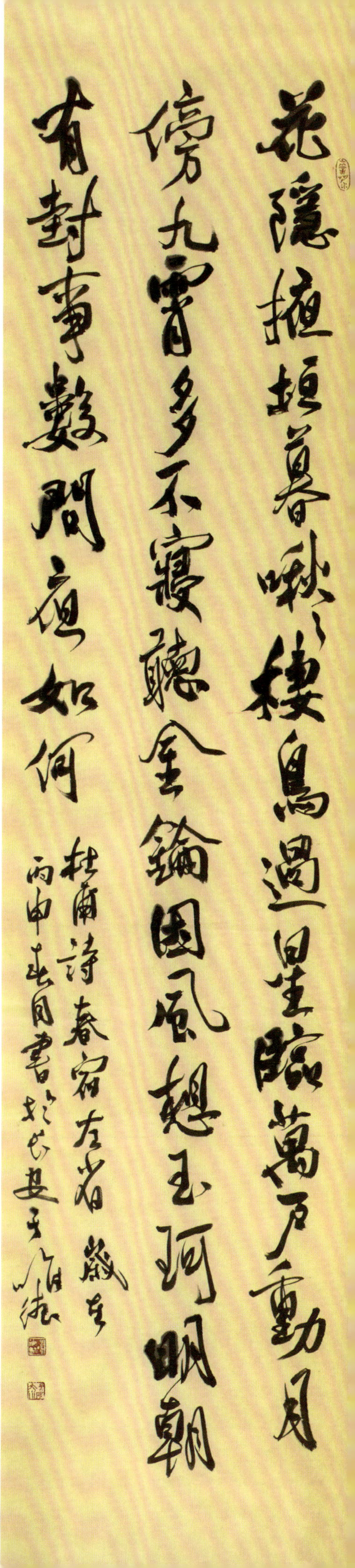

【款识】杜甫诗春宿左省岁在丙申春月书于长安　于唯德

【钤印】于唯德玺（白）长安大水（朱）

◎ 孟郊

## 登科后

昔日龌龊不足夸，今朝放荡思无涯。

春风得意马蹄疾，一日看尽长安花。

贞元十二年，46岁的孟郊终中进士，唐人有“三十老名经，五十少进士”之语，孟郊登第的年纪倒还算“年少”，但因已是第三次“高考”，三战未捷终高中，其狂喜之状可以想见。昔日落拓猥琐，不值一提，今朝蟾宫折桂，恣意任诞，不必拘检。骑着高头大马在长安城的便旋春风中得意疾驰，一天将赏尽京城的异卉名花。“疾”写出其成功后的狂喜和癫狂，不加控制也不愿控制，一任兴奋得意之情宣泄。前人言其“非能自持”，故宜“不至远大”（《韵语阳秋》），预示其必然局蹐一生，虽有道理，然诗中充溢着向外辐射的生命强力和精神活力，千载以下，仍然动人。

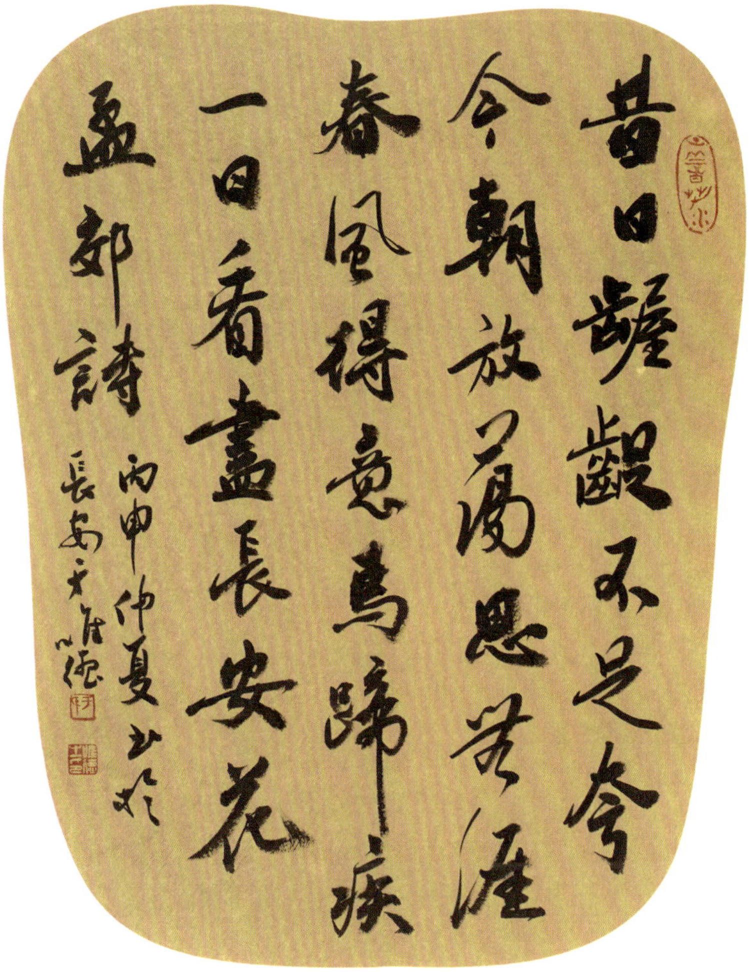

【款识】孟郊诗丙申仲夏书于长安　于唯德　【钤印】于氏（朱）唯德之印（白）

◎ 杜甫

## 丽人行

节选

三月三日天气新，长安水边多丽人。

态浓意远淑且真，肌理细腻骨肉匀。

【款识】杜甫诗丙申春　唯德　【钤印】于唯德印（白）

长安上巳。春和景明，景风扇物，烟柳含翠，万卉吐芳。老杜并未着意写这些具体景观，而只以一个“新”字概括，古拙渊蓄，以少总多，虽未言春日风光，然春天种种勃发景象尽在其中矣，且包含着诗人的欣喜、欣赏、雀跃、陶醉的心理感受，是一个有“体温”和“脉动”的词。陶令《癸卯岁始春怀古田舍二首》其二“良苗亦怀新”当同此意，或杜化陶句而来。在如此美妙的背景之上，游春的美女次第登场，她们神态持重矜持，气质高贵清远，肌肤细腻，身材匀称，与曲江春色相映成趣。曲江是长安城最繁华的公开性园林，亭台楼榭栉比，奇花异草填溢，重要的节令都会游人如织，特别是上巳节，王公贵族、仕女妾妇、垂髫总丱毕集于此，祓禊踏春，成为长安最为浪漫的文化活动，堪称都城最亮眼的文化名片。

◎ 杜甫

## 奉陪郑驸马韦曲二首

### 其一

韦曲花无赖，家家恼杀人。

绿尊虽尽日，白发好禁春。

石角钩衣破，藤枝刺眼新。

何时占丛竹，头戴小乌巾。

韦曲位于长安东南樊川，因诸韦聚居于此得名，附近少陵塬东南有杜曲，谣谚有“城南韦杜，去天尺五”之说。樊川塬壑逶迤，嘉木繁荫，流泉飞瀑，佳气郁葱，是游赏胜地。此诗即写于此。杜甫给人以持重沉郁的刻板印象，实则大谬，他也有“老顽童”式的促狭一面。整首作品全是“正话反说”，很不“正经”。韦曲花开，春色喜人，老杜偏说其“无赖”，让人烦恼至死。对如此美景，自己却华发早生，时光空逝，无可奈何，但他偏又说“好禁春”。山石钩破衣服，藤枝拂刺眉梢，本是恼人事，他偏说“新”得让人欣喜。春色“无赖”实则“可爱”，“恼杀人”实为“喜杀人”，以反语出之，跌宕成趣，活泼跳脱，老杜幽默风趣、亲切蔼然的一面想而可见，而韦曲的惹人春光亦在字里行间矣。

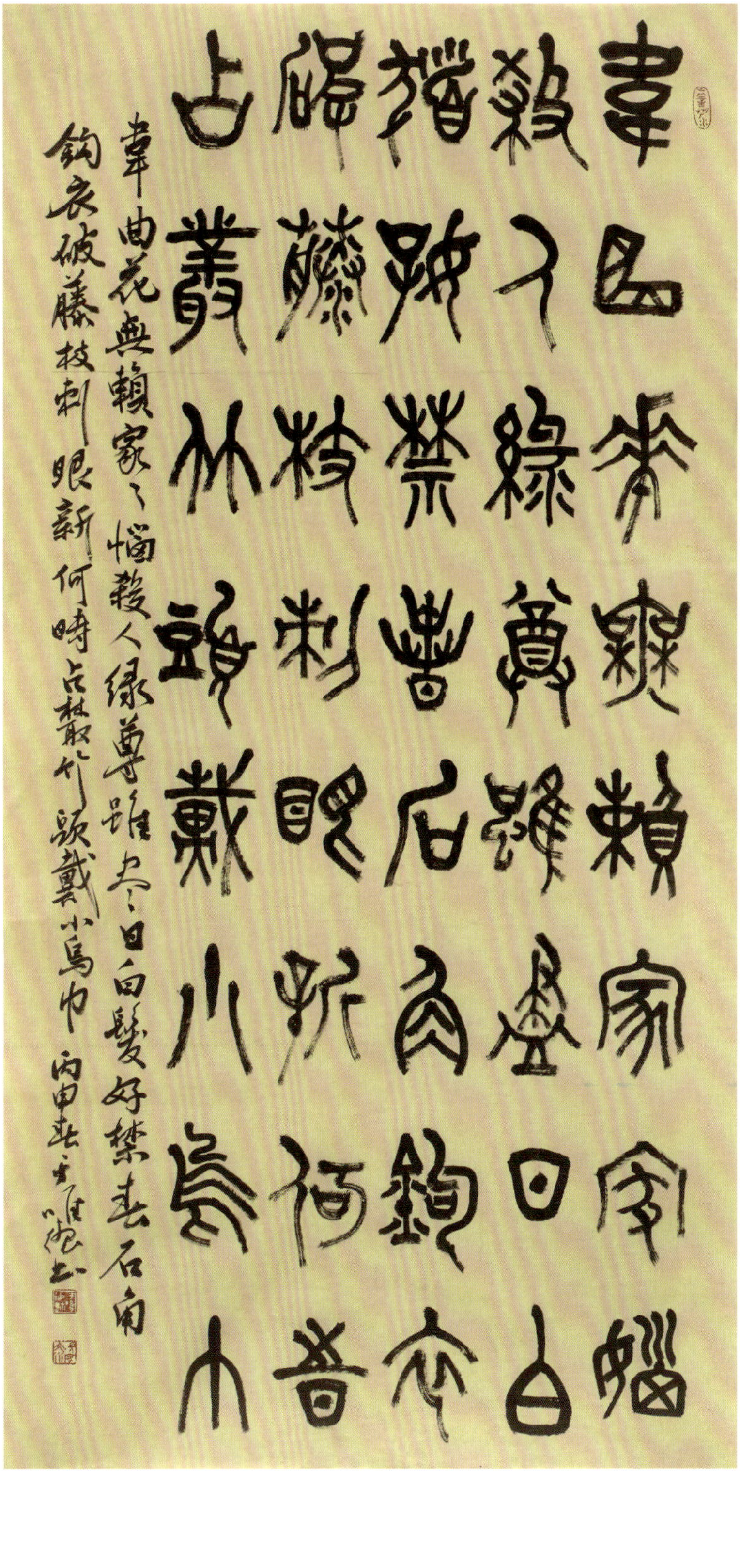


【款识】丙申春　于唯德书

【钤印】于唯德玺（白）　长安大水（朱）

◎ 杜甫

# 曲江二首

## 其一

一片花飞减却春，风飘万点正愁人。

且看欲尽花经眼，莫厌伤多酒入唇。

江上小堂巢翡翠，苑边高冢卧麒麟。

细推物理须行乐，何用浮名绊此身。

乾元元年杜甫任左拾遗时游曲江作。首联是写落花的绝唱，暗含反诘语气表达更深一层的意思：一瓣飞花都使春光减却，更何况现在是万点落花飘飞？顺势逗出“正愁人”。前人评为“咏落花，则语意皆尽，所以古人既未到，次知后人更无好语”（《潜溪诗眼》）。颔联结构奇妙，正常语序为“且看经眼花欲尽，莫厌入唇酒伤多”，意即暂且抓紧看即将凋谢的残花吧，春去如过翼；借酒浇春愁，莫辞酩酊大醉。老杜最擅长将语序打乱，造成让人欣喜的“陌生化”效果，而“且”“欲”“莫”“伤”等虚词使

用可谓老辣，被人称赏为“看他用虚字之妙”（《唐诗归》）。颈联写曲江景色，水边庭堂上翠鸟栖息飞鸣，苑囿旁高冢下卧着麒麟，一动一静，一新一老，在对比中暗含青春荣华终会老去的人生况味，从而引出尾联的及时行乐、挣脱名缰利锁羁绊之说。全诗句法奇特，灵动跳脱，其中对兴废荣枯的哲理思考发人深思。

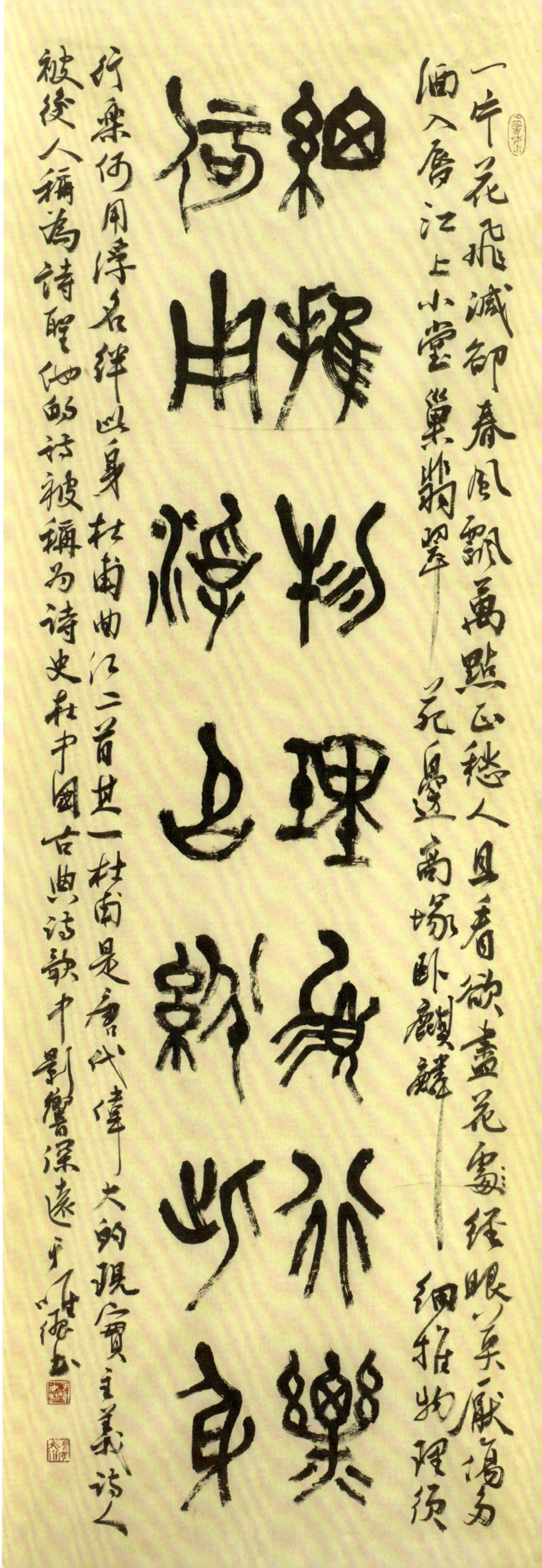

【款识】杜甫曲江二首其一　于唯德书　【钤印】于唯德玺（白）　长安大水（朱）

回日日典春衣
債尋常行
花蛺蝶深深見
語風光共流轉暫時相

◎ 杜甫

# 曲江二首

## 其二

朝回日日典春衣，每日江头尽醉归。

酒债寻常行处有，人生七十古来稀。

穿花蛱蝶深深见，点水蜻蜓款款飞。

传语风光共流转，暂时相赏莫相违。

起句突兀，如高山落石：上朝归来每天都要典当春衣。把正要穿着的春衣典当掉，莫非有非常之需？引起读者探寻的兴趣。而出句却等闲一句作答：典衣换钱只是为了每日江头买醉。为何要买醉？诗人暂按下不表，却进一步说欠下的酒债到处都有，“人生七十古来稀”才勉强解释了买醉的原因：人生苦短，何不行乐？此联对仗精妙，借“寻常”的数字意义对“七十”，想出天外，让人称奇，是“借对”中的典范，前人称“对句活变，开后人无限法门”（《杜诗镜铨》）。颈联为摹景佳句，改变语序是老杜“擅场”，正常语序当为“蛱蝶穿花深深见，蜻蜓点水款款飞”，但过于平实，无亮点，将动词“穿”和“点”置于句首，则顿见精神。“深深”和“款款”亦极工巧，非“深深”不能摹蝴蝶穿花拂柳之态，非“款款”不能言蜻蜓点水之轻盈，真可谓“画工”，“读之浑然，全似未尝用力，此所以不碍其气格超胜”（《石林诗话》）。尾联点出诗旨：捎话给春光，让我和你共同流连盘桓，哪怕是暂时的，我也不愿意错过。杜甫因上疏救房琯触怒肃宗，很快被贬，此诗可算是诗人这一时期无奈、迷茫、强作旷达的心理写照。

【款识】杜甫诗丙申春　于唯德书　【钤印】于唯德玺（白）　长安大水（朱）

◎ 贾岛

## 忆江上吴处士

闽国扬帆去，蟾蜍亏复圆。

秋风生渭水，落叶满长安。

此地聚会夕，当时雷雨寒。

兰桡殊未返，消息海云端。

友人扬帆离去经年，月圆复亏，月亏复圆。萧萧秋风掠过渭河，长安城里落叶飘飞。当时我们在此欢会的时候雷雨如瀑，如今木凋风劲，让人情何以堪？你的兰舟一去不返，消息隔着茫茫海天。颔联“秋风生渭水，落叶满长安”是千古佳句，观其意似本于屈原《九歌·湘夫人》：“袅袅兮秋风，洞庭波兮木叶下。”贾岛最擅寒瘦之语及苦吟，此句却妥贴自然，诗人似乎胁下生翼，飞行在长安上空，秋风驮着诗人由城北的渭水向南，越陌度阡，穿闾过坊，从宫城、皇城、外郭城掠过，越过樊川、韦曲、杜曲，看到满城秋叶，树树凋零，如一个航拍的长镜头，将长安秋韵大写意描出。《唐摭言》载贾岛在秋风中骑驴天街，忽冲口而出“落叶满长安”，但想不出上句，苦思冥想中冲撞了出行的“长安市长”刘栖楚，被关了一宿方释放。事虽未必真，然古今胜语，全是矢口成言，绝无矫饰，现量直寻，妙语天成。

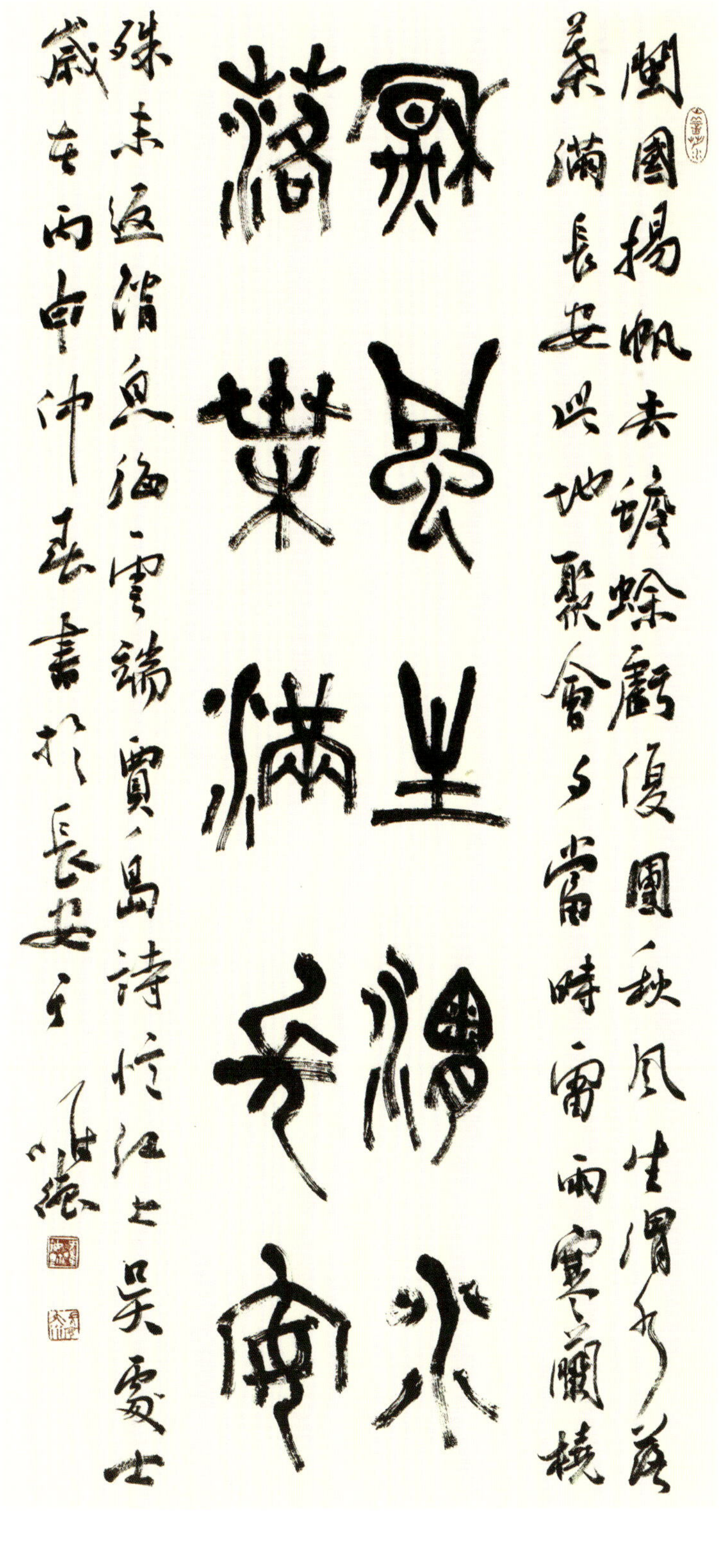

【款识】贾岛诗忆江上吴处士岁在丙申仲春书于长安　于唯德

【钤印】于唯德玺（白）　长安大水（朱）

◎ 杜甫

## 月夜

今夜鄜州月，闺中只独看。

遥怜小儿女，未解忆长安。

香雾云鬟湿，清辉玉臂寒。

何时倚虚幌，双照泪痕干。

老杜给人以忧国忧民、不解风情的枯槁印象，连古今画师为其写真，亦都瘦骨支离，了无生趣。此诗即是为大诗人“平反”之作。安史叛军入潼关后，杜甫将妻儿安置在鄜州，不久即只身赴灵武投奔肃宗，中途被缚长安，于长安望月作此诗。首联奇巧，不写长安月，却写鄜州月；不说自己思念妻子，却说妻子望月怀远。颔联并不承上联写妻子如何思念，却转说幼小的子女，尚不知道思念远方的父亲，此为精彩的“傍笔”写法，借叶衬花，妙趣横生。颈联又迂回到女主人身上，写得极为秾丽：乌黑的秀发散发着幽香，渗入沉沉夜雾之中，站得久了，头发也被夜露濡湿，清辉如瀑，夜凉如水，你皎洁手臂也感觉到微微凉意。如此香艳笔调赞美女性，焉知老杜不谙风情？尾联期望在将来的一个月夜，能和妻子同倚纱帷，共忆此夜月光。晚唐义山《夜雨寄北》当脱于此。

老杜大才，非不能写儿女情长，实不愿多为也。若情至时，等闲摇笔，便是佳制。若至长安与鄜州，又逢月夜，不妨静坐，听听老杜浪漫的《城里的月光》。

【款识】杜甫诗月夜一首丙申春 唯德 【钤印】于氏（朱） 唯德之印（白）

今夜鄜州月
閨中只
獨看遙憐小
兒女未
解憶長安

◎ 李白

## 子夜吴歌·秋歌

长安一片月，万户捣衣声。

秋风吹不尽，总是玉关情。

何日平胡虏，良人罢远征。

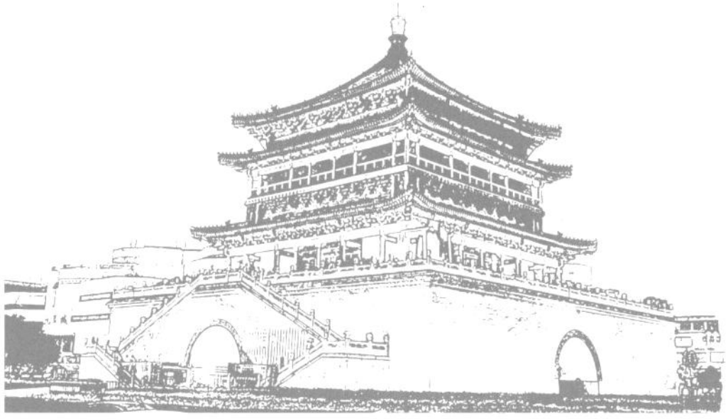

天然好语言！月照长安，坊里闾巷、千门万户都笼罩在银色的清辉中，此时不知谁起的头，从不同的院落响起捣衣声，时断时续，此起彼伏。听不到捣衣人的声音，也看不到她们的身影，但从断续的砧声中，恍然听到其微微的叹息。秋风劲吹，思妇的情思驭着砧声乘月而起，飞向玉关，飞向其戍边的夫婿。夜阑更深，捣衣女怃然发问："何时能击败敌人，良人就可以回到我身边。"优美而略带感伤的月光奏鸣曲，渗透着夫妻恩爱的人性美。前四句毫不费力，却成佳句，"是天壤间生成好句，被太白拾得。"（《唐诗评选》）

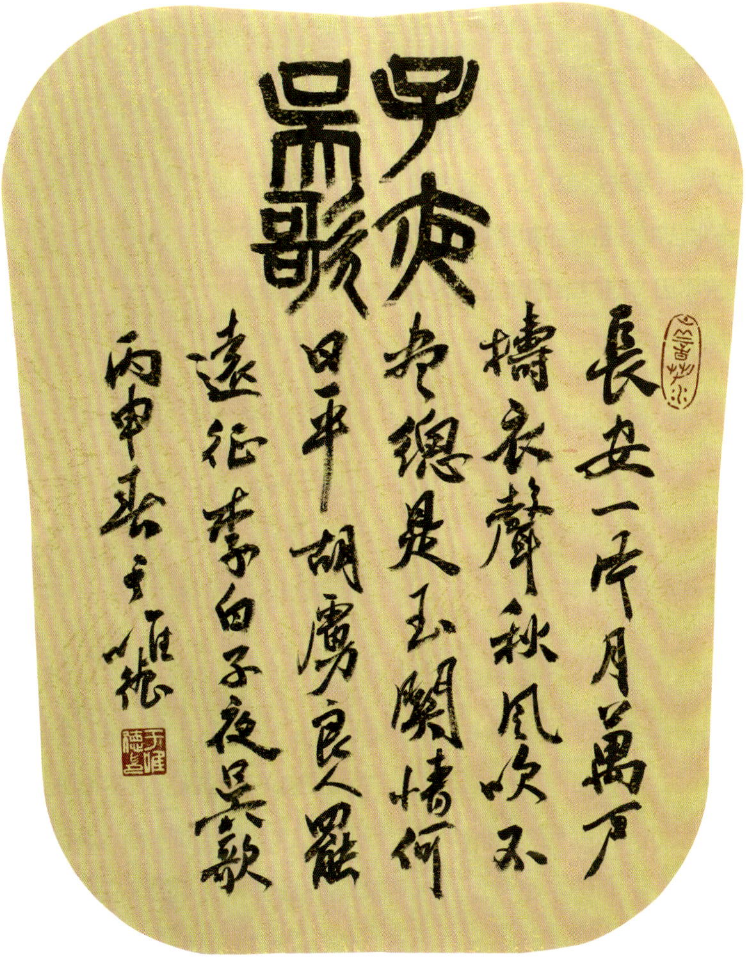
子夜吳歌
長安一片月萬戶
擣衣聲秋風吹不
盡總是玉關情何
日平胡虜良人罷
遠征李白子夜吳歌
丙申春于唯德

【款识】李白子夜吴歌丙申春　于唯德　【钤印】于唯德印（白）

◎ 杜牧

# 将赴吴兴登乐游原

清时有味是无能，闲爱孤云静爱僧。

欲把一麾江海去，乐游原上望昭陵。

大中四年诗人将出刺湖州，登乐游原作此诗。乐游原为长安名胜，位于城南曲江边，地势垲爽，春秋佳日多有游人赏玩。诗人起句言时事清平，海内清晏，自己无所作为，只偏爱天上的孤云和萧寺中清净绝尘的僧人。因为“闲”，才喜看云卷云舒，因为“静”，才钦服禅定高僧，道出诗人此时沉静无为的心境。两个“爱”联用，映衬有趣，读来颇跳脱。后两句说从此要挥手作别长安，离开之前在此遥望昭陵。昭陵是唐太宗陵寝，在长安西北方向礼泉九嵕山。遥望昭陵，是对太宗雄才伟略及贞观煌煌治世的追慕，包含着对王朝中兴的冀望，也包含着怀才不遇、功业未酬的牢骚和轻愁。

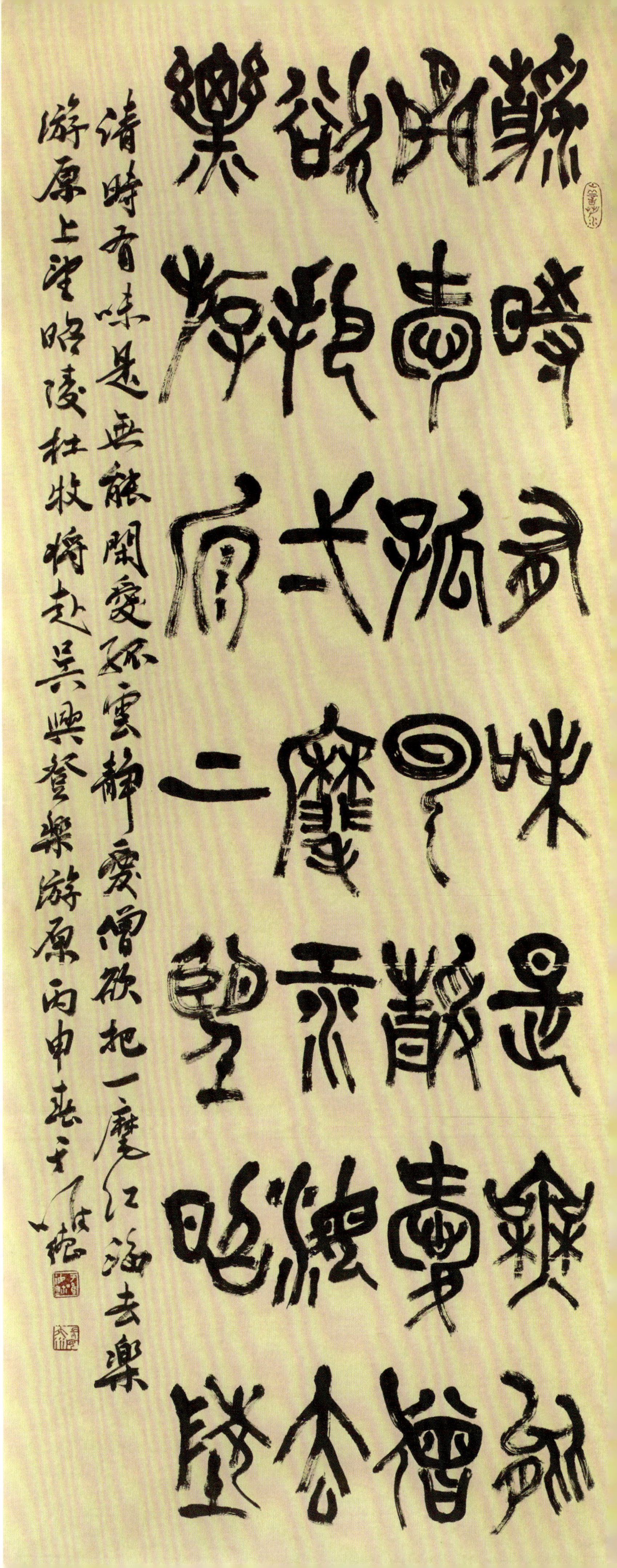
清时有味是无能闲爱孤云静爱僧欲把一麾江海去乐
游原上望昭陵杜牧将赴吴兴登乐游原丙申春于唯德

【款识】杜牧将赴吴兴登乐游原丙申春　于唯德

【钤印】于唯德玺（白）　长安大水（朱）

◎ 赵嘏

## 长安晚秋

云雾凄清拂曙流，汉家宫阙动高秋。

残星几点雁横塞，长笛一声人倚楼。

紫艳半开篱菊静，红衣落尽渚莲愁。

鲈鱼正美不归去，空戴南冠学楚囚。

赵嘏于文宗大和六年举进士不第，寓居长安，于一个深秋清晨，天未破晓时，登楼作此诗。首联紧扣诗题中“秋”字，凉雾如水，在拂晓的长安城潺潺流淌，大明宫阙高耸于龙首原上，似乎触摸到高高的秋旻。颔联为警句，举首望去，黎明前的天空残星闪烁，大雁咿呀飞鸣，有人在远处吹笛，清幽缱绻，飞度而来。听到此曲，不由倚楼伫立，陷入乡思。此句炼字颇工，“真有灵气中涵、不可摸索之妙”（《碛砂唐诗》），诗人也因此获“赵倚楼”美称。颈联写长安秋景，秋菊迎霜开，莲花坠粉红，秋意正浓。尾联写思归，故乡鲈鱼正美，为何要淹留在都城以求名爵？诗人以秋为背景，画出清洌爽利的长安秋景图，倾诉着中国人人同此心的思乡情，辞兴婉惬，颇能动人。

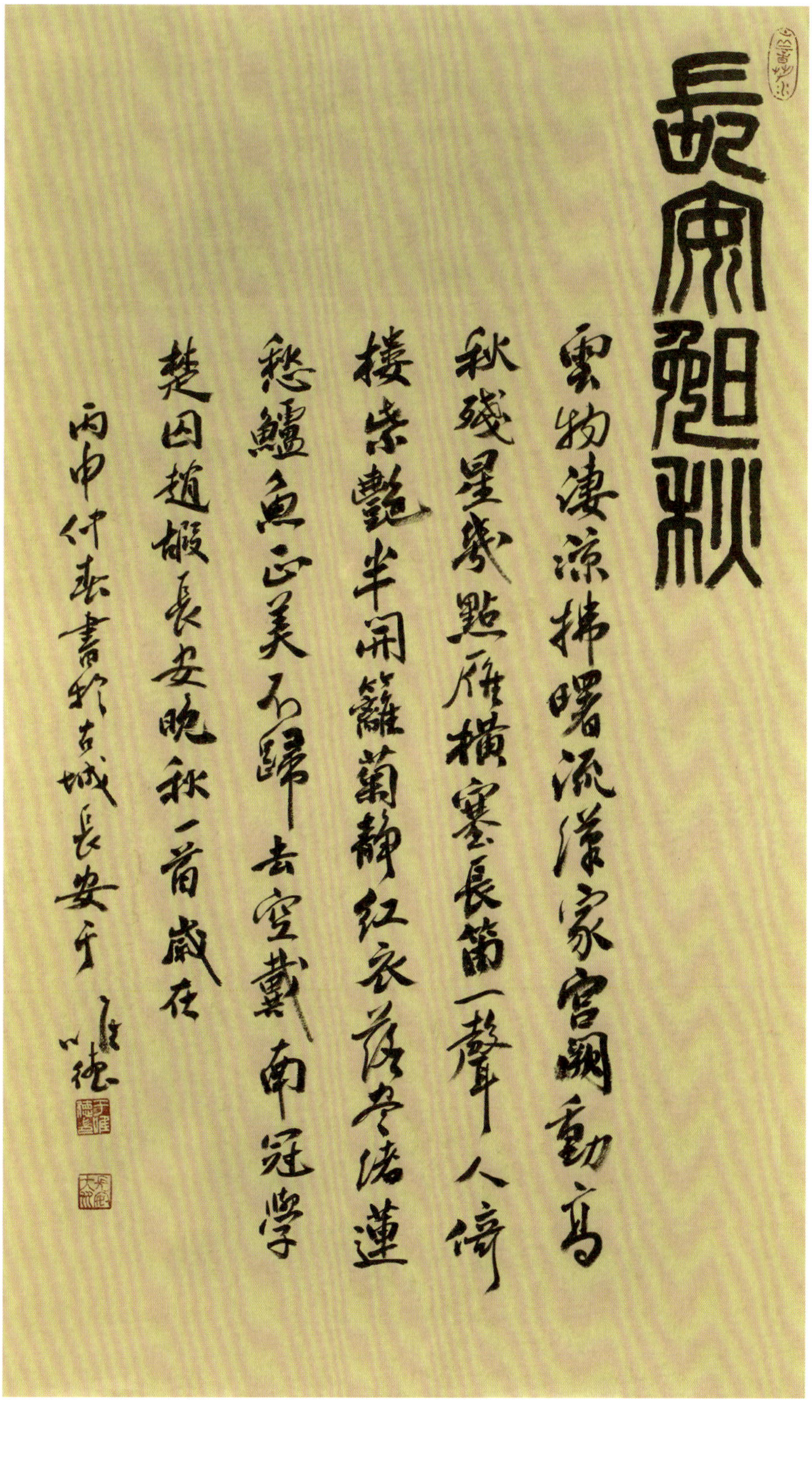


【款识】赵嘏长安晚秋一首岁在丙申仲春书于古城长安　于唯德

【钤印】于唯德印（白）　长安大水（朱）

◎ 王维

# 十五夜然灯继以酺宴

节选

上路笙歌满，春城漏刻长。

游人多昼日，明月让灯光。

鱼钥通翔凤，龙舆出建章。

九衢陈广乐，百福透名香。

【款识】王维诗丙申仲春　于唯德书

【钤印】于唯德玺（白）　长安大水（朱）

上元长安，全然是一座不夜城。五剧三条笙歌填溢，连更漏也似乎变得漫长。万人空巷，比白天还要喧哗热闹，是处华灯结彩，辉煌耀目，圆月也黯淡无光。大街小巷歌声舞影，香烟袅袅。唐时长安上元夜解除宵禁，人们倾城而出，赏灯踏春，表现出对现世幸福的追求和对生活的热爱。这座城市的居民既浪漫，又务实，既追求高雅格调，又喜爱喧嚣热闹。因为这座城市的人，使这座城鲜活跳动，充满活力。

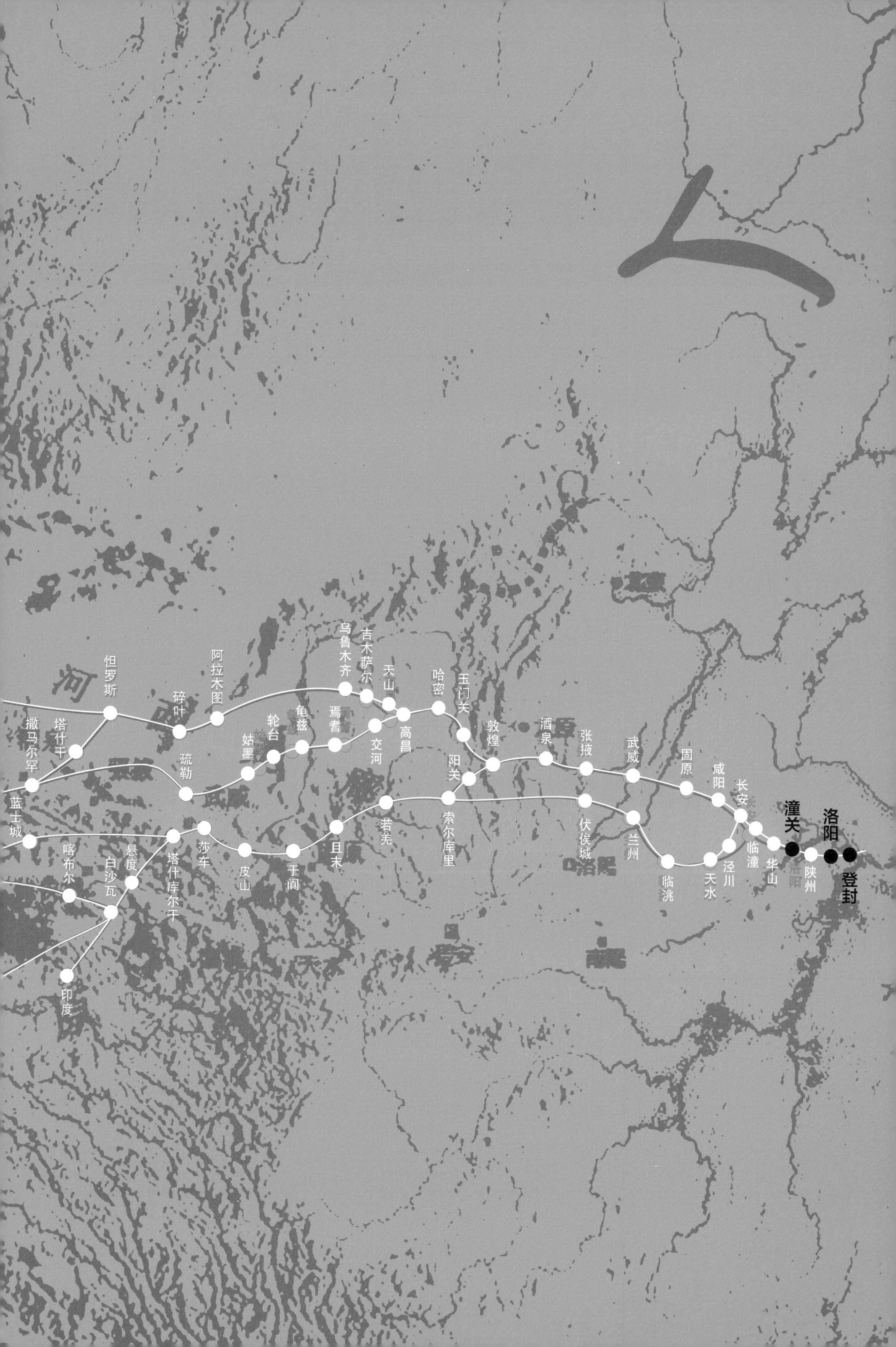
人
恒罗斯
阿拉木图
碎叶
乌鲁木齐
吉木萨尔
天山
哈密
玉门关
撒马尔罕
塔什干
轮台
龟兹
焉耆
交河
高昌
姑墨
疏勒
敦煌
阳关
酒泉
张掖
武威
固原
咸阳
长安
潼关
洛阳
登封
陕州
华山
临潼
泾川
天水
临洮
兰州
伏俟城
索尔库里
若羌
且末
于阗
皮山
莎车
塔什库尔干
蓝士城
喀布尔
悬度
白沙瓦
印度

◎ 李白

# 春夜洛城闻笛

谁家玉笛暗飞声，散入春风满洛城。

此夜曲中闻折柳，何人不起故园情。

起句反诘，突然发问，吸引读者警觉。“暗”字下得极妙，紧扣诗题中“夜”，言笛声从暗夜中飞过；又含有“暗自”意，笛声突兀，不知阿谁？又含“不知何处”意，闻笛而四处寻觅，洛城阔大，只知方位，焉知所在？只一字，便见太白高才。笛声盘旋在洛城上空，似乎化为可见的音符，被春风搅乱，又片片落下，进入洛城的千家万户。化虚为实，精警奇幻。仔细谛听，笛曲是缠绵悱恻的《折杨柳》，在这样一个春夜，谁能不被勾起思乡之情呢？太白如伫立在洛阳龙门伊阙俯瞰城市，驭着春风将动人的笛曲送进游子的耳朵，浓郁的乡情盘桓缱绻，千载以下，动人至深。

【款识】李白春夜洛城闻笛丙申仲春　于唯德书

【钤印】于唯德玺（白）　长安大水（朱）

◎ 张籍

## 秋思

洛阳城里见秋风，欲作家书意万重。

复恐匆匆说不尽，行人临发又开封。

【款识】录张籍秋思丙申春月书于长安　唯德　【钤印】于氏（朱）唯德之印（白）

秋满洛城。秋风无形，无色，无味，如何见得？当是从秋树黄殒、秋草凋残感受到。一个“见”字，寓无形于有形，秋日的种种肃杀之景，粲然目前。欲提笔写家书，奈何千头万绪，竟不知从何写起。好容易写完书信，送信人欲离开时，又匆匆叫回，展信再阅，唯恐有遗漏处。诗人用一个富有动态的、故事性的、完整的细节，抒发游子对亲人的挂念，可谓细腻精准，直刺要害，故宋人云：“思深而语精”“专以道得人心中事为工”（《岁寒堂诗话》）。

◎ 白居易

## 和友人洛中春感

莫悲金谷园中月，莫叹天津桥上春。

若学多情寻往事，人间何处不伤神。

诗眼在"多情"二字。金谷园曾煊赫一时，西晋时"二十四友"酒酣耳热，诗赋相酬，又有美姬相伴，如今已成空园，唯有冷月朗照。天津桥当年也繁华无比，登桥可见巍巍神都，煌煌天枢，尤以春天最为动人。如果"多情"地自寻烦恼，要追念往昔，感慨昔盛今衰，那只能是徒然伤神。莫如关注眼前和当下，随分自在，乐天知命。白居易受佛老思想影响较深，此诗即表达出他旷放达观、乐天知足的人生态度。

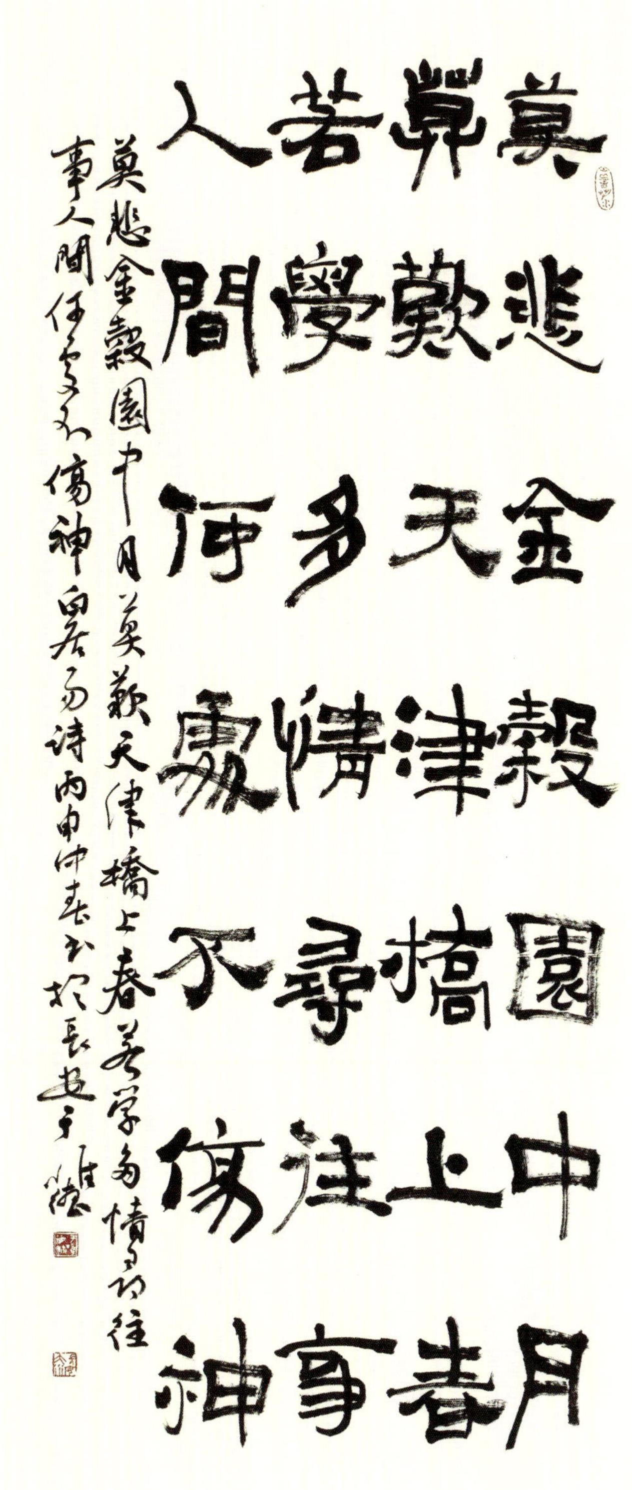
莫悲金穀園中月
莫歎天津橋上春
若學多情尋往事
人間何處不傷神

【款识】白居易诗丙申仲春书于长安　于唯德

【钤印】于唯德玺（白）　长安大水（朱）

◎ 宋之问

## 幸少林寺应制

绀宇横天室，回銮指帝休。

曙阴迎日尽，春气抱岩流。

空乐繁行漏，香烟薄彩斿。

玉膏从此泛，仙驭接浮丘。

首联写登封少林寺伽蓝壮美，高耸横天。“绀宇”是佛寺的代称，“休”指吉庆，美善，福禄。中两联一联写景，一联写人的活动，虚实相映：朝日喷薄，黎明的寒阴一扫而尽，春气环抱嵩岩，荡漾氤氲；空中伎乐悠扬，地面彩旗翻飞，香烟缭绕。尾联言得到食之可以长生的玉膏，就可福寿绵长，与传说中的仙人浮丘公相接。此诗为应制诗，将登封少林美景与君臣幸寺的活动融合起来，雍容贵要，热烈庄重。

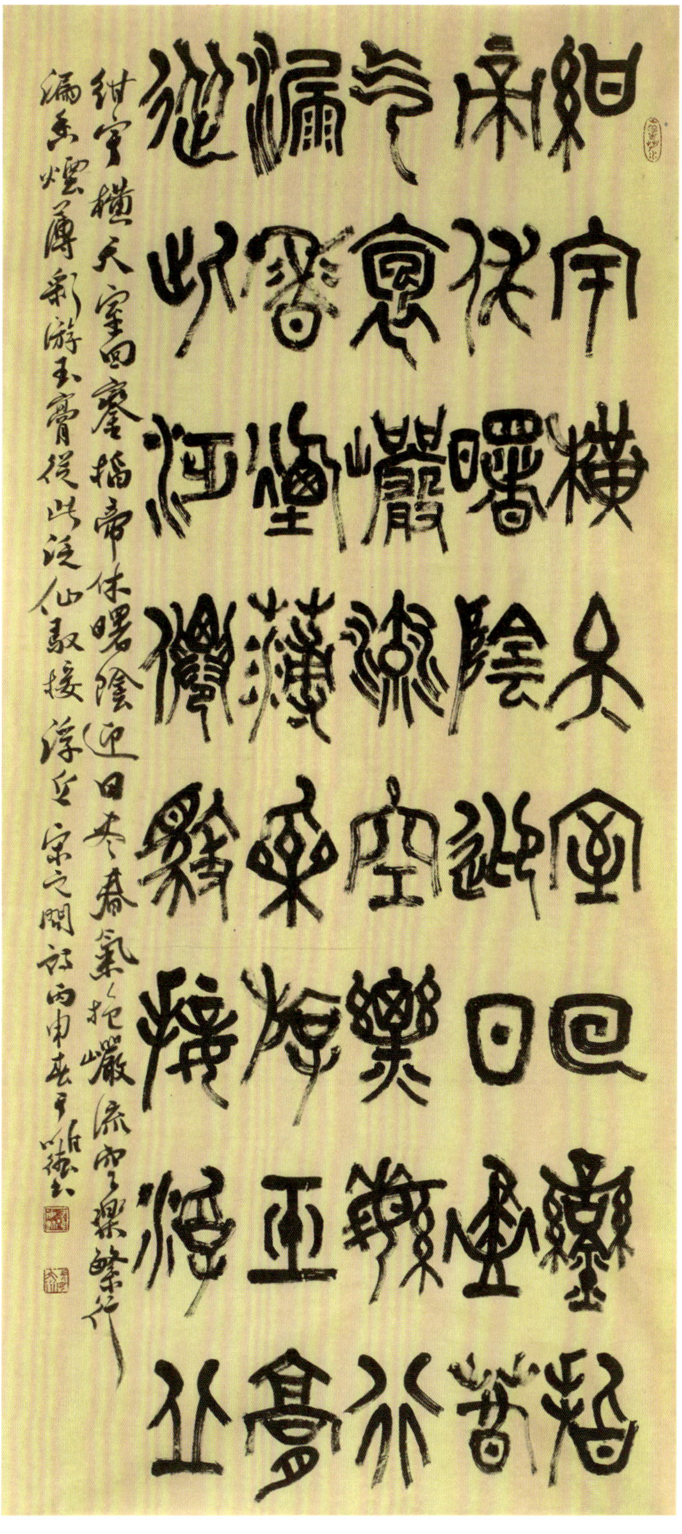

【款识】宋之问诗丙申春　于唯德书

【钤印】于唯德玺（白）　长安大水（朱）

◎ 狄仁杰

## 夏日游石淙山

宸晖降望金舆转，仙路峥嵘碧涧幽。

羽仗遥临鸾鹤驾，帷宫直坐凤麟洲。

飞泉洒液恒疑雨，密树含凉镇似秋。

老臣预陪悬圃宴，馀年方共赤松游。

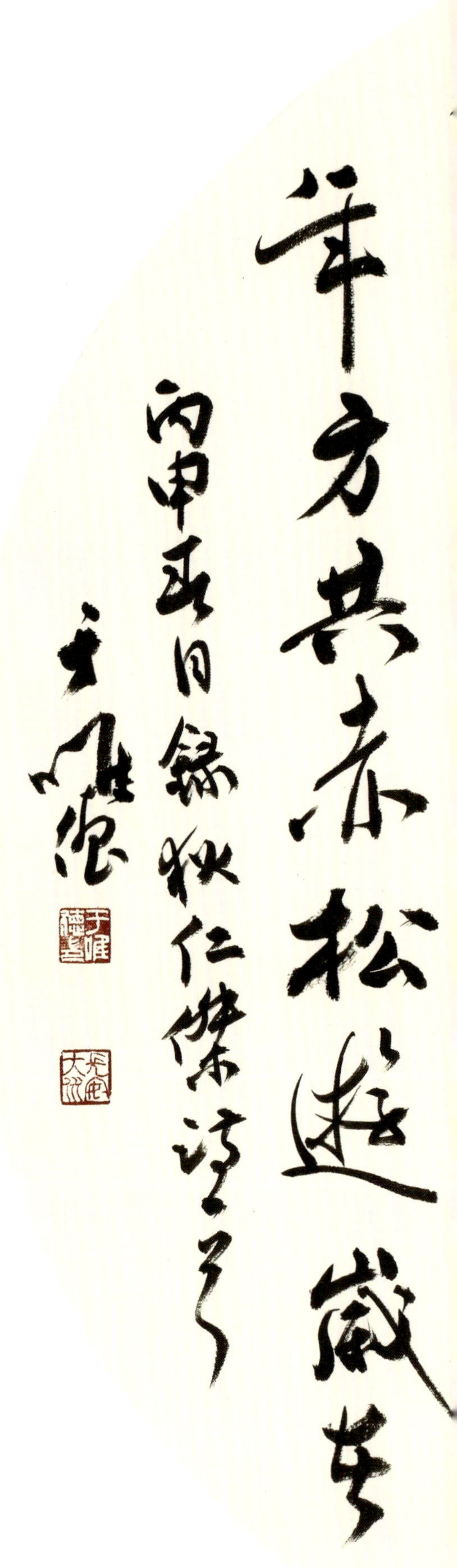

石淙山位于登封东南，林壑优美，有修竹流泉，是游赏胜地。久视元年，武则天率李显及众臣共 17 人宴饮石淙，兴起作诗命诸臣赓和，共集得 17 首诗，则天亲草《夏日游石淙诗并序》并镌于崖壁，此诗即其中一首。首联言扈从出行，山路崎岖，涧秀林幽。颔联写出行仪仗盛大，帷帐连绵。颈联写景精工，山中飞瀑溅玉泻珠，总让人觉得有微雨飘落，林木茂盛，清幽似秋天。“恒”“镇”二字妙。尾联言有幸能陪同侍宴，年迈时才得与神仙赤松子同游。虽为应制，但状物工巧，久视元年的君臣雅集，借山水之晖，得神思妙笔之助，其风流清雅，至今想而可见。

【款识】岁在丙申春月录狄仁杰诗一首　于唯德　【钤印】于唯德印（白）长安大水（朱）

宸暉降汴會
興轉仙境峰巒陌石
澗幽羽仗遙臨鸞鶴駕
惟宮自坐鳳麟洲飛鳥
凝瀣頓疑雨密樹含涼鎮
以冰花臣頂音懸圃宴餘

◎ 韩愈

# 次潼关先寄张十二阁老使君贾

荆山已去华山来，日出潼关四扇开。

刺史莫辞迎侯远，相公新破蔡州回。

【款识】右录韩愈诗一首岁在丙申仲春月　于唯德　【钤印】于氏（朱）唯德之印（白）

元和十二年，裴度平淮西藩将吴元济，韩愈作为随军司马随军奏凯而归，路过潼关时作此诗，诗中的刺史即指华州刺史张贾。首句将两个地名缀连，如摄像镜头一闪而过，倏忽即由荆山闪到华山。荆山在灵宝，与华山相距两百余里，诗人以“去”“来”二字轻松连接，举重若轻，则凯旋之喜悦、报功之急切、心情之爽利畅快皆在其中矣。次句写日照潼关，一片热烈祥和的景象：雄关四门洞开，欢迎得胜的将士。三、四句似乎是对张贾的道白：刺史莫嫌从华州赶来迎接我们太远，宰相裴度刚破蔡州，正凯旋回朝。“新”字妙，言破敌之轻松，歼敌之快，与首句相呼应，闪耀着豪迈自信、腾跃踔厉的英雄主义光彩。寥寥二十余字，然字字踊跃，堪比豪壮凯歌，前人评为“气象开阔，所谓卷波澜入小诗者”（《初白庵诗评》）。

◎ 刘沧

## 秋日寓怀

海上生涯一钓舟，偶因名利事淹留。

旅涂谁见客青眼，故国几多人白头。

霁色满川明水驿，蝉声落日隐城楼。

如何未尽此行役，西入潼关云木秋。

首联切诗题中的“寓怀”，将半生行藏比喻为海上浮槎，载沈载浮，本应为不系之舟，却因名缰利锁而淹留他乡。颔联写年华空逝，故园难归，攘扰过客中有几个是值得青眼相加的人？而故乡亲人多年未见，早已两鬓白霜。“谁见”与“几多”以虚对虚，对仗精工。颈联写景，秋雨初霁，潼关驿晴光满眼，河水在阳光下迤逦如带，日落城楼，蝉声断续，登高临眺，不由百感俱生。尾联以反诘自问：为何行役不断，西入潼关，在两京大道上漂泊呢？唐人多有建功立业志，为求名求爵、实现人生理想而不得不四处流离，然能遂其意者毕竟不多，故多感慨。此诗即发“常恨此身非我有”之叹，道出人类共有的在逍遥适志与妥协求名间徘徊依违的矛盾心态。

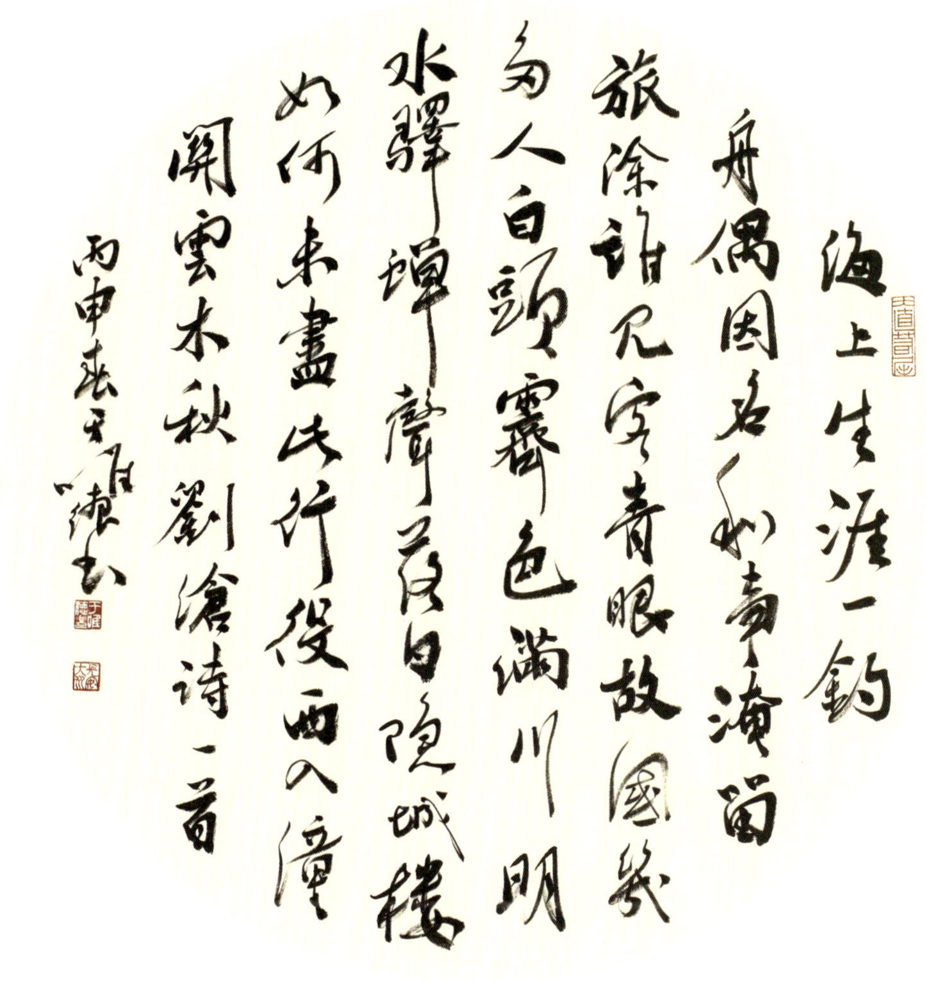


【款识】刘沧诗一首丙申春　于唯德书　【钤印】于唯德印（白）长安大水（朱）

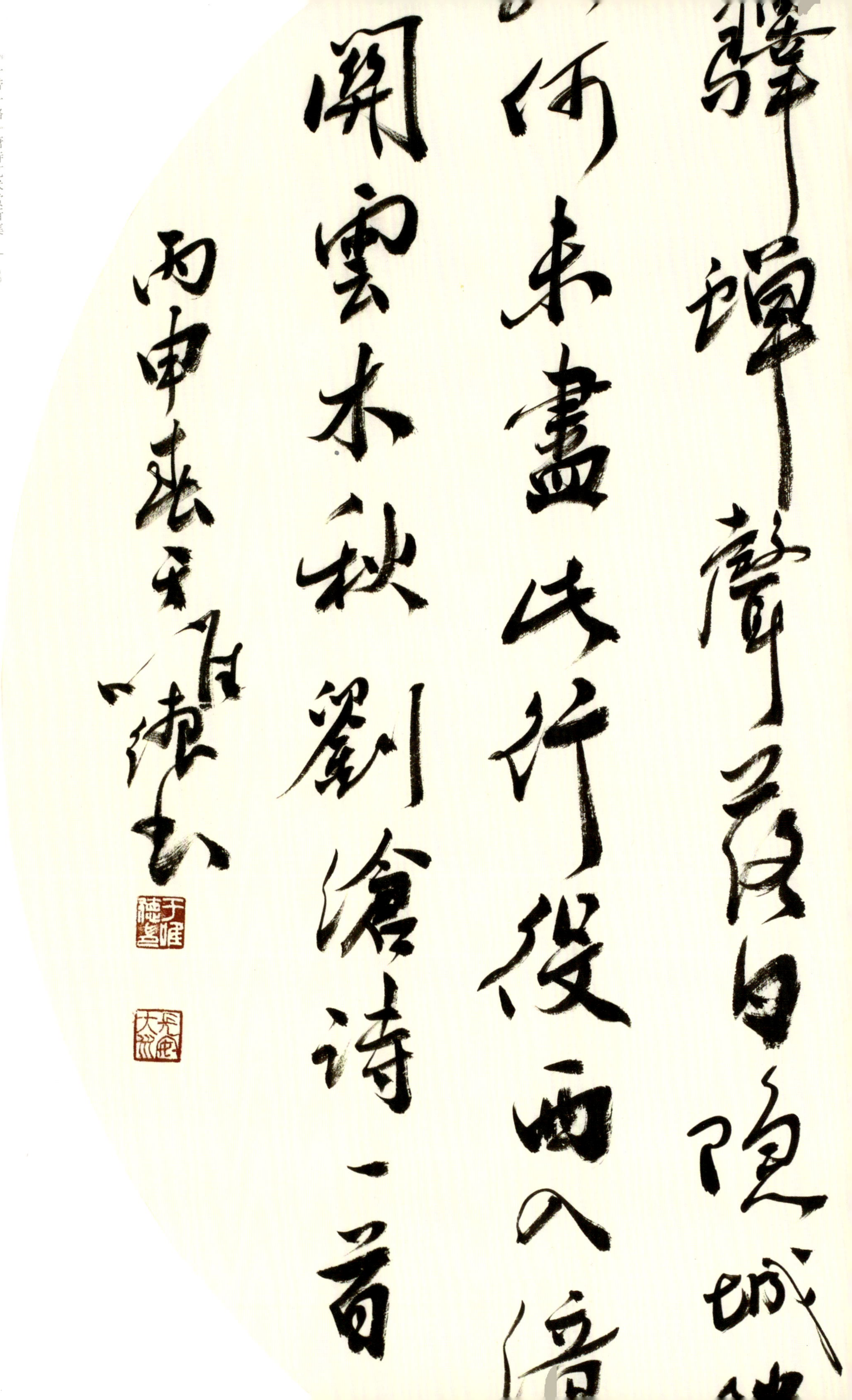

海上生涯一钓
舟偶因名利事淹留
途谁见客青眼故国似
人白头霁色满川

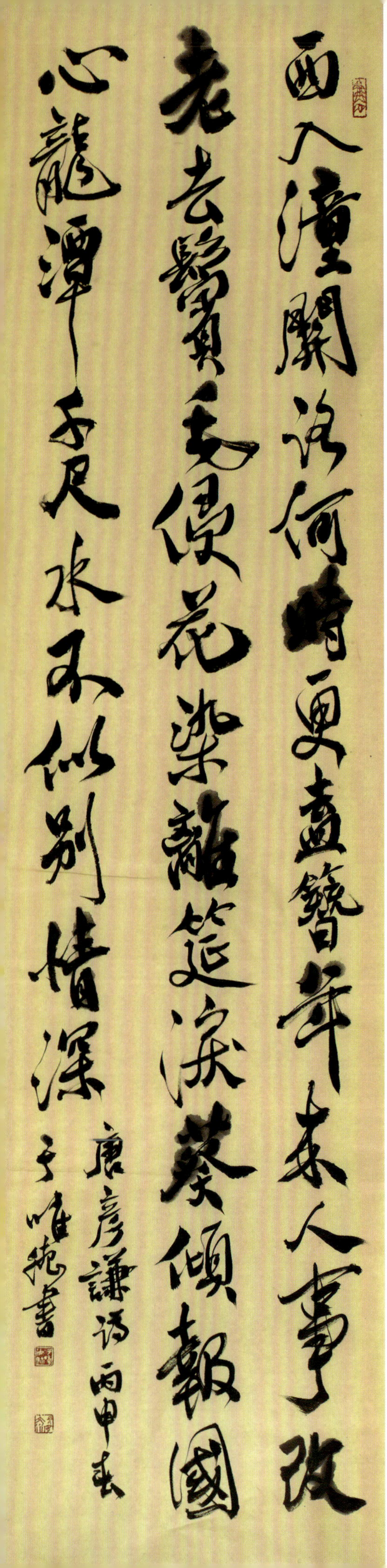

◎ 唐彦谦

## 留别

西入潼关路，何时更盍簪。

年来人事改，老去鬓毛侵。

花染离筵泪，葵倾报国心。

龙潭千尺水，不似别情深。

潼关驿是两京大道上的重要驿站，往西便通往国都长安，故唐时士人多奔走于潼关路上。诗首联云在潼关驿与友人话别，不知何时才能相见。“盍簪”语出《易经·豫卦·九四》：“由豫大而有得，勿疑，朋盍簪。”王弼注曰：“故勿疑，则朋合疾也。盍，合也。簪，疾也。”故“朋盍簪”指朋友聚合，后简为“盍簪”。颔联精妙，写韶华空逝，人事易改，一事无成，“来”和“去”一“拉”一“推”，营造出阔大的时间“空间”，对仗精工。颈联写离席，物皆著我之色彩，花也因离别而洒泪，但士当弘毅，如葵藿倾日一样报效国家。尾联写别情，以龙潭千尺水比拟深厚友情。古人重离别，江淹《别赋》云：“有别必怨，有怨必盈，使人意夺神骇，心折骨惊。”然此诗却并不颓唐，在依依惜别之际仍然生报国宏愿，感伤而不悲怨，低沉中有昂扬，此正是唐音正声。

【款识】唐彦谦诗丙申春　于唯德书

【钤印】于唯德玺（白）　长安大水（朱）

恒罗斯
阿拉木图
碎叶
乌鲁木齐
吉木萨尔
天山
哈密
玉门关
撒马尔罕
塔什干
疏勒
姑墨
轮台
龟兹
焉耆
交河
高昌
敦煌
酒泉
张掖
武威
固原
咸阳
长安
阳关
蓝士城
伏俟城
兰州
临洮
天水
泾川
临潼
华山
潼关
洛阳
陕州
登封
索尔库里
若羌
且末
于阗
皮山
莎车
塔什库尔干
悬度
白沙瓦
喀布尔
印度

◎ 刘舟

## 送萧颖士赴东府得适字

大名掩诸古，独断无不适。

德遂天下宗，官为幕中客。

骊山浮云散，灞岸零雨夕。

请业非远期，圆光再生魄。

此为送别之作。首联赞萧颖士名播海内，颇有吏干。颔联言其德行高古，天下士人咸思景慕。颈联写景，由长安至东府，先经霸陵，再过骊山，此二句以“蒙太奇”手法将两处景观拼合起来，霸陵零雨其濛，牵动别愁，至骊山已是雨云散去，雾日初见。虽为写景，然其中既包括时间元素，又包含由低沉到高扬的情感元素，内在的节奏感很鲜明。尾联承颈联宕出诗旨：此去东府并不会太久，回到长安定如缺月渐盈，明光照彻。诗虽写离别，然能做到达观开朗，蕴藉从容，洵为大唐正声。

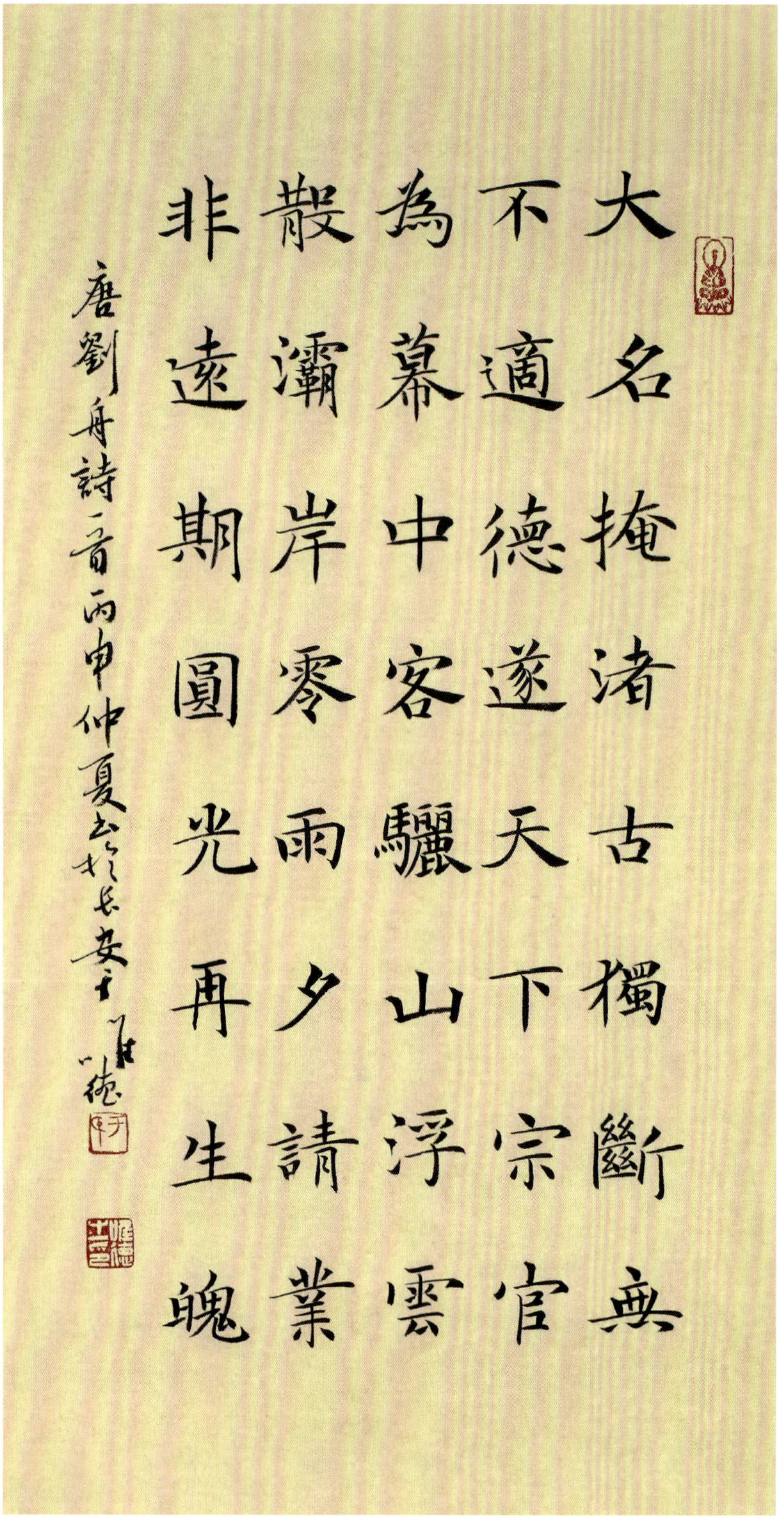
大名掩渚古獨斷無
不適德遂天下宗官
為幕中客驪山浮雲
散灞岸零雨夕請業
非遠期圓光再生魄
唐劉舟詩一首 丙申仲夏書于長安 唯德

【款识】唐刘舟诗一首　丙申仲夏书于长安　于唯德

【钤印】于氏（朱）　唯德之印（白）

◎ 王维

# 送元二使安西

渭城朝雨浥轻尘，客舍青青柳色新。劝君更尽一杯酒，西出阳关无故人。

【款识】王维诗一首丙申仲春　于唯德书　【钤印】于氏（朱）唯德之印（白）

清晨的渭城飘洒了一会儿小雨，之所以说其为小雨，因为这雨量刚好濡湿地上的微尘，“浥”字佳，有湿润义，沾湿义，容易让人想起老杜“润物细无声”，韩愈“天街小雨润如酥”。微雨过后，空气中飘浮着若有若无的尘土味道，天光渐渐晕染开来，空中有几点零雨，清新明丽。客舍屋面的青瓦被洗濯得干干净净，房边的依依垂柳翠色欲滴，清新可餐。王维不说“柳色翠”“柳色碧”，除了押韵的因素外，更有炼字的考虑，“新”包含了翠、碧等色调，包含了茂盛、依依、袅娜等状态，更包含着诗人的欣喜、雀跃：生命在蓬勃成长！“新”是包含着生命体验的有温度和脉动的表达。王维先用青绿笔墨画出背景，进而又化身镜头大师和台词大师，略去相见、寒暄、宴饯等细节，只以一个镜头和一句台词表达别情：愿你再喝一杯，出阳关后再无故人！诗至此戛然而止，而诗意却绵延开来。这样一句再普通不过的台词，成功地把读者的目光引向遥远的阳关，寥阔的大漠及元二孤独前行的身影，从而营造了一个充满张力的诗意空间，语尽而气益壮，辞竭而情愈长。被评为“古今第一”（《王孟诗评》），绝非谀词。

◎ 王维

## 观猎

风劲角弓鸣，将军猎渭城。

草枯鹰眼疾，雪尽马蹄轻。

忽过新丰市，还归细柳营。

回看射雕处，千里暮云平。

首联用“逆挽法”，正常的逻辑思维应该是“将军猎渭城，风劲角弓鸣”，而王维偏将疾风劲吹、角弓锵鸣放于句首，风声、弓声破空而来，冲入读者耳朵，顿时引起阅读兴趣。颔联扣诗题中的“观”，草木凋零，鹰才更敏锐地看到猎物，残雪销尽，马儿才跑得越发轻快。颈联是快进式播放的摇镜头，新丰和细柳相距百里，一瞬间晃过，足见战马之快、打猎者兴致之酣。“忽”“还”两个副词相对，天然奇偶。尾联呼应诗题，宕开阔大的诗意空间，回看向来处，暮云重重，高天寥阔。此诗全用白描，体物微渺，流畅爽利，略无滞涩，表现出盛唐时人豪气干云的英雄气概。《唐诗别裁》云：“章法、句法、字法俱臻绝顶，盛唐诗中亦不多见。”

【款识】王维诗一首丙申仲春　于唯德　【钤印】于唯德印（白）长安大水（朱）

# 觀獵

風勁角弓鳴將軍獵
渭城草枯鷹眼疾
雪盡馬蹄輕忽過
新豐市還歸細柳
營回看射雕處千里
暮雲平

王維詩一首 丙申
仲春于惟德

◎ 李商隐

# 安定城楼

迢递高城百尺楼，绿杨枝外尽汀洲。

贾生年少虚垂涕，王粲春来更远游。

永忆江湖归白发，欲回天地入扁舟。

不知腐鼠成滋味，猜意鹓雏竟未休。

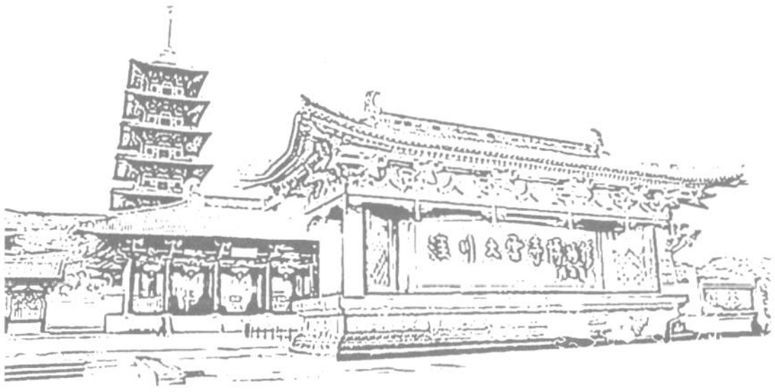

李商隐受“牛党”令狐楚之恩，又入“李党”王茂元幕且娶其女，被牛党斥为“背恩”并从中作梗，使他在吏部试中落选，失意的李商隐于开成三年登上泾州城楼作此诗。首联点题，登上高峻的安定城楼，看到杨柳依依，沙洲连绵。颔联以贾谊和王粲自比，抒怀才不遇之怨。颈联为其警句，用流水对蝉联而下，抒发自己欲回天转地后功成不居、栖隐沧浪的抱负。尾联用庄子典故，把自己比喻为“非练实不食，非醴泉不饮”的鹓雏，绝不会在意鸱鸮嘴里的腐鼠。诗歌沉郁雄浑，用典精到，对仗工稳，饶有老杜之风。

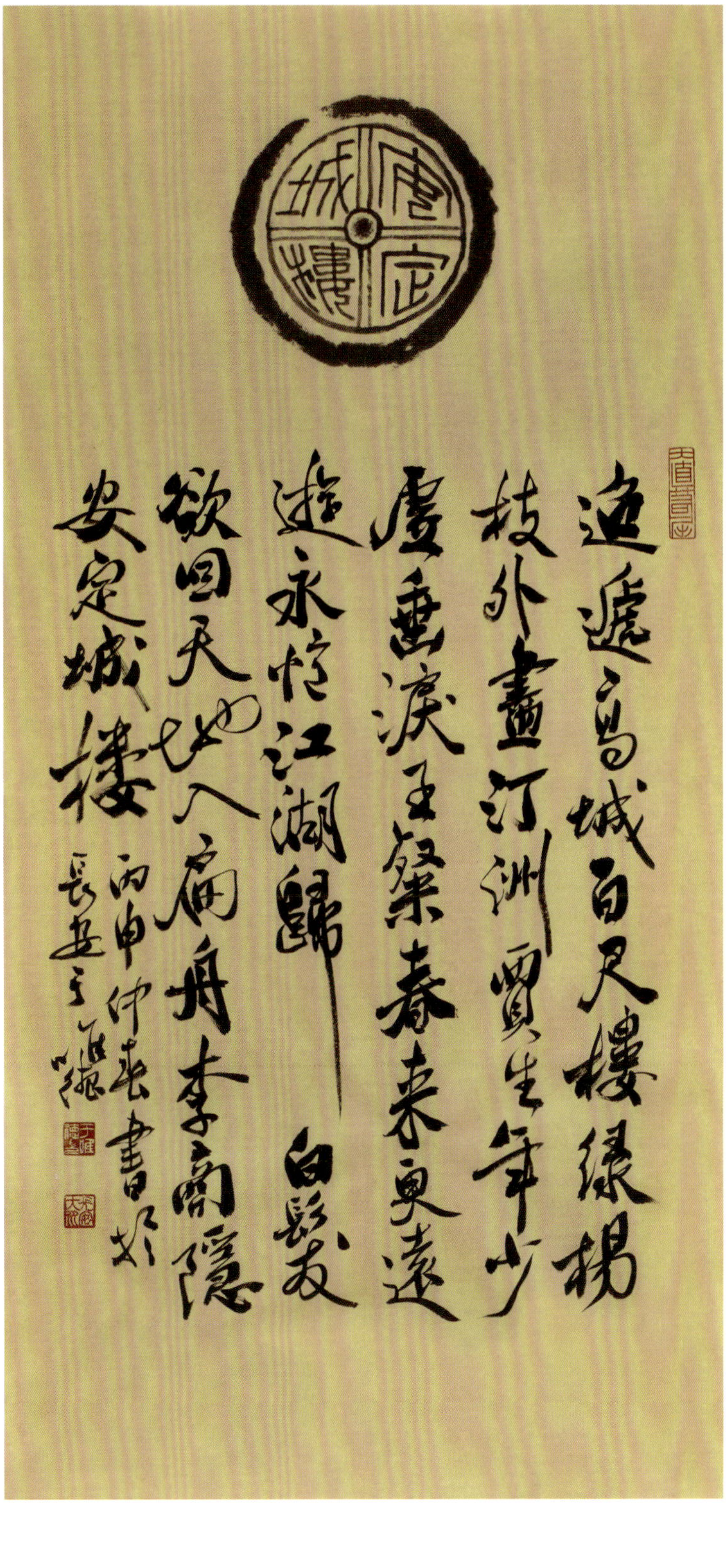


【款识】李商隐安定城楼丙申仲春书于长安　于唯德

【钤印】于唯德印（白）　长安大水（朱）

◎ 王翰

## 凉州词二首

### 其一

葡萄美酒夜光杯，欲饮琵琶马上催。

醉卧沙场君莫笑，古来征战几人回？

王翰最会选择视角。一场战场上的盛宴如何表现？诗人没有用全景镜头或广角镜头，而是用一个微距：醇香嫣红的葡萄美酒斟满白玉做成的夜光宝杯，酒液摇曳，光影醉人，则宴会的丰盛、声音的喧嚣杂沓尽在其中矣。次句承首句，未来得及饮此美酒，急促的琵琶声响起，催促将士上马出征。诗人并未在第三句写如何出征，却将士卒的独白写入诗中：莫笑我酩酊大醉，古来征战疆场的人有几人生还？诗歌前两句和后两句间出现意义的“断层”，而“断层”中间要补足的画面为：虽然琵琶声声催促，但早已视为等闲，敌人并不可怕，且让我喝个痛快，再去杀敌也不晚。则豪迈英武、自信昂扬之气呼之欲出矣。前人评此云：“作悲伤语读便浅，作谐谑语读便妙，在学人领悟。”（《岘佣说诗》）洵为的当之论。

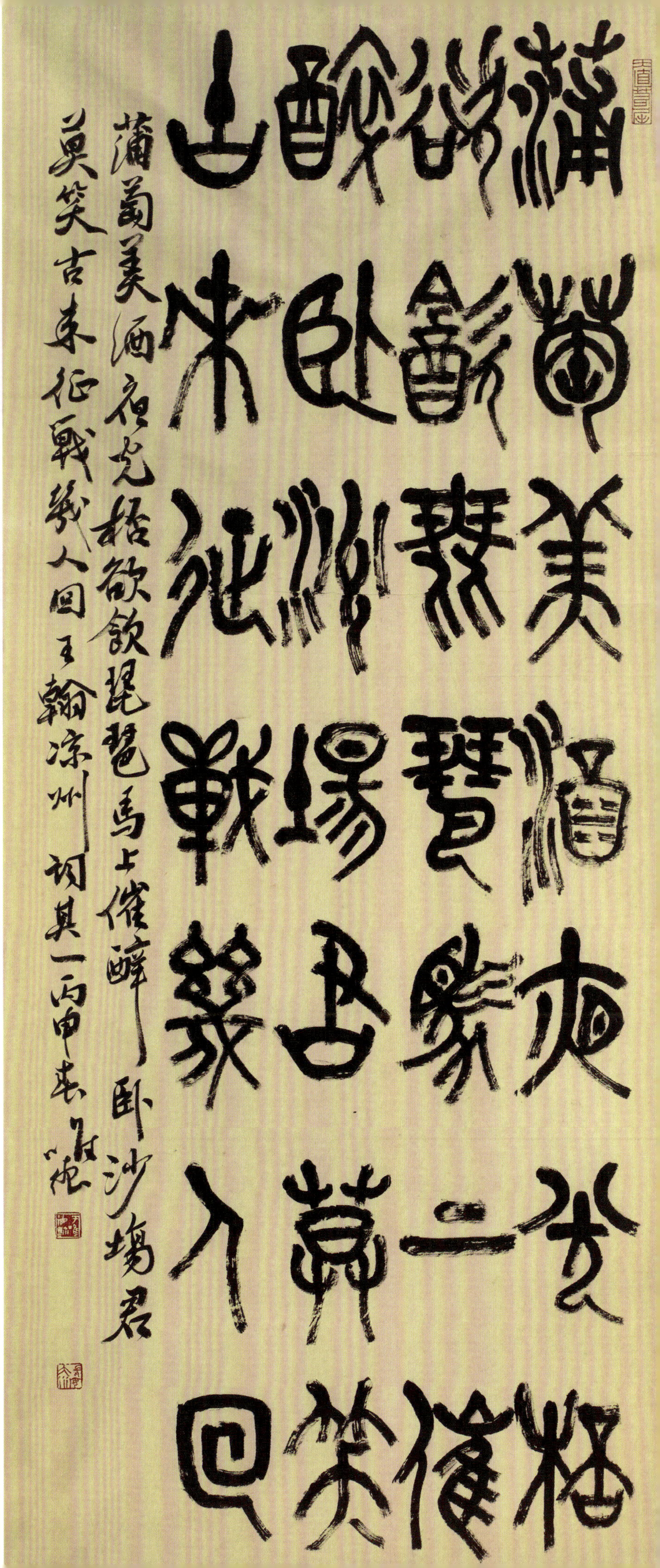


【款识】王翰凉州词其一丙申春　唯德

【钤印】于唯德玺（白）　长安大水（朱）

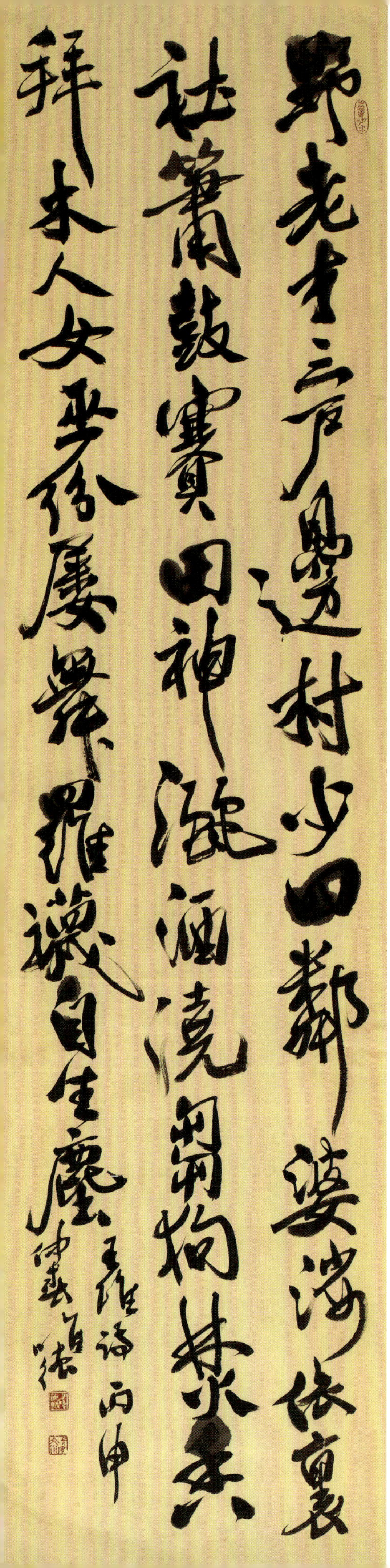

◎ 王维

## 凉州郊外游望

野老才三户，边村少四邻。

婆娑依里社，箫鼓赛田神。

洒酒浇刍狗，焚香拜木人。

女巫纷屡舞，罗袜自生尘。

凉州城外村落寥寥，只有几户人家。村民正在祭祀土地神和田神，舞姿婆娑，箫鼓悠扬。端起酒杯泼洒向刍狗，焚香祝祷，祭拜木雕偶人。祀神的女巫纷纷起舞，轻盈的脚步扬起微尘。王维以画笔绘出凉州城外的风俗图轴，细腻入微，绘声绘色，充满生活气息。

【款识】王维诗丙申仲春　唯德

【钤印】于唯德玺（白）　长安大水（朱）

蓝士城

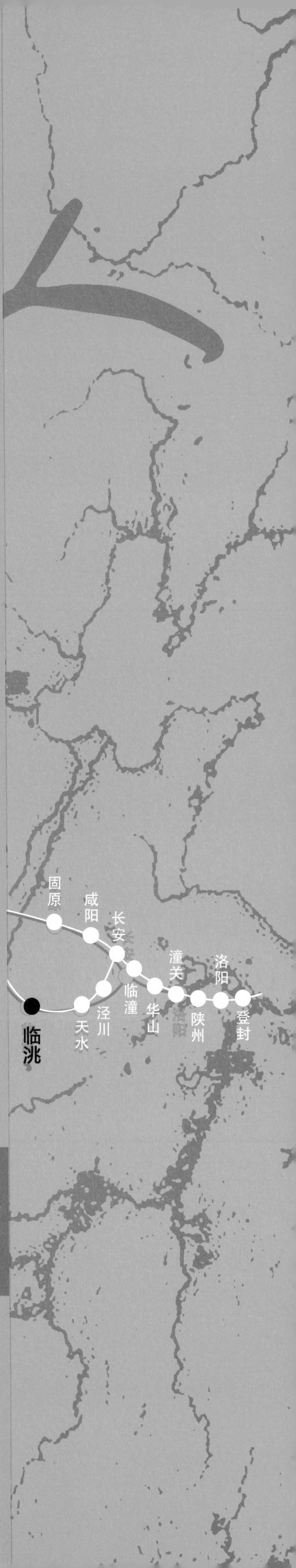

◎ 岑参

# 酒泉太守席上醉后作二首

其二

琵琶长笛曲相和，羌儿胡雏齐唱歌。

浑炙犁牛烹野驼，交河美酒金叵罗。

三更醉后军中寝，无奈秦山归梦何。

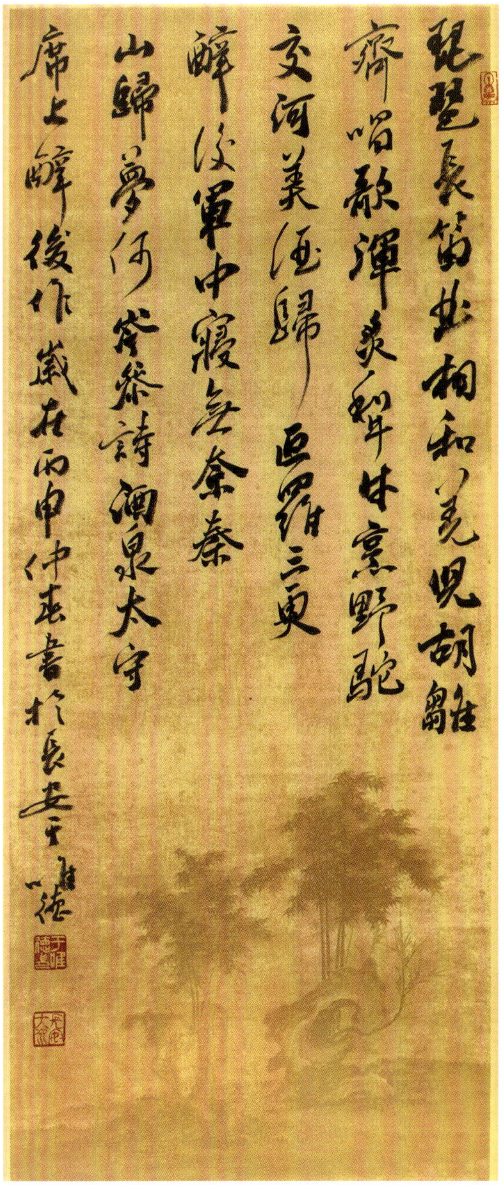


诗眼是一个“醉”字！夜宴伊始，琵琶长笛交相演奏，羌儿胡雏一起欢歌，诗人不由击节相和。席间的美食也与汉地不同，烤全牛和煮骆驼，佐以交河美酒，异域风情扑面而来。对此情景诗人不由狂歌痛饮，大醉而眠，梦回归乡，夜半醒来，终觉一梦。本想乘醉忘记乡思，却发现醉后仍然拂之不去，于是发出“无奈秦山归梦何”之感慨。诗歌中描写的风物具有酒泉独有的文化地理特点，而醉中亦不忘归乡，感人至深。前人评为“写得尽情尽致，方是醉后作。”（《唐诗选胜直解》）

【款识】岑参诗酒泉太守席上醉后作岁在丙申仲春书于长安　于唯德

【钤印】于唯德印（白）长安大水（朱）

◎ 岑参

## 赠酒泉韩太守

太守有能政，遥闻如古人。

俸钱尽供客，家计常清贫。

酒泉西望玉关道，千山万碛皆白草。

辞君走马归长安，忆君倏忽令人老。

边地送别倍伤情！友人有美政，有古之君子高士之风，所有的俸禄都供给穷人，自己家里却固守清贫。如今要离开酒泉了，与友人执手分道，此去崇山绵绵，戈壁横亘，白草遍布，归去长安后，对友人的思念会使自己很快变老。诗人以诚挚朴实之笔，描写出韩太守的廉洁忠厚，心系民瘼，正因为其令德，与他的分别才分外难过，甚至遥想分别后生命会因此而加速老去。语短情长，表现出浓郁醇厚的人情美。

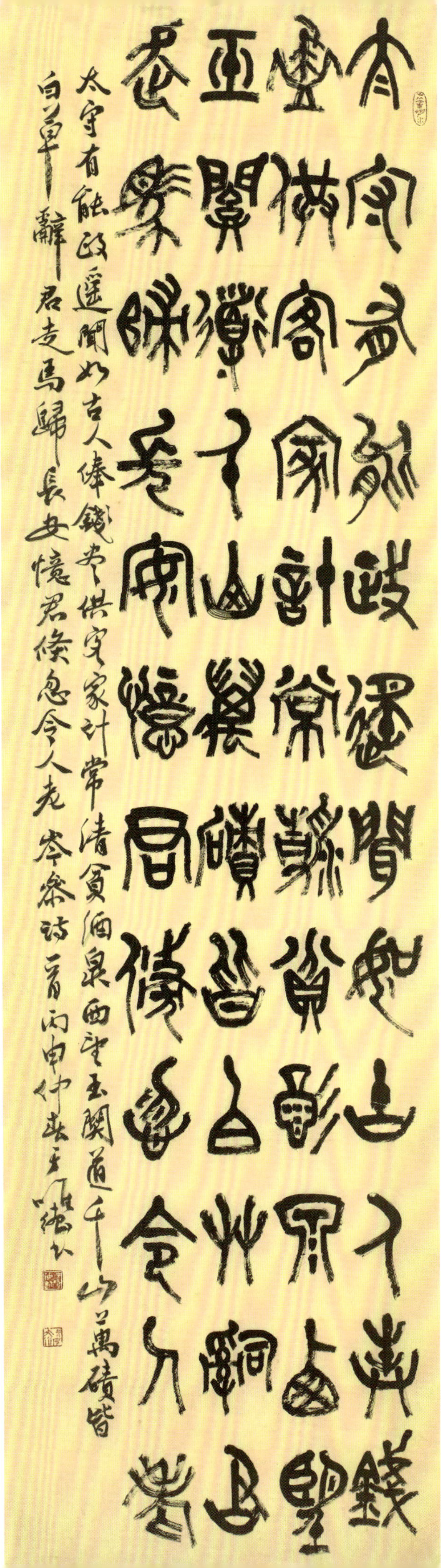

【款识】岑参诗一首丙申仲春　于唯德书

【钤印】于唯德玺（白）　长安大水（朱）

◎ 岑参

# 敦煌太守后庭歌

节选

敦煌太守才且贤，郡中无事高枕眠。

太守到来山出泉，黄砂碛里人种田。

敦煌耆旧鬓皓然，愿留太守更五年。

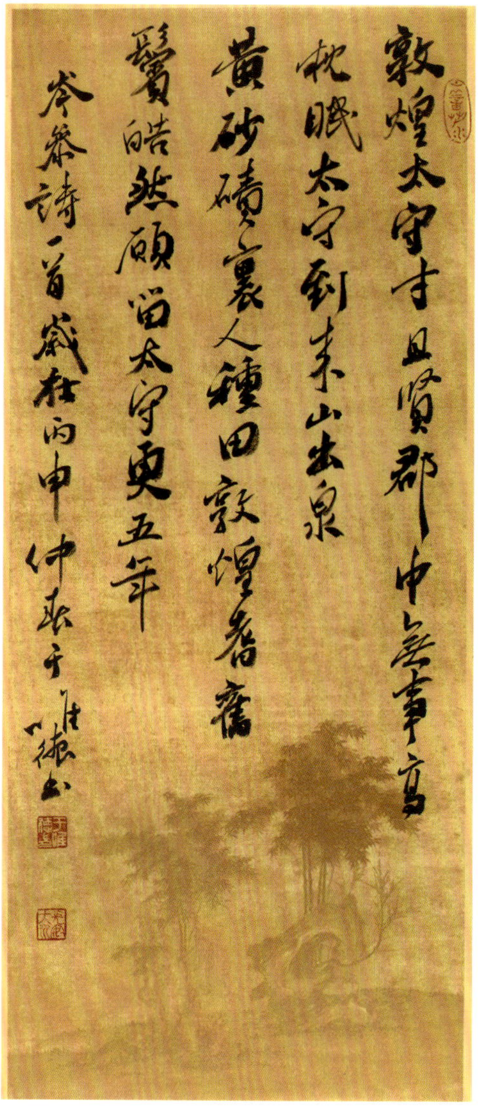

老杜云：“岑参兄弟皆好奇。”此言信矣。此诗以古朴的歌行体出之，饶有民歌风味。歌颂太守令德且有治郡之才，与民休息，无为而治。自他到敦煌后，掘山浚泉，开荒种田，美政惠民，故白发苍苍的老者都不愿意太守离开。诗歌塑造了一位勤政爱民、施惠黎庶的地方官员形象，寄寓着诗人的美政理想。

【款识】岑参诗一首岁在丙申仲春　于唯德书　【钤印】于唯德印（白）长安大水（朱）

敦煌太守才且賢郡中無
枕眠太守到來山出泉
黃沙磧裏人種田敦煌耆
鬢皓然願留太守更五年
岑參詩一首歲在丙申仲秋于

◎ 王昌龄

## 从军行七首

其五

大漠风尘日色昏，红旗半卷出辕门。

前军夜战洮河北，已报生擒吐谷浑。

【款识】王昌龄从军行七首之一丙申春　唯德书　【钤印】于氏（朱）唯德之印（白）

大漠绵延无边，风卷尘沙，日色昏暗。在这样恶劣的天气里，大军出发征讨敌人，军旗半卷而非招展飞扬，似有颓唐萎靡之相。此为“抑”。第三句平平道出，言前军在夜里与敌人在洮河北岸交战，第四句奇峰突起，如战场上的探子飞马传捷：已生擒敌酋！没有前两句的“抑”和第三句的“平”，就不会有第四句的“扬”。“已”下得妙，言时间之快、唐军之精锐、歼敌之轻松彻底，可谓“诗眼”。王昌龄最擅在小尽幅里作大文章，寥寥数字，也能写得山环水绕，跌宕有致，“皆盛唐高调，极爽朗”（《唐人万首绝句选评》）。

◎ 骆宾王

## 晚泊蒲类

二庭归望断，万里客心愁。

山路犹南属，河源自北流。

晚风连朔气，新月照边秋。

灶火通军壁，烽烟上戍楼。

龙庭但苦战，燕颔会封侯。

莫作兰山下，空令汉国羞。

诗人为我们展开了一幅壮美的西域征旅图。高峻的雪山分野南北，征行山脊，崎岖山路迤逦向南，而河流却又奔流北向。晚风带来雪山寒冽之气，一钩新月挂在天边，照着广袤无垠的边地之秋。大军驻扎，壕堑纵横，灶火通明，戍楼高耸，烟隧透迤。如此美景，只有诗人登高远眺，方能尽收眼底。虽然征战龙庭，流血边地，但相信会如“燕颔虎颈”的班超那样立功绝域，绝不会如李陵那样战败而降，令国蒙羞。全诗洋溢着昂扬乐观的爱国主义精神和必胜的信念，虽发端有轻愁，但很快振起，劲健豪迈，浩歌起舞，大国气度如羯鼓急笳，浩浩汤汤，雄浑汪茫。全诗宏阔沉雄，气韵骏爽，然又有清丽之笔，“晚风连朔气，新月照边秋”联不用典故，全以浅语出之，然境界阔大，爽气逼人。全诗浑然一体，正如邢昉《唐风定》所言：“整丽温夷，气象浑成，无可句摘。”洵为边塞诗中的上乘之作。

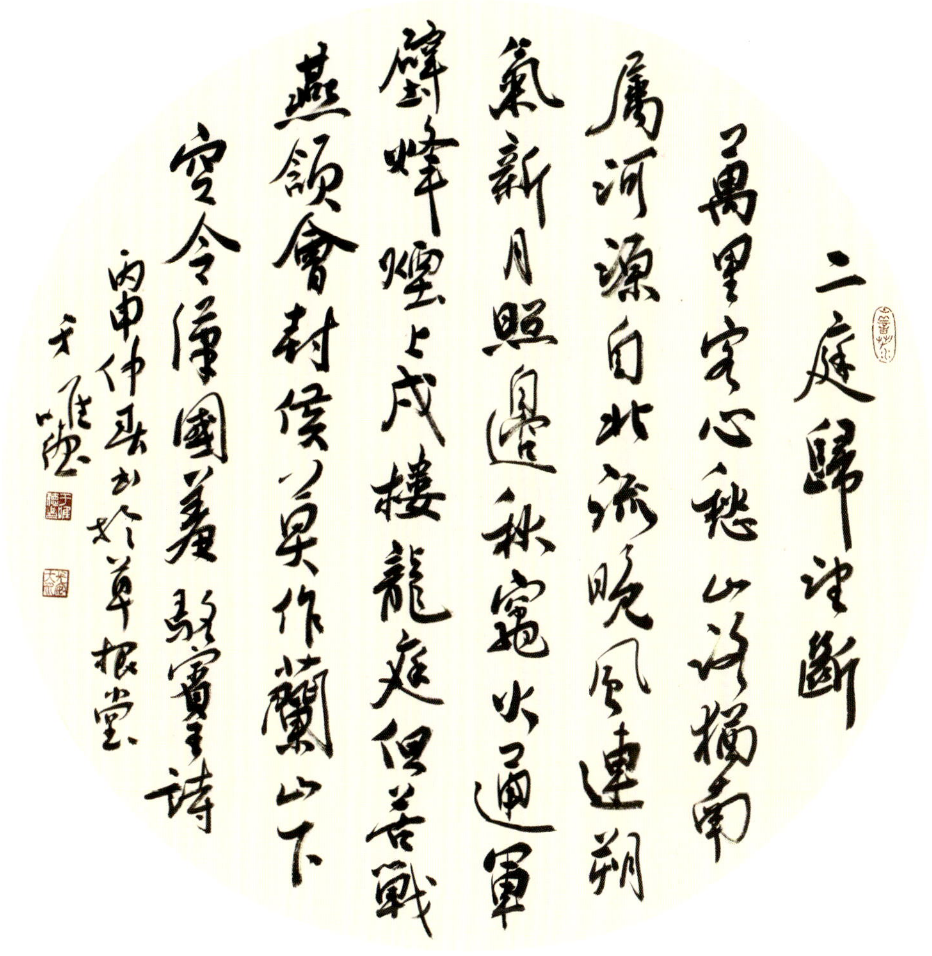


【款识】骆宾王诗丙申仲春书于草根堂　于唯德　【钤印】于唯德印（白）长安大水（朱）

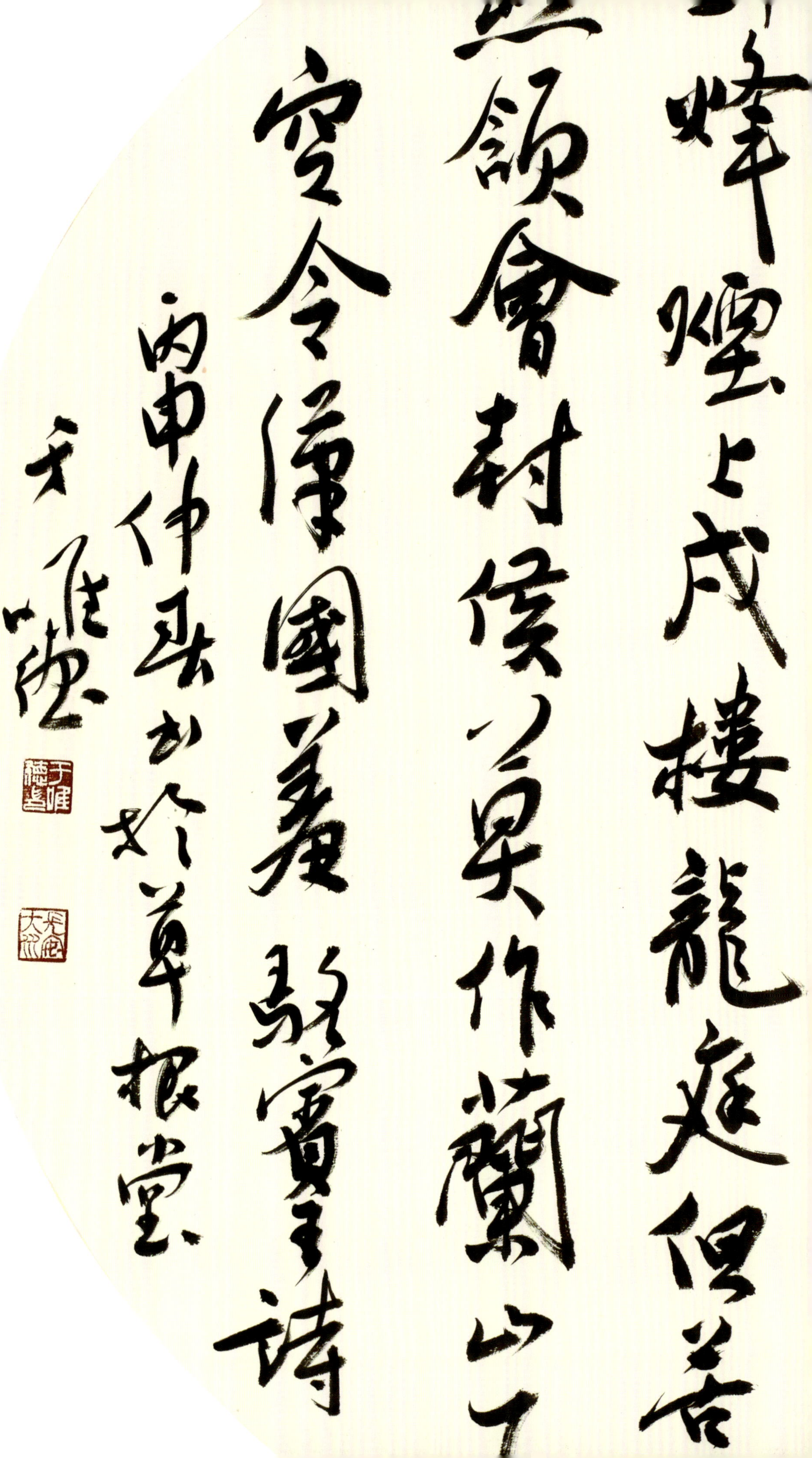
丙申仲秋书于草根堂

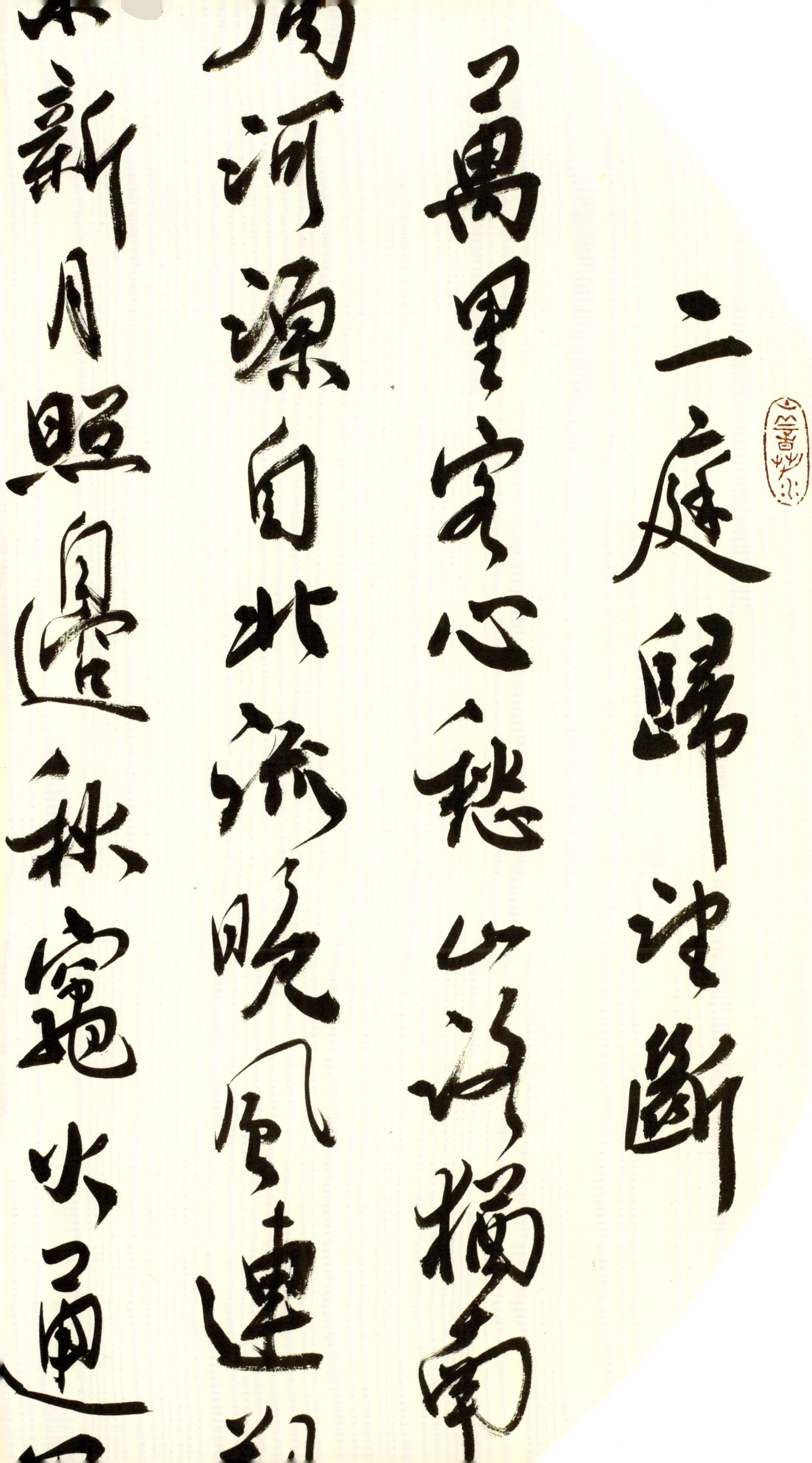
二庭歸路斷
萬里客心愁

◎ 骆宾王

# 晚度天山有怀京邑

忽上天山路，依然想物华。

云疑上苑叶，雪似御沟花。

行叹戎麾远，坐怜衣带赊。

交河浮绝塞，弱水浸流沙。

发端精彩，破空而来，如高山坠石，突兀高远，而次句则以“依然”缀之，使首句的语势得到缓冲，这一让步从句把诗人对京华的思念刻画得细致：即使行军万里来到天山，我也仍然无时不记得不在想念京城物华。触目所见，天山的云彩如同长安上林苑簇拥着的密叶繁枝，片片落雪也如同宫城御沟边的照眼繁花。接着诗人笔锋一转回到现实，离长安越来越远，衣带渐宽，交河孤烟，弱水流沙，异域风物使诗人思归之心更加强烈。想自己随军转徙，如河中桃梗，载沉载浮，归期又不知在何时，内心不由充满凄怆。诗人最后以反诘作结，谁人知道自己夜夜独坐寒风，在胡笳声中心肝断绝？此诗状物工巧，写情细腻，将一个从军书生的百结愁肠写得栩栩如生，清人范大士《历代诗发》评为“恬细”，确为的当之论。

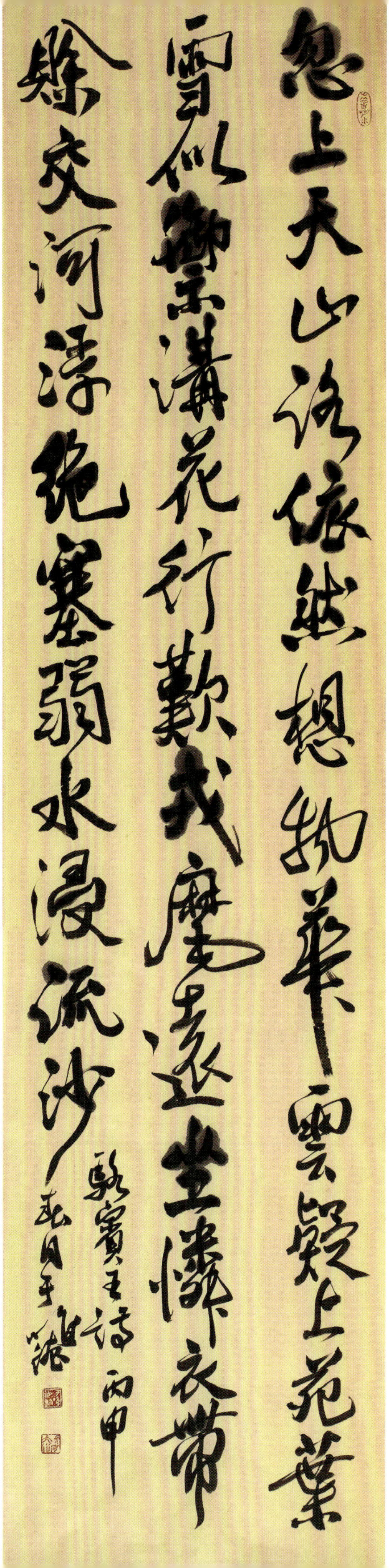
忽上天山路依然想物华云疑上苑叶
雪似御沟花行叹戎麾远坐怜衣带
赊交河浮绝塞弱水浸流沙
骆宾王诗 丙申春月于唯德

【款识】骆宾王诗丙申春月　于唯德

【钤印】于唯德玺（白）　长安大水（朱）

# 后记

"望"的甲骨文字形上为"臣"，象眼睛，下为"壬"，后小篆又加"月"，表示"望"的对象，意为一个人站在大地上远望。古人对"望"可谓情有独钟，寥廓惚恍，气甄三才，人纵横于天地之间，望苍茫大地，望浩荡长天，望煌煌青史，望悠远未来。名作间出，佳句奔会：太白云"举头望明月"，王勃云"风烟望五津"，老杜道"怅望千秋一洒泪"，小杜吟"乐游原上望昭陵"。不同的"望"，有不同的韵致。而本书名为《望长安》，又赋予"望"以不同的含义。

首先，回溯之望。站在新世纪的高点回望过去，则历史长河中的波光细浪、云影片帆，都是当下的"互文性"资源。对所有的国人来说，"长安"是一个铿鸣金石的发音，承载着盛世的记忆、诗歌的"至味"、民族复兴的梦想。对长安文化与文学的回味，仿佛翻开缃帙浩繁的书卷，其中最空灵、最动人、最有古典意味、最有浪漫情怀的文字翩然而至，蕴藉雍容，墨香氤氲。

其次，冀望之望。"长安"一名始于秦，宋敏求《长安志》云："长安，本秦之乡名。"《读史方舆纪要》云：长安"本秦杜县之长安乡"。刘汉定鼎关中，筑城为都，似乎是沿用秦长安乡聚名，但秦在渭水之南还有建章乡、阴乡等，为何偏以"长安乡"为都城名？可知"长安"二字含义吉祥，寓"长治久安"之意。冀望长安，寄寓着国泰民安、海清河晏的美好理想。

再次，景仰之望。唐长安是世界四大古都之一，滥觞于周时丰、镐，兴于秦汉，递嬗于魏周，成于隋，极盛于唐。以这座城市为载体的"盛唐气象"，一方面来自她假中国文化的整合统一，另一方面来自她于外来文化的兼收并蓄，以无比博大的胸怀和强大的黏合能力，成为七至八世纪世界的中心。"高山仰止，景行行止"，今日抬首高望，仍能感受到她的荣光，感喟于她的辉煌。

最后，未来之望。望长安，不只是凝望一座故都，更要远眺一座现代化国际都市。面对全新的国际形势，中国政府提出"一带一路"国家战略，打造开放、包容、均衡、普惠的区域合作架构，彰显人类社会共同理想和美好追求。西安作为古"丝绸之路"的起点，适逢发展良机，前景无限美好。长安是中华文化之根，望未来之长安，不仅仅是眺望城市的未来，更是展望国家富强的未来，憧憬民族复兴的未来！

魏曹丕《典论·论文》将文章视为"经国之大业"，"不朽之盛事"，认为古之作者"寄身于翰墨，见意于篇籍，不假良史之辞，不托飞驰之势，而声名自传于后"。《望长安》的所有参与者确将此书视为"大业"和"盛事"，孜孜矻矻，精益求精，并非想施名于后世，而惟愿此书能成为一个"管道"，让读者通过这本册子重温大唐盛世气象和"丝路"文化的灿烂，同时籍中国传统文化能通过这一"管道"弘阐全球，使华夏古国的辉煌文明在"一带一路"战略中起到催化剂和黏合剂的作用，为区域合作搭建文化平台。故此书封面设计有圆形、方形和三角形的"孔道"，其深远用意和良苦用心，惟望读者诸君深察之。

于孟晨

丙申夏于未央湖畔